Alexander Osang
Fast hell

AF196631

atb aufbau taschenbuch

ALEXANDER OSANG, geboren 1962 in Berlin, studierte in Leipzig und arbeitete nach der Wende als Chefreporter der Berliner Zeitung. Seit 1999 berichtet er als Reporter für den SPIEGEL, acht Jahre lang aus New York und bis 2020 aus Tel Aviv. Für seine Reportagen erhielt er mehrfach den Egon-Erwin-Kisch-Preis und den Theodor-Wolff-Preis. Er lebt heute mit seiner Familie in Berlin.
Sein Erzählungsband »Winterschwimmer« ist als Aufbau Taschenbuch lieferbar. Zuletzt erschien im Ch. Links Verlag »Das letzte Einhorn. Menschen eines Jahrzehnts«.

Als Alexander Osang einen Text über die rätselhaften Ostdeutschen schreiben soll, fällt ihm Uwe ein. Die beiden Männer, die sich seit vielen Jahren kennen, begeben sich auf eine Schiffsreise nach St. Petersburg, und in vier weißen Nächten erzählt Uwe sein Leben. Es ist eine Geschichte, die auf allen Kontinenten spielt, unter chinesischen Autoschmugglern in Hongkong, russischen Balletttänzern auf Fire Island, Friedrichshainer Prostituierten, im Hochsicherheitsgefängnis Stammheim, im Kofferraum des Fluchtautos eines argentinischen Diplomaten, in Privatbanken der Wallstreet, bei der russischen Mafia und in einem Biesdorfer Garten, wo ein Familienschatz vergraben liegt. Osang glaubt, einen Text über die Sehnsucht eines ostdeutschen Jungen nach der Welt schreiben zu können. Einen Text über die ewige Suche nach dem Paradies, das auch er immer hinter der Mauer vermutet hat. Doch in der letzten Nacht, kurz bevor es wirklich hell wird, verrät Uwe dem Reporter nach vielen Wodkas ein Geheimnis und lässt ihn damit allein zurück wie in einem Traum ...

ALEXANDER OSANG

FAST HELL

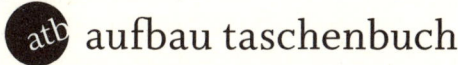 aufbau taschenbuch

MIX
Papier | Fördert
gute Waldnutzung
FSC® C083411

ISBN 978-3-7466-3973-4

Aufbau Taschenbuch ist eine Marke der Aufbau Verlage GmbH & Co. KG

1. Auflage 2022
Vollständige Taschenbuchausgabe
© Aufbau Verlage GmbH & Co. KG, Berlin 2021
© Alexander Osang, 2021
Umschlaggestaltung Anzinger und Rasp, München
unter Verwendung eines Fotos von Eberhard Grossgasteiger / unsplash
Satz LVD GmbH, Berlin
Druck und Binden CPI books GmbH, Leck, Germany
Printed in Germany

www.aufbau-verlage.de

Niemand kann schnell genug schreiben, um eine wirklich wahre Geschichte zu erzählen.

Rian Malan, »The Lion Sleeps Tonight«

Ich kannte Uwe aus New York, obwohl er eigentlich aus Ostberlin kam wie ich. Ich weiß nicht mehr genau, wann ich ihn zum ersten Mal sah, wahrscheinlich Anfang der Zweitausender auf einer Party bei Solveigh, die aus der Nähe von Dresden stammte, aber seit über dreißig Jahren in Brooklyn lebte. Ich hatte eine kleine ostdeutsche Gemeinde in New York. Meine Frau natürlich, die in Berlin-Lichtenberg groß wurde, Solveigh, die kurz vor dem Mauerfall einen New Yorker Juden heiratete, der seine Sommerferien im Sozialismus verbracht hatte, Sabine, die aus einem Dorf bei Erfurt kam und Ende der Achtziger ausgereist war, ihren Freund Bert, der nach einem Fluchtversuch aus Ostberliner Haft freigekauft worden war, Kathleen aus Gera, die ein Jahr in unserem verrumpelten Büro arbeitete, obwohl sie aussah wie ein Filmstar, ein junges Thüringer Ärztepaar, das irgendwann nach New Mexico weiterzog, später dann auch Else, die eigentlich Sabine hieß, aus Eilenburg kam und einem Mönch in einen Tempel nach Manhattan gefolgt war. Uwe gehörte dazu. Keine Ahnung, wovor der weggelaufen, wem der gefolgt war. Er trat mir aus dem Gewirr der Riesenstadt entgegen. Er war schwul, glatzköpfig und besaß ein Haus in Spanish Harlem, das er in einer Art Stadtlotterie gewonnen hatte. Die Sommer verbrachte er auf Fire Island, wo auch wir ein Ferienhaus gemietet hatten. Er bewohnte mit zwei pensionierten Tänzern des Bolschoi-Balletts einen Bungalow in Cherry Grove, dem gay village der Insel. Unser Haus stand in Oakleyville, wo niemand war, außer uns, einem verschrobenen Verwalter namens Sam, der einst Affären mit Yoko Ono und Greta Garbo gehabt haben soll, sowie einem einheimischen Messie namens Chuck, der den Klimawandel anzweifelte, obwohl seine Insel langsam aber sicher im Atlantischen Ozean versank. Einmal im Sommer liefen wir durch die Hitze am Strand entlang und besuchten Uwe in Cherry Grove, wo er auf einer Terrasse im Schatten saß und schon auf uns zu warten schien. Wenn ich dort ankam, fühlte ich mich, als sei ich nur kurz weg gewesen. Uwe gehörte zu den Menschen, in deren Gegenwart ich sofort anfing zu berlinern.

Ich habe nie einen Mann an Uwes Seite gesehen. Ich kannte nur Geschichten von seinen Partnern. Sie klangen meist tragisch. Er erzählte sie mit gespitzten Lippen und kraus gezogener Nase. Aber vielleicht bilde ich mir das ein. Es hätte auch Solveigh sein können, die mir aus Uwes unglücklichem Liebesleben berichtete. In ihrem sächsisch-amerikanischen Singsang, mit der rechten Hand unentwegt ihre Frisur ordnend.

Einmal hatte Uwe eine Affäre mit einem deutschen

Familienvater, den er als Darsteller in einem Netflix-Film entdeckte. Eine schwule Liebesgeschichte. Wie er den nackten Mann aus dem Film gefunden hat, ist mir ein Rätsel. Der Mann jedenfalls kam ab und zu nach Amerika, die Flugtickets bezahlte Uwe. Und jetzt, da ich das erzähle, fällt mir ein, dass ich zumindest diesen Liebhaber einmal gesehen habe. Auf einer Geburtstagsfeier, einem Brunch, zu dem Uwe uns in ein Restaurant am Hudson eingeladen hatte. Der Mann sah gut aus, erschien mir aber nicht besonders vertrauenswürdig. Er kam aus dem Ruhrgebiet, war mit einer Frau verheiratet und hatte einen Sohn. Er wollte ins Schauspielgeschäft, ins richtige Schauspielgeschäft, sagte er, er wirkte wie ein Mann, der Kontakte suchte, die ihn weiterbringen konnten. Ich hatte den Eindruck, dass Uwe weder diesen Geliebten noch die anderen Geburtstagsgäste richtig kannte. Er war herzlich und gleichzeitig distanziert zu allen. Ein Gast auf seiner eigenen Party.

Ich jedenfalls wusste damals kaum etwas von Uwe. Er kam aus Biesdorf, wo seine Mutter immer noch lebte. Er nannte sie »Muttern«. Muttern schickte ihm ab und zu Zeitungsausschnitte aus der Berliner Zeitung. Was er über mich wusste, wusste er aus diesen Artikeln, denn ich schrieb dort oft über mich oder zumindest über die Kunstfigur, die ich in meinen Kolumnen von mir angefertigt hatte, ein heimatloser Weltreisender, der über seine Möglichkeiten staunt.

Uwe hatte eine Bosch-Waschmaschine, die ihm wichtig war. Er wusch mit Persil. Es ging ihm um einen Duft von zu Hause, und das verstand ich. Gerüche werden wichtiger, wenn man älter wird. Sie ersetzen irgendwann unsere Erinnerungen.

Ich war nur einmal bei Uwe in Harlem. Ich erinnere mich an ein riesiges Haus, das er zu großen Teilen vermietet hatte, und an zwei sehr dicke Katzen. Vielleicht waren es auch drei, aber dick waren sie in jedem Fall. Wir saßen in einem kleinen, gut beleuchteten Raum mit niedriger Decke. Alles wirkte sehr sauber. Wir aßen Schnittchen, die uns Uwes Mutter geschmiert hatte, die gerade zu Besuch war. In meiner Erinnerung waren die Stullen geviertelt und mit Wurst belegt, auf dem Tisch lag eine karierte Wachstuchdecke, und das Licht kam aus Neonröhren. Aber das muss nicht stimmen. Es ist fünfzehn Jahre her. Vielleicht war seine Mutter gar nicht da. Die Tischdecke und die Neonröhren hätten auch aus einem Film über den Osten stammen können. Was ich genau weiß, ist, dass mir Uwe an diesem Nachmittag die Waschmaschine zeigte, von der er oft gesprochen hatte. Die Bosch. Auf einem Bord stand das deutsche Waschmittel. Großpackung. Alles war ganz sauber und roch nach Persil. Es hätte natürlich auch Ariel sein können oder Weißer Riese, aber ich bin mir ziemlich sicher, dass es Persil war.

Seltsam ist nur, dass Persil gar nicht der Duft unserer Kindheit im Osten war. Persil war ein Duft des Westens.

Es roch im Intershop nach Persil. Intershops hießen die Geschäfte, in denen man im Osten Westprodukte kaufen konnte, wenn man Westgeld besaß. Die Westpakete rochen so, vor allem wenn sie mit gebrauchten Kleidern gefüllt waren. Zu Weihnachten roch das ganze Postamt so. Kaffee, Waschmittel, Schokolade. Es war der Duft einer imaginären Welt. Süß und sauber. Meine Westwelt roch anders, glaube ich. Sie muss nach Kaugummis, dem Papier von Westzeitungen, meiner neuen Levi's-Jacke gerochen haben, die ich im Intershop an der Friedrichstraße kaufte. Sie roch wie mein orangefarbener Römer-Integralhelm von innen roch, als ich ihn das erste Mal aufsetzte. Die Westwelt, die ich mir vorstellte, war bevölkert von Figuren aus den Songs von Bruce Springsteen und Paul Simon, illustriert mit Bildern aus Filmen von Martin Scorsese, Woody Allen, Sergio Leone und Sidney Lumet. In dieser Welt lebten Huck Finn, Philipp Marlowe, Captain Yossarian und Holden Caulfield. Ich kannte ein Mädchen, das sich im Lesesaal der Berliner Stadtbibliothek den nicht ausleihbaren Roman »Der Fänger im Roggen« in ein Notizheft abschrieb, um ihn immer bei sich zu haben. Ich starrte in meinem Kinderzimmer stundenlang auf das Cover der Amiga-Platte von »Double Fantasy« und stellte mir vor, mit Yoko und John in der Upper West Side herumzustehen und auf den Central Park zu gucken, in unserem Rücken ein New Yorker Mülleimer.

Ich war enttäuscht, als ich im November 89 zum ersten Mal hinter die Mauer schauen konnte, und brauchte ein Jahr, bis ich fand, was ich dort vermutet hatte. New York. Die einzige Stadt, die mit meinen Erwartungen mithalten konnte. Es war August 1990, als ich dort endlich ankam, und es war heiß. Ich blieb drei Tage, in denen ich nicht schlief. Ich habe das oft erzählt, obwohl ich mir eigentlich nicht vorstellen kann, dass es stimmt. Drei Tage und drei Nächte ohne Schlaf, das hält kein Mensch aus. In meinen Erinnerungen aber existiert kein Bild davon, wie ich die Nachttischlampe in meinem handtuchgroßen Hotelzimmer ausschalte. Woran ich mich genau erinnere, ist die Erregung, die ich verspürte, als ich im August 1990 in Manhattan aus dem Kleinbus stieg, der uns vom Flughafen in die Stadt brachte. Ich wusste augenblicklich: Ich bin da. Es gab den Ort meiner Sehnsucht wirklich. Es gab die Sirenen, das Licht, die Energie. Ich schlüpfte in die Stadt wie in einen Film. Zehn Jahre später zog ich dann mit meiner Familie an diesen Sehnsuchtsort. Wir blieben acht Jahre lang. Ich war glücklich dort, aber irgendwann verstand ich, dass es nur ein Fluchtort war. In New York konnte ich am besten vergessen, dass ich eigentlich kein Zuhause hatte. Als das klar war, ging ich nach Berlin zurück.

Uwe blieb in New York. Im Traum. In der Vorstellung von einer Welt unbegrenzter Möglichkeiten. Er sagt gern, New York sei der einzige Platz auf der Welt, wo er er selbst sein konnte. Wer immer dieser Mensch ist.

Es half natürlich, dass er dort ein großes Haus besaß.

Das nächste Mal traf ich Uwe auf einer Silvesterfeier in Berlin Prenzlauer Berg, einige Jahre nachdem wir New York verlassen hatten. Bestimmt sahen wir uns auch zwischendurch, aber daran erinnere ich mich nicht. Uwe hatte um die Weihnachtszeit seine Mutter in Biesdorf besucht, und wir nahmen ihn mit zu einer Silvesterparty bei unseren Freunden Magda und Milan in die Senefelderstraße. Es war der Jahreswechsel von 2017 auf 2018, wir saßen in der Küche, und Uwe redete polnisch mit Magda, die aus Polen stammt. Keine Ahnung, wie gut sein Polnisch war, es klang flüssig. Er wirkte natürlich, selbstverständlich, obwohl er zum allerersten Mal in dieser Küche saß. Auch unsere Freundin Katja war da, die wie Uwe eine Zeitlang in Moskau gelebt hatte. Er traf sie in dieser Nacht zum ersten Mal, schien sie aber besser zu kennen als ich. Ich fand sein Verhalten zunächst distanzlos und befremdlich. Dann aber, vielleicht aber auch erst jetzt, da ich mich daran erinnere, angenehm offen. Normalerweise stehen Deutsche ja erstmal in der Ecke rum, wenn sie irgendwo neu sind. Uwe redete von einer Filmklasse, die er an der New York University unterrichtete. Er kannte sich sehr gut mit deutschen Filmklassikern aus. Auch das hatte ich bis dahin nicht gewusst. Milan ist Schauspieler. Für einen Augenblick dachte ich, Uwe hatte sich auf den Abend vorbereitet.

Anfang 2019 kam Uwe nach Tel Aviv, wo ich inzwischen lebte. Er hatte Freunde dort, sagte er. Er hat überall auf der Welt Freunde oder Leute, die er Freunde nennt. Er war in den neunziger Jahren oft in Tel Aviv, sagte er am Telefon. Er liebe es. Die Schönheit der Menschen, die Energie, das Meer. Ich verstand das. Ich lebte aus ähnlichen Gründen in Israel. Es war direkt, rau, unfertig und voller Energie, es erinnerte mich an New York, aber das Wetter war besser, und man brauchte nur vier Flugstunden nach Berlin. Dazu kam, dass die Stadt mich etwas anging, sie hatte mit mir zu tun, sie hatte Relevanz. Jedenfalls redete ich mir das ein.

Uwe war über Weihnachten wie immer bei Muttern in Biesdorf gewesen und wollte noch ein paar Tage in die Sonne. Am Telefon begrüßte er mich mit »Schalom, Schalom«.

Ich holte ihn mit dem Auto im Norden von Tel Aviv ab. Seine Freundin wohnte in einer kleinen Erdgeschoss-wohnung, die so hell ausgeleuchtet war wie ein Drehort. Die Frau sah müde aus, wirkte aber munter. Sie hieß Josephine. Wir standen höchstens zehn Minuten in ihrem Wohnzimmer, sie redete, und ich hatte das Gefühl, dass Josephine Uwe nicht viel besser kannte als mich. Auf einem Tischchen lagen Kinderschokoladen-Riegel herum, die, so nahm ich an, Uwe mitgebracht hatte. Uwe erzählte mir später Tel Aviver Geschichten aus den Neunzigern, als er oft hier war. Die Geschichten klangen aufregend, viel aufregender als das, was ich bislang in der Stadt erlebt hatte, und die erschöpfte Freundin war in ihnen frisch, verrückt und abenteuerlustig. Er erzählte von einer gemeinsamen Reise nach Ägypten, Mitte der Neunziger, wo er sich mit Hepatitis angesteckt hatte. Wir fuhren über den Ayalon Highway Richtung Süden. Uwe bestaunte die leuchtenden Türme von Downtown Tel Aviv, die in seiner Abwesenheit in den Himmel gewachsen waren. Er schien so stolz, als habe er sie selbst mit aufgebaut. Ich kenne einige Ostdeutsche, die Israel lieben und verehren wie ihre eigentliche Heimat.

Ich empfahl ihm »Eine Geschichte von Liebe und Finsternis«, Amoz Oz' Lebensroman, der mir Israel erklärt hatte wie kein anderes Buch, aber Uwe schien nicht richtig zuzuhören.

Unser Haus in Jaffa sah er nur flüchtig an. Auch unsere neue Katze interessierte ihn nicht. Er hatte eine königliche Art, bestimmten Dingen Aufmerksamkeit zu schenken und sie anderen Dingen zu entziehen, willkürlich, als verändere er damit die Welt. Es erinnerte mich an die schönen, zickigen Mädchen aus meinem Leben, obwohl Uwe glatzköpfig, rund und etwa so alt war wie ich. Wir gingen auf den Shuk, um etwas zu essen. Es war schon dunkel, aber noch zu früh zum Abendessen. So um sechs. Wir saßen ganz allein in einem Restaurant und warteten darauf, dass die Küche öffnete. Uwe überbrückte die Zeit mit einem Gin Tonic und einem zweiten. Dazu rauchte er seine elektrische Zigarette. Es war kühl, es war Mitte Januar. Wir redeten ein bisschen über New York, gemeinsame Bekannte, unsere Familien, die Zeiten. Irgendwann redete nur noch Uwe. Er hatte einfach die besseren Geschichten. Sie spielten in Ludwigsfelde, Peking, Hongkong, Moskau, New York, Westberlin, Buenos Aires, Paris, Bulgarien, Sibirien, Lappland und in einem Garten in Biesdorf, in Rotlichtvierteln, Hochsicherheitsgefängnissen, auf Teeauktionen, in Schwulenbars und im Kofferraum eines argentinischen Diplomaten in Ostberlin. Ein-, zweimal hätte ich gern einen Notizblock gehabt, um etwas mitzuschreiben, aber die meiste Zeit genoss ich es einfach, so gut unterhalten zu werden. Wir saßen auf diesem dunklen orientalischen Markt in Jaffa, Uwes Geschichten krochen aus dem Nebel seiner E-Zigaretten wie die Märchen aus Tausendundeiner Nacht.

Nach dem Essen fuhr ich ihn zu seiner Freundin nach Ramat Gan zurück. Ich sah ihn aus dem Auto in dem schmucklosen Mietshaus der Frau verschwinden wie einen Geist. Innerhalb weniger Stunden war aus dem fremden Freund eine schillernde und vertraute Figur geworden. Ein Romanheld, der durch die Zeit und die Welt reiste. Er hatte sich ausgemalt, geschminkt.

Noch in der Nacht schrieb er mir eine Mail, in der er eine tragische Geschichte andeutete, die Josephines Leben vor ein paar Jahren aus dem Takt gebracht haben musste. Außerdem schickte er mir das Foto der englischen Ausgabe von Oz' Roman, den er wahrscheinlich im Bücherregal seiner Gastgeberin entdeckt hatte. A Tale of Love and Darkness.

Mir fiel ein, wie Uwe vor ein paar Jahren in einem Cafe in Brooklyn dem Barista bei der Bestellung gesagt hatte, er heiße Peter. Als ich ihn fragte, warum, hatte er gesagt, dass niemand in Amerika den Namen Uwe buchstabieren oder aussprechen konnte. Außerdem sei Peter der Name seines Vaters. Als Peter aufgerufen wurde, um seinen Kaffee abzuholen, zögerte Uwe keine Sekunde.

Im Mai 2019 bat mich der SPIEGEL, das Magazin, für das ich arbeite, einen Text für ein Sonderheft über die rätselhaften Ostdeutschen zu schreiben. Es sollte im Herbst erscheinen, wenn der 30. Jahrestag des Mauerfalls begangen werden würde. Der Redakteur wollte eigentlich ein Porträt über Angela Merkel, die Bundeskanzlerin, aber ich dachte gleich an Uwe. Seine Geschichte schien aus dem Stoff zu sein, aus dem die letzten dreißig Jahre unseres Lebens bestanden. Der Irrsinn war da, der Schmerz, die Sehnsucht, das Glück, die Enttäuschung, die Fremde, die ewige Suche nach dem Paradies hinter der Mauer. Die Rätsel, die sie so gern erklärt haben wollten. Uwe schien ein ostdeutscher Weltbürger zu sein. Ein Oxymoron. Ein Mann, dessen Erinnerungen an seine Heimat kaum getrübt worden waren durch die Gegenwart. Ich könnte mir noch einmal neu erzählen lassen, was passiert war, mich überraschen lassen.

Ich schrieb Uwe eine Mail aus Tel Aviv nach New York. Ich fragte, ob er bereit sei, sein Leben einer größeren Öffentlichkeit zu erzählen. Er erbat sich einen Tag Bedenkzeit. Dann sagte er zu. Wir verabredeten uns für den Sommer. Ich habe mich später gefragt, worüber er an diesem einen Tag Bedenkzeit eigentlich nachgedacht hatte. Ob er am Schluss seiner Überlegungen wusste, wie diese Geschichte enden würde. Und wenn ja: Ob er deswegen mitmachte oder trotzdem.

EINS

Die Fähre, die uns von Helsinki nach St. Petersburg bringt, heißt Princess Anastasia. Sie ist ein hochhausgroßer Kasten, orange und blau angemalt, mit einem kleinen Eingang, durch den wir uns alle an Bord zwängen. Uwe und seine Mutter teilen sich eine fensterlose Kabine im Innern des Schiffes, ich habe eine mit Blick aufs Wasser. Ich schließe die Tür und lege mich auf mein Bett. Ich bin in der Nacht von Tel Aviv nach Helsinki geflogen und hundemüde.

Wir haben uns in Finnland verabredet, um von dort gemeinsam nach Russland zu fahren. Uwe hat die Reise seiner Mutter zum achtzigsten Geburtstag geschenkt. Sie wollte gern nach Russland, auch wenn ich nie richtig verstehen werde, warum eigentlich. Uwe wäre lieber nach Lappland gereist. Er wollte seinen amerikanischen Pass nicht wochenlang im russischen Konsulat von New York abgeben, um ein Visum zu bekommen. Er hatte, jedenfalls sagte er mir das am Telefon, Angst, ihn nicht zurückzukriegen. Er fand eine Agentur, die visumfreie Reisen nach St. Petersburg anbot. Das Reisebüro heißt GO

RUSSIA, hat eine Adresse in London und eine Frankfurter Telefonnummer. Da rief ich an. Die Frau, die sich meldete, nannte sich Alissa und sprach Deutsch mit russischem Akzent. Das war alles verwirrend, klang aber wie ein guter Anfang für meine Reportage. Ich buchte Alissas Reisepaket. Zwei Nächte auf der Fähre, drei Tage in St. Petersburg. Das sollte genügen, um Uwes Lebensgeschichte aufzuschreiben, dachte ich. Ich las »Weiße Nächte« von Dostojewski, um in Stimmung zu kommen. Es ist eine verstörende Liebesgeschichte aus vier Sommernächten in St. Petersburg.

Jetzt, da ich auf dem schmalen Kajütenbett der Anastasia liege, die im Fährhafen von Helsinki schaukelt, scheint mir das alles eine Schnapsidee zu sein. Dostojewski, um Himmels willen.

Ich fühle mich am Beginn von Recherchen oft kraftlos und überfordert. Ich verstehe dann, wie vermessen mein Plan ist, und kann mir nicht vorstellen, an die Tür zu klopfen, hinter der der Mensch wohnt, den ich beschreiben möchte. Aber ich mache es lange genug, um zu wissen, dass das vorbeigeht. Sobald sich die Tür öffnet, schlüpfe ich in die Geschichte. Die Leben der anderen helfen mir, mein eigenes zu verstehen. Wenn sie überleben, kann ich es auch.

Als die Fähre den Hafen von Helsinki verlässt, stehe ich auf und steige mit Uwe und seiner Mutter nach oben, an Deck. Nach den blassen, verwaschenen Farben des israelischen Sommers, aus dem ich komme, wirken die Kontraste im finnischen Himmel dramatisch. Die

Wolken sind sehr weiß und der Himmel ist sehr blau. Es weht ein kräftiger, kühler Sommerwind, als die Fähre langsam aus der Stadt treibt. Es ist Anfang Juli, aber ich fühle mich, als sei ich überraschend in den Herbst geraten. Möwen umflattern die Passagiere an Deck. Uwe und seine Mutter stehen an der Reling, beide tragen die zweckmäßige Reisekleidung, an der man Deutsche im Ausland oft erkennt. Aus der Entfernung könnten sie auch ein Paar sein. Uwe raucht seine E-Zigarette. Die Mutter steht aufrecht, sie trägt einen dieser winzigen Rucksäcke, die bei älteren Frauen beliebt sind, und ein Lächeln, das nie verschwindet. Erst nach einer Weile verstehe ich, dass das gar kein Lächeln ist.

Ich friere bald in meiner israelischen Sommerkleidung, und so kehren wir in den Bauch des Schiffes zurück. Dort drinnen sieht es aus wie in einem in die Jahre gekommenen Spielsalon. Es gibt viel Glas und Chrom, das Personal trägt Uniform, wirkt aber keineswegs vertrauenswürdig. Die meisten sehen aus wie verkleidete Kleinkriminelle. Wir haben Schwierigkeiten, einen Tisch in einem der Restaurants zu finden, weil die Fähre so voll ist.

Uwe verhandelt mit einem der Kellner, der eine zu enge Weste über einem zu engen Hemd trägt sowie einen blonden Schnurrbart. Der Mann hält uns für Russen. Uwes Mutter bemüht sich, diesen Eindruck aufrechtzuerhalten, indem sie durch die Ansprache des Kellners hindurch lächelt. Ich rede ein bisschen, frage, ob das Bier russisch oder finnisch sei und ob sie Pelmeni anböten. Mein Russisch ist armselig, wenn man bedenkt, dass ich es vierzehn Jahre lang an verschiedenen Schulen lernte und eine russische Großmutter habe. Uwe dagegen scheint akzentfrei zu sprechen. Kein Russe glaubt ihm, dass er Deutscher ist.

Er verändert sich, wenn er eine Fremdsprache spricht. Er wird nicht leise, klein und verlegen, wie die meisten Menschen, die ich kenne. Er stürzt sich in eine Rolle. Er spielt einen Russen, einen Märchenrussen, weich und flehend, er feilscht, scherzt, schmeichelt und übertreibt, ein Kater eher als ein Mann. Man könnte denken, er wäre gern einer von ihnen, ein schwermütiger, unberechenbarer Seelenmensch, aber das ist, soweit ich das einschätzen kann, nicht der Fall. Er traut Russland nicht, seinen Beamten, Diplomaten, Politikern, seiner Macht. Manchmal redet er verächtlich über das große Land, manchmal mitleidig. Die russischen Passagiere an Bord nennt er Heimwehtouristen, Leute, die sich visumfrei für ein paar Tage in ihre alte Heimat stehlen. All das erzählt er natürlich auf Deutsch.

Am Tisch neben uns sitzen drei polnische Frauen, auch mit denen wechselt Uwe ein paar Worte in ihrer Sprache, und dann kichern die Frauen. Er sagt, seine erste Freundin war Polin, damals in Ostberlin, als noch niemand, nicht mal er selbst, wusste, dass er schwul ist. Ich frage mich, für wen sie uns halten. Zwei mittelalte Männer und eine alte Frau auf einer Schiffspassage nach St. Petersburg. Wir könnten aus einer Erzählung von Patricia Highsmith stammen. Die Frage ist, wer am Ende über Bord geht.

Der Kellner bringt unsere Getränke. Uwe trinkt einen Gin Tonic, seine Mutter Wasser, ich ein russisches Bier, das aussieht wie Eistee.

»Spassibo«, sage ich, aber der Kellner schenkt dem keine Beachtung.

»Andjschella treffen wir vielleicht auf der Rückfahrt in Helsinki«, sagt Uwe. Ich höre den Namen Andjschella zum ersten Mal. Uwe wirft gern mit Namen von Leuten um sich, die man nicht kennen kann. Man fühlt sich ahnungslos, und er genießt das. Die Namen der Unbekannten sind sein Bühnennebel.

»Wer ist Andjschella?«, frage ich.

Uwe zieht die Nase kraus und erzählt eine Geschichte. Andjschella ist die Tochter des ehemaligen sowjetischen Gebietssekretärs von Murmansk, den Uwes Familie in einem Bulgarienurlaub in den siebziger Jahren kennengelernt hat. Sie blieben in Kontakt und besuchten die sowjetische Familie später auch in Sibirien. Ich verstehe langsam, dass Uwes Familie ein gutes, ostdeutsches Leben geführt hat, vielleicht sogar ein sehr gutes. Meine Familie zum Beispiel machte keine Bulgarienurlaube, schon gar keine, bei denen man Gebietssekretäre der KPdSU kennenlernen konnte. Wir hatten einen Bungalow im Süden von Berlin, den meine Eltern dort Mitte der siebziger Jahre aufgestellt hatten. Reisen nach Murmansk lagen in jenen Jahren außerhalb meiner Vorstellungskraft. Ich habe einmal, viel später, aus einem meiner Bücher, das ins Bulgarische übersetzt worden war, in Sofia gelesen und mehrere Nächte im ehemaligen Gästehaus der kommunistischen Partei in den Bergen über der Hauptstadt verbracht, das zu der Zeit schon schäbig aussah und vergessen, aber das Wort Bulgarienurlaub klingt in meinen Ohren immer noch luxuriös und ausschweifend. Uwe und seiner Mutter geht das ähnlich, glaube ich. Privilegien, die man verloren oder nie genossen hat, wiegen schwerer als die, die man besitzt.

»Der Sekretär war ein stattlicher Mann«, sagt Uwes Mutter. »Er trank viel, sicher, aber das machten sie ja alle. Er hat den Zusammenbruch nicht verkraftet. Er wurde dann schnell krank. Ich glaube Magenkrebs. Er war ein Schatten seiner selbst, als wir ihn das letzte Mal sahen. Ein dünnes Männchen. Er starb auch wenig später.«

Es klingt, als beschreibe sie den Untergang des kommunistischen Riesenreiches am Beispiel einer bulgarischen Urlaubsbekanntschaft. Stattlich. Trunksüchtig. Schwach. Tot.

Andjschella, die Tochter des Gebietssekretärs, ist nach der amerikanischen Kommunistin Angela Davis benannt worden, erfahre ich. Angela Davis war eine große Nummer in unserer sozialistischen Jugend. Eine kalifornische Kommunistin mit Afro. Schlau, schön und auch noch auf unserer Seite. Ein Popstar. Wir sammelten in den siebziger Jahren Altpapier und Flaschen und spendeten die Erlöse auf ein Solidaritätskonto für ihre Befreiung aus dem US-Gefängnis und die amerikanische Revolution, das schien damals dasselbe zu sein.

New York würde bald rot sein, dachte ich, als wir Kinder waren. Andjschella aus Murmansk verliebte sich als Mädchen am Schwarzmeerstrand in Uwe aus Ostberlin. Sie glaube ihm bis heute nicht, dass er schwul sei, sagt Uwe. Sie ist über fünfzig, aber immer noch in der Lage, sein Kind zu empfangen, wie sie ihm kürzlich versicherte. Sie lebt in Finnland. Sie wartet da auf ihn.

»Andjschella, die Fruchtbare«, sagt Uwe.

Ich schreibe die drei Wörter in mein Notizbuch, was Uwes Mutter misstrauisch beobachtet. Sie weiß, dass ich als Reporter hier am Tisch sitze und nicht als Reisebekanntschaft. Das heißt nicht, dass sie das billigt. Sie nennt mein Notizbuch: »Das böse Buch«. Sie will das alles nicht. Sie will Kontrolle über die Familiengeschichte, ich verstehe das und werde es später noch besser verstehen.

Wir beginnen die Geschichte von Uwes Flucht um die Welt jedenfalls mit der Fluchtgeschichte seiner Mutter.

Uwes Mutter wurde in Pommern geboren, in der Nähe von Koszlin, etwa fünfzehn Kilometer entfernt von der Ostsee. Ihre Eltern hatten einen kleinen Bauernhof. Der Vater wurde im Januar 1944, vierzehn Tage, bevor die Rote Armee ihren Ort erreichte, in den Volkssturm eingezogen, das letzte Aufgebot der deutschen Weltkrieger. Sie warteten noch zwei Jahre in Polen vergeblich auf die Rückkehr ihres Vaters, sagt Uwes Mutter. Dann, 1947, zogen sie Richtung Westen. Sie, ihre Mutter und zwei Brüder. Sie landeten in Sachsen, in Siebenlehn, einem Ort, der zwischen Leipzig, Dresden und Chemnitz liegt. Fünfhundert Flüchtlinge aus dem Osten strandeten nach dem Krieg in Siebenlehn. Jeder fünfte Einwohner der Kleinstadt war ein Heimatvertriebener, wie sie das nannten. Niemand wollte sie da haben, sagt Uwes Mutter. Sie war acht Jahre alt, als sie in Sachsen ankamen, und wuchs dort auf. Obwohl sie insgesamt länger in Berlin gelebt hat, hat sie einen leicht sächsischen Akzent behalten. Ihre Mutter arbeitete als Köchin in Siebenlehn. Sie warteten weiter auf die Rückkehr des Vaters, aber der kam nicht.

Ihren Mann lernte Uwes Mutter Anfang der 60er Jahre bei einem Tanzvergnügen in Roßwein kennen, das war die nächstgrößere Stadt. Er hieß Peter und hatte ebenfalls eine Fluchtgeschichte zu erzählen, eine ganz andere allerdings. Peter kam aus Berlin, hatte in Wismar studiert und wollte 1963 mit ein paar Kommilitonen im Boot über die Ostsee in den Westen fliehen. Eine Grenzpatrouille hatte die Männer aus dem Wasser gefischt, sie wurden von der Hochschule geworfen. Peters Vater war Schauspieler in Berlin, ein Kommunist, der gute Beziehungen zur Familie Feist hatte, aus der Margot Honecker stammte. Die halfen dabei, den Jungen vor dem Schlimmsten zu bewahren. Peter durfte sein Studium an der Ingenieurschule in Roßwein fortsetzen, die praktisch niemand kannte.

Das klang alles ziemlich exotisch für die junge Bauerntochter aus Pommern. Im Mai 1965 heirateten Uwes Eltern, im November wurde er geboren.

Wir brauchen fast zwei Stunden, bis wir dort angekommen sind.

Uwes Mutter hat sehr detailliert über einen ersten,
kurzen Fluchtversuch aus ihrem Geburtsort in Pommern geredet. Das war im Januar 1945. Sie flohen vor
Russen, die sie nicht gesehen hatten. Sie flohen vor dem
schlechten Ruf der nahenden Roten Armee. Sie flohen
vor einem unsichtbarer Feind. Sie kamen nicht weit, ihre
Zweifel, so klang es, hielten sie auf. Die Zweifel und die
Kälte. Nach anderthalb Tagen drehten sie wieder um,
kehrten zurück in ihr Haus. Die Russen waren noch
nicht da, aber in ihrer kurzen Abwesenheit hatten die
Nachbarn alles ausgeräumt. Das Bild des leeren Hauses, in das sie zurückkehrten, muss sich der Frau tief ein-
geprägt haben. Die Kälte, die Dunkelheit, die Nachbarn,
denen man nicht trauen konnte. Der Boden hatte sich
unter ihr geöffnet. Sie war sechs Jahre alt und hatte keine
Gewissheiten mehr, denke ich. Aber vielleicht denke ich
da auch schon an meine Mutter, mit deren Kindheit ich
mich in diesem Sommer ziemlich intensiv beschäftigt
habe. Das kann ich alles gar nicht mehr richtig ausein-
anderhalten. Die alten, heimatlosen Frauen mit den kleinen Rucksäcken.

Meine Mutter hat ihre ersten Lebensjahre in Schlesien verbracht. Auch sie hat so eine Herkunftsgeschichte,
aus der sie ihr Schicksal ableitet. Die Erinnerungen eines
Mädchens an eine Nacht in Schlesien. Alles andere erklärt sich, zumindest für sie, aus dieser Nacht, die sie
mir immer wieder in allen Einzelheiten beschrieben hat.

Sie glaubt, auf dem Marktplatz ihrer Geburtsstadt eine Massenerschießung beobachtet zu haben, an die sich niemand erinnern will. Ein achtjähriges Mädchen, dem keiner glaubte. Auch meine Mutter war zwei Jahre nach dem Krieg aus dem Osten, der inzwischen Polen war, nach Deutschland gezogen. Auch sie war ein Flüchtlingskind. Auch ihr Vater war in dieser Zeit unter nie geklärten Umständen verschwunden. Ich glaube, dass viele Probleme und Ängste, die ich habe, mit dieser Nacht zusammenhängen. Natürlich kann meine Mutter mir das auch eingeredet haben, aber am Ende ist es egal.

Uwes Mutter klagt über die polnischen und die sächsischen Nachbarn, die sie nicht haben wollten, und verknüpft das bald mit den Flüchtlingen, die momentan aus dem Orient nach Deutschland kommen und nicht bereit seien, sich in die Gesellschaft einzuordnen. Denen es so leicht gemacht werde, wenn man es mit ihrem Schicksal vergleicht. Uwe schaut durch seine Mutter hindurch. Er raucht und trinkt, und als das Essen kommt, isst er. Er hat Jakobsmuscheln bestellt, das teuerste Essen auf der Speisekarte. Seine Mutter und ich essen das billigste, eine Kürbiscremesuppe, die aussieht wie ockerfarbenes Latex und nach gar nichts schmeckt. Uwe erträgt die Klagen seiner Mutter regungslos. Er lässt sie reden. Er wartet einfach darauf, dass sie müde wird.

Ich schreibe ab und zu in mein Notizbuch, obwohl ich nicht glaube, dass es irgendetwas aus den Kriegstagen und der Nachkriegszeit in meinen Text schaffen wird. Ich will meine Rolle als Reporter etablieren. Das ist unsere Geschichte: ein Mann und seine Mutter auf einer Schiffspassage, begleitet von einem Reporter. Niemand muss sterben, aber ganz ohne Schmerz geht es auch nicht.

Nach dem Essen sehen wir noch einmal raus aufs Meer. Uwe behauptet, am Horizont Estland zu erkennen. Seine Mutter schüttelt den Kopf, und ich glaube in dieser kleinen, aber entschiedenen Bewegung erkennen zu können, dass es Uwe als Kind nicht leicht hatte und heute immer noch nicht leicht hat. Dann geht die Mutter schlafen.

Es ist vielleicht halb elf, aber gar nicht dunkel, nur schummrig. Eine nicht endende Dämmerung. Es ist nicht das, was ich mir unter Weißen Nächten vorgestellt habe. Es ist nicht erlösend, hoffnungsvoll oder wenigstens tröstlich, es ist schmutzig grau, ermüdend, die Farbe der Depression. Wie eine Wunde, die nicht heilt. Ich hoffe, dass es in St. Petersburg heller wird, weißer, so weiß wie in den Geschichten meiner Großmutter, die als junge Frau ein paar Jahre in der Stadt gelebt hat, als sie Leningrad hieß.

Ich war zweimal im Sommer dort, als Reporter. Einmal Anfang der Neunziger, als die Stadt den Namen Leningrad ablegte und mir alte russische Männer mit vielen Orden und wenigen Zähnen erzählten, wie sie die Orientierung verloren. Dann noch einmal 2013, als das Internationale Olympische Komitee in St. Petersburg haltmachte. Ich erinnere mich an eine Petersburger Nacht, in der ich mit dem Sprecher des puertoricanischen IOC-Mitglieds und zwei deutschen Investigativjournalisten in einer Hotelbar versackte, aber kaum an das Licht.

Wir laufen eine Runde durch die Restaurants der Fähre, die jetzt noch schäbiger aussieht. Wir bleiben schließlich in einer kleinen Bar hängen, wo ein Paar sitzt und ein einzelner junger Mann, den Uwe »Dickerchen« nennt. Der Mann ist nicht dick und schon gar nicht dicker als Uwe, er trägt nur ein ziemlich enges weißes T-Shirt.

Ich bestelle ein Bier, Uwe einen weiteren Gin Tonic. Er kann sehr viel trinken, ohne betrunken zu werden. Auch das lerne ich erst jetzt.

Er sagt gleich am Anfang, dass die Russen den Vater seiner Mutter schon an seinem ersten Volkssturmtag erschossen haben, noch im Januar 1945. Der sei gar nicht richtig aus dem Dorf rausgekommen. Seine Mutter und seine Großmutter hätten das nicht wahrhaben wollen. Sie hatten weiter gewartet, weil es so einfacher war. Er erzählt es, als sei er dabei gewesen. Ich frage ihn, woher er das weiß, und er sagt: von einer Tante. Keine weitere Erklärung. Eine Tante. Er wischt die Geschichte seiner Mutter mit zwei, drei Sätzen weg und erzählt dann noch einmal, wo er eigentlich herkommt. Er fängt mit der Familie seines Vaters an. Das ist, wenn ich das richtig verstehe, die Seite, von der er annimmt, dass sie ihn eher geprägt hat.

Der Vater seines Vaters, sein Großvater Hans, war ein Kommunist aus dem Ruhrgebiet. Aus Essen. Hans trat der KPD 1927 bei, da war er achtzehn Jahre alt. Eigentlich kam Hans aus einer sozialdemokratischen Familie, sagt Uwe, und es klingt so, als sehe er sich selbst eher in dieser ursprünglichen Familientradition. Bei Bebel. Lasalle. Liebknecht. Schumacher. Brandt. Schmidt. Sein Großvater Hans besuchte die Folkwangschule in Essen, eine Art Kunstschule, die bis heute Schauspieler ausbildet. Er hatte verschiedene Engagements, bei Kriegsbeginn spielte er am Theater in Frankfurt/Oder, bis er in die Wehrmacht eingezogen wurde. Mit zwei weiteren Kommunisten lief er an der Ostfront zur Roten Armee über. So jedenfalls wurde es in der Familie erzählt. Die sowjetische Geheimpolizei traute dem deutschen Schauspieler offenbar nicht. Sie fanden seinen Namen in Theaterspielplänen der Nazizeit, so hat es Hans überliefert. Sie schickten ihn fünf Jahre lang in Kriegsgefangenschaft, die er vor allem in Tbilissi verbrachte. Hans hegte nie einen Groll auf die sowjetischen Genossen, die ihm lange nicht glauben wollten, dass er einer von ihnen war. Er entschuldigte die Verbrechen der Stalinzeit. Er blieb bis zum Tod ein Kommunist, sagt Uwe. Das letzte Wort seines Großvaters auf dem Sterbebett soll »Teddy« gewesen sein. Das war der Spitzname Ernst Thälmanns, ein Hamburger Kommunist in Lederjacke, der von den Nazis hingerichtet und in Ostdeutschland verehrt worden war.

Die Anekdote klingt zu gut, um sie zu glauben. Ich schreibe sie trotzdem erstmal auf.

1949 kehrte Hans aus der Gefangenschaft zurück,

wurde am Theater in Plauen engagiert, dann in Leipzig und schließlich ab Mitte der fünfziger Jahre in Berlin. Er arbeitete als Sprecher beim Rundfunk, bis ihn Langhoff ans Deutsche Theater holte. 1961 bezog die Familie des Schauspielers ein Haus in Eichwalde, einem Berliner Vorort, in dem auch andere bekannte Kulturschaffende wohnten, unter anderem Erik S. Klein, ein Schauspieler, der die Hauptrolle im Fernsehfilm »Aber Vati« spielte und die ostdeutsche Synchronstimme von Philippe Noiret war, sowie der Fernsehpropagandist Karl-Eduard von Schnitzler. Hier verbrachte Uwe einen großen Teil seiner Kindheit. Eigentlich, sagt er, zogen ihn seine Großeltern auf und seine Tante Antje, die dreizehn war, als er geboren wurde. Seine Oma stand in der Küche, sein Opa auf der Bühne. Hans spielte am Deutschen Theater bis er neunzig war. Seine berühmteste Rolle war »Nathan, der Weise«, sagt Uwe, seine meistgesehene, die eines alten Mannes, der in der Filmkomödie »Männerpension« auf einer Kuh durchs Bild reitet. Uwe wollte als Junge ebenfalls Schauspieler werden. Er war Kindersprecher beim Berliner Rundfunk.

Seine Mutter begann kurz nach Uwes Geburt wieder als Lehrerin zu arbeiten. Sie gab ihren Sohn bei den Schwiegereltern in Eichwalde ab. Später bekam sie eine Stelle und eine Wohnung in Lauchhammer, wo 1967 Uwes Bruder Klaus geboren wurde. Lauchhammer war eine Braunkohlestadt mit acht Brikettfabriken und einer großen Kokerei. Die Luft war schlecht. Die Kinder waren ständig krank, vor allem Klaus. Die Familie zog weiter nach Ludwigsfelde, eine Stadt bei Berlin, die um ein Flugzeugmotorenwerk der Nazis herum gebaut worden war. In den letzen Kriegsjahren gab es hier Außenlager der Konzentrationslager Ravensbrück und Sachsenhausen, nach dem Krieg bauten die sowjetischen Besatzer das Flugzeugwerk ab, und ein Lastkraftwagenbetrieb entstand. Ludwigsfelde war eine Stadt am Autobahnring und zu der Zeit, als Uwe dort lebte, durch die Mauer von der Welt abgeriegelt. Er hasste das alles.

»Es war intellektuellenfeindlich«, sagt er jetzt, als wir nachts auf der Ostsee herumfahren, was ein erstaunlicher Schluss ist, wenn man bedenkt, dass er im Grunde von einem DDR-Teenager aus der Provinz gezogen worden war. Uwe ist beim vierten Gin Tonic oder beim sechsten. Ich bleibe bei Bier.

So oft es ging, flüchtete er zu seiner Oma nach Eichwalde, in eine Gegenwelt mit Büchern, einem Klavier, den Schauspielergeschichten und seiner schönen, unabhängigen Tante Antje, die mit ihm spielte und ihm die Welt erklärte. Sie verkleidete ihn, sie steckte ihn in ihre Klamotten. Uwe tanzte auf dem Wohnzimmerteppich wie auf einer Bühne. Ende der siebziger Jahre flüchtete Antje in den Westen. Es brach Uwe das Herz. Die Tante war unangepasst, und sie war hübsch. Wenn er jemanden in seiner Familie benennen müsste, in dessen Tradition er sich sieht, also wirklich sieht, dann würde er sich wahrscheinlich für Antje entscheiden. Sein Profilbild auf WhatsApp zeigt ihn als Kleinkind auf ihrem Arm, in schwarz-weiß.

Antje weigerte sich als Teenager, eine Resolution an ihrer Schule zu unterschreiben, die die Niederschlagung des Prager Frühlings begrüßte. Ihr Vater, Hans, der Arbeiterschauspieler, beschützte sie vor Nachteilen im Unterrichtsbetrieb. Sie wurde später Krankenschwester und arbeitete in der Berliner Charité in einer Abteilung, wo Geschlechtsumwandlungen und Hormonbehandlungen durchgeführt wurden. Antje bekämpfte die Ostberliner Enge mit exotischen Liebschaften, was nicht unüblich war damals, soweit ich das einschätzen kann. Die beiden Frauen, mit denen ich die längste Zeit meines Lebens verbracht habe, stammen beide aus Ostberlin und hatten vor mir ungarische Freunde. Antje war lange mit dem Sohn des bulgarischen Botschafters zusammen, den sie im Restaurant Sofia in der Leipziger Straße getroffen hatte. Mit zwanzig wurde sie dann jedoch schwanger von einem Potsdamer Theologiestudenten. Sie mochte ihn, weil er schlau war und anders als die anderen. Sie wollte das Kind, aber sie konnte sich nicht vorstellen, mit einem Pfarrer zusammenzuleben. Sie nannte den Jungen David und schrieb in die Geburtspapiere: Vater unbekannt. Mitte der siebziger Jahre lernte sie bei einer Party im Haus von Hermann Axen, der Auschwitzüberlebender und Politbüromitglied war, einen argentinischen Diplomaten kennen, der in der Botschaft in Ostberlin arbeitete, die gerade erst eröffnet worden war. Nach einem halben Jahr fragte sie der Argentinier, ob sie seine Frau werden würde. Er bot an, sie und ihren Sohn im Kofferraum seines Diplomatenautos nach Westberlin zu bringen. Sie hatte natürlich keine Ahnung, was sie da erwartete, sagte aber erstmal ja. In der Nacht vor der Flucht lief sie mit ihrem Sohn David stundenlang durch einen Wald bei Eichwalde, damit der Junge so müde wurde, dass er im Kofferraum des BMW am Checkpoint Charlie durchschlief. Alles funktionierte, aber weil der Diplomat in Ostberlin nun keine Zukunft mehr hatte und Antje Westberlin langweilig fand, zogen sie gleich weiter nach Buenos Aires, wo eine Militärdiktatur herrschte. Damit hatte Antje auch nicht gerechnet. Sie blieben zwei Jahre. Argentinien wurde Weltmeister und ihre gemeinsame Tochter wurde geboren, Nadja. 1980 gingen sie an die argentinische Botschaft in La Paz. Ihr Mann war der einzige nichtmilitärische Diplomat dort. Er starb Jahre später in Brüssel, aber da hatten sich die beiden schon getrennt, und Antje lebte mit einem anderen Mann in Buenos Aires.

Uwe heulte wie ein Schlosshund, als er erfuhr, dass Antje über Nacht verschwunden war, sagt er. Für immer, wie es aussah.

Es ist jetzt kurz nach eins, und wahrscheinlich ist es draußen sogar ein bisschen dunkler geworden, aber ich bin durch die Fluchtgeschichte von Antje wieder munterer und wehre mich nicht, als Uwe noch ein Runde bestellt. Ehrlich gesagt, freue ich mich auf ein weiteres Bier. Es ist das sechste oder siebte, und ab da ist es egal. Ich verändere mich nicht mehr, jedenfalls nicht bis zum neunten oder zehnten Bier, dann geht es bergab. An der Bar stehen vier Angestellte, die, über die Kasse gebeugt, irgendetwas diskutieren. Ziemlich ernsthaft, so als fehle da jede Menge Geld. Uwe und ich sind die letzten Gäste, wie es aussieht. Das Paar ist lange verschwunden, der Mann, den Uwe »Dickerchen« genannt hat, auch. Aber dann kommen noch vier Männer, die aussehen wie Montagearbeiter und schon ziemlich hinüber sind, bestellen vier große Bier und setzen sich an einen Tisch am Fenster. Sie reden so laut wie Männer, die einen Ausflug machen. Männer, die Ausflüge machen, reden immer ein bisschen zu laut, lachen zu ausgelassen. Vielleicht wollen sie zeigen, dass man auch ohne Frauen lustig sein kann. Oder dass man überhaupt nur ohne Frauen lustig sein kann.

Mir fällt ein, dass Uwe schon früher in New York von seiner Tante Antje erzählt hat. Ich hab dem damals nicht viel Beachtung geschenkt. Ich hab mich mehr für die Wohnung interessiert, die sich Uwe in Buenos Aires gekauft hatte, als die argentinische Währung im Keller war. Das muss in der Zeit gewesen sein, als meine Frau und ich mit dem Gedanken spielten, aus New York wegzuziehen. Wir überlegten eine Zeitlang, ein paar Jahre in Südamerika zu leben, damit der Übergang nach Berlin nicht so holprig würde. Ich konnte mir damals nicht vorstellen, einfach so zurückzugehen. Nach sieben Jahren. Ich würde, davon war ich überzeugt, Berlin immer an New York messen und nie wieder glücklich werden können. Meine Frau und ich sind wirklich für zwei Wochen nach Argentinien und Chile geflogen, um uns Buenos Aires und Santiago anzugucken. So dachten wir damals: Wir gucken uns mal Santiago an. Irre. Wir konnten uns dann allerdings nicht vorstellen, in Buenos Aires zu leben und in Santiago schon gar nicht. Santiago erinnerte mich an Neubrandenburg, wo ich meine Lehrzeit verbracht hatte. Meine Frau und ich liefen stundenlang durch das Viertel, in dem damals Margot Honecker wohnte, ohne zu wissen, was wir gemacht hätten, wenn sie plötzlich aufgetaucht wäre.

Chile war für mich ziemlich aufgeladen mit Erwartungen, seit Fräulein Lüdecke, meine Sportlehrerin an der 30. Oberschule Berlin Prenzlauer Berg, im September 1973 tränenüberströmt und ein bisschen verspätet in unserer Turnstunde erschien, um uns mitzuteilen, dass Salvador Allende ermordet worden war. Ich war in der vierten Klasse und hatte keine Ahnung, was das bedeutete, aber ich habe nie wieder einen Lehrer erlebt, der so bei sich war wie Fräulein Lüdecke in jenem Moment. Jedenfalls spürte ich bei meinem Besuch in Santiago de Chile am anderen Ende der Welt, dass ich nicht wegkam, egal, wie weit ich reiste. Die Fotos, die Uwe uns damals von seiner Wohnung in Buenos Aires gezeigt hatte, fand ich auch nicht wirklich überzeugend, soweit ich mich erinnere. Wir schliefen im Hotel. Uwe sagt, die Wohnung sei heute dreimal soviel wert wie damals. Mit Immobilien, das glaube ich ihm gern, hat er ein gutes Händchen, wie man so sagt.

In den frühen Achtzigern gab es eine Amnestie für Flüchtlinge, Antje konnte ihre Familie in Ostberlin wieder besuchen, und Uwe hatte eine weitere Verwandte im

Westen. Er hatte immer Sachen aus dem Westen, immer Verwandte. Wir nicht. Meine Mutter kam aus dem tiefen Osten. Mein Vater hatte in den sechziger Jahren mal ein Paket zurückgeschickt, das er von einem Onkel aus Karlsruhe bekommen hatte. Es war mit Mehl, Zucker und Linsen gefüllt gewesen, was mein Vater als Frechheit empfand. Er war kein Freund des Sozialismus, wirklich nicht, aber er verachtete Hochnäsigkeit. Danach brach der Kontakt in den Westen ab. So jedenfalls ist es mir erzählt worden, und es passt gut zu dem Bild, das ich von meinem Vater habe. Wir hatten ab Ende der siebziger Jahre Westberliner Kirchenfreunde, einen katholischen Pfarrer namens Weidlich und seine Haushälterin, Frau Bogatzki, die meiner Schwester und mir zu Weihnachten, Ostern und an unseren Geburtstagen Pakete mit Süßigkeiten schickten. Als ich dreizehn war, bekam ich ein Sammelalbum für Sprengel-Fußballbilder und alle Sammelbilder dazu, weil ein Bruder unseres Westberliner Pfarrers in der Hannoveraner Schokoladenfabrik Sprengel arbeitete. Es war der größte Schatz meiner Jugend.

Uwe sagt, er sei mit dem »Spiegel« und dem »Stern« groß geworden, die sein Opa aus dem Westen bekam, und mit »konkret«, der kommunistischen Zeitschrift aus Hamburg, die bezog der Opa ebenfalls. Für mich war es das Sprengel-Fußballalbum mit einem Bild, das Sekundenbruchteile vor dem Tor aufgenommen wurde, das Jürgen Sparwasser im Juli 1974 in Hamburg gegen die westdeutsche Nationalmannschaft schoss. Das wichtigste Tor meiner Kindheit.

Uwe ging auf die Rosa-Luxemburg-Schule in Ludwigsfelde und später, als die Familie ein Grundstück in Biesdorf kaufte, um dort ein Haus zu bauen, wechselte er auf eine Oberschule in Berlin-Lichtenberg, im Hans-Loch-Viertel. Uwe sagt, in der Schule seien viele Kinder von Stasimitarbeitern gewesen. Der Vater einer Mitschülerin wollte verhindern, dass Uwe von dort auf die Erweiterte Oberschule delegiert wurde, wie das Gymnasium damals im Sozialismus hieß, sagt er.

»Woher weißt du das?«, frage ich, weil mir das zu glatt klingt.

»Ines hat es mir auf einem Klassentreffen gestanden. Sie sagte, ihr Vater hatte es auf mich abgesehen. Sie hat sich entschuldigt«, sagt Uwe.

Ich müsste natürlich fragen, wer Ines ist, aber Uwe scheint davon auszugehen, dass ich sie kenne. Es spielt auch wirklich keine Rolle. In der Erzählung. Manchmal war es ein Mädchen aus deiner Klasse, das über deine Zukunft entschied. Meins hieß – sagen wir – Heide. Ich hatte nie viel mit Heide zu tun. Ihr Vater aber, der in der Partei war wie Ines' Vater, wollte nicht, dass ich auf die Erweiterte Oberschule ging, weil ich katholisch war und in der St. Josef-Kirche in Weißensee ministrierte. Seine Tochter Heide hatte gar keinen Vorteil durch meinen Nachteil. Ihr Vater fand es prinzipiell nicht richtig, dass so ein Kirchenjunge in einem sozialistischen Arbeiter-und-Bauern-Staat Abitur machen durfte, glaube ich jedenfalls. Ich habe das damals gar nicht mitbekommen. Meine Mutter hat es mir Jahre später, nach dem Mauerfall, erzählt, zu einem Zeitpunkt, als ich mich im Leben mehr oder weniger durchgesetzt hatte. Ich finde es gut, dass sie so lange damit gewartet hat. Ich habe mich nie als Opfer der Umstände gefühlt. Bei Uwe war das anders, glaube ich. Er spürte, dass er nicht dazugehörte, sagt er. Er war schwul, er kam aus der Provinz, sein Opa war Schauspieler, und seine Lieblingstante lebte in Südamerika. Wie auch immer, anders als ich durfte er am Ende eine Erweiterte Oberschule besuchen. Es gab keine wirkliche Logik hinter den ostdeutschen Kaderentscheidungen, keine Linie.

Ich wurde auf eine Neubrandenburger Berufsschule der Wasserwirtschaft und Abwasserbehandlung geschickt, die »Edwin Hoernle« hieß. Ich weiß bis heute nicht, wer das eigentlich ist, Edwin Hoernle. Aber es war nicht so schlimm, wie es klingt. Ich habe in Neubrandenburg den Beruf eines Instandhaltungsmechanikers für Pumpen und Kompressoren erlernt, nebenbei Abitur und den Führerschein gemacht sowie meine erste richtige Freundin getroffen. Sie hieß Sabine, kam aus dem Prenzlauer Berg wie ich, aber wir lernten uns in einer Mecklenburger Werkhalle kennen und schliefen zum ersten Mal in einem Zelt zusammen, das wir in den Sommerferien unserer Lehre auf einem tschechischen Campingplatz aufgebaut hatten, in Teplice. Der Osten war unberechenbar und farbenfroh, denke ich, auch nicht zum ersten Mal. In den historischen Fernsehdokumentationen sehen die Leute ja alle gleich aus.

Es ist seltsam, dass ich keinen der Orte, an denen Uwe

lebte, zu Ostzeiten gesehen habe. Es war kein großes Land, aber ich war nie in Siebenlehn, nie in Freiberg, Roßwein, Lauchhammer oder Ludwigsfelde, nicht einmal in Biesdorf und auch nicht im Berliner Hans-Loch-Viertel. Eichwalde sah ich immer nur aus dem S-Bahn-fenster, wenn ich zum Wochenendgrundstück unserer Familie fuhr. Einmal hielten wir dort kurz, um einen Kollegen meines Vaters zu besuchen, der später an Krebs starb. Sein Name war Kopphamel. Erstaunlich, woran man sich erinnern kann. Dabei fällt mir ein, dass ich doch einmal im Hans-Loch-Viertel war, weil auch dort ein Kollege meines Vaters wohnte. Heinz. Er hatte einen Sohn, der fünf, sechs Jahre älter war als ich und Bernd hieß. Während unsere Väter im Wohnzimmer irgendwas besprachen, zeigte mir Bernd in seinem Kinderzimmer ein Luftgewehr, das er unter seinem Bett versteckt hielt. Ich fand das unangenehm. Das winzige Zimmer, der Junge, den ich gar nicht kannte, und das Gewehr. Ich war vielleicht sieben oder acht Jahre alt. Bernd fing später an zu saufen und starb mit Anfang dreißig. Meine Eltern nannten ihn immer Berndchen. Komische Gegend. Das waren alles weiße Flecken meiner Jugend.

Ich bin im Berliner Stadtbezirk Prenzlauer Berg aufgewachsen und zur Schule gegangen, mein katholischer Kindergarten, der katholische Schulhort und die Kirche, in der ich Ministrant war, befanden sich in Berlin-Weißensee. Ich besuchte eine Berufsschule der Wasserwirtschaft und Abwasserbehandlung in Neubrandenburg, verbrachte anderthalb Jahre Soldatendienst bei den Luftstreitkräften der Nationalen Volksarmee in den Märkischen Wäldern bei Buckow, studierte in Leipzig an der Karl-Marx-Universität Journalistik und wohnte mit meiner zweiten richtigen Freundin und unserem Sohn sechs Jahre lang in Berlin-Karlshorst, bis die Mauer fiel. Zuletzt in einer Mansarde, in deren Dach ein handwerklich begabter Mann eine Schaufensterscheibe eingesetzt hatte, bevor er in den Westen ausreiste. Es gab viele Orte im kleinen, sozialistischen Deutschland. Wir haben alle ähnliche Erfahrungen gemacht, aber verschiedene Leben gelebt.

Mitte der achtziger Jahre begannen Uwes Eltern, auf dem Grundstück in Biesdorf ein Haus zu bauen. Sie bezogen eine Wohnung im Berliner Neubaugebiet Marzahn, wo Uwe Zeit verbrachte, aber nur so viel wie nötig. Seine Eltern wurden unscharfe Wesen, nehme ich an. Zumindest ging es mir mit meinen Eltern so. Ich kann kaum sagen, was die in den zehn Jahren zwischen meinem 15. und meinem 25. Geburtstag eigentlich gemacht haben. Was ich noch weiß, ist, dass mir mein Vater ein gebrauchtes Motorrad kaufte, eine rote TS 150 ohne Drehzahlmesser, bevor ich nach Neubrandenburg zog, meine Mutter schenkte mir eine Digitaluhr, als ich mein Volontariat im Berliner Verlag begann. Und dann erinnere ich mich gut daran, wie überrascht sie reagierten, als ich ihnen sagte, dass meine Freundin schwanger sei.

Ich war auf Ausgang von der Nationalen Volksarmee in Berlin. Meine Eltern wussten bis dahin nicht, dass ich eine Freundin hatte. Sie wussten nicht mal, dass ich mich überhaupt für Mädchen interessierte. Sie lagen in ihrem Ehebett, ich stand mit meiner Armeeuniform am Kopfende. Meine Mutter sagte, es gäbe Möglichkeiten, mein Vater sagte, ich solle das Mädchen heiraten. Ich war zwanzig Jahre alt. Ich war stolz und ängstlich und habe nichts von dem getan, was sie mir damals rieten. Die Welt drehte sich um mich, so war das.

Uwes Mutter hörte auf, als Unterstufenlehrerin in Marzahn zu arbeiten, nachdem sie einen Nervenzusammenbruch erlitten hatte. Sie arbeitete als Sekretärin bei einer Professorin der Humboldt-Universität. Uwes Vater verdiente verhältnismäßig viel Geld als Spezialschweißer. Er konnte auch unter Wasser schweißen, sagt Uwe. Es klingt wie eine ziemlich außergewöhnliche Begabung. Uwes kleiner Bruder Klaus rauchte, trank und brachte Mädchen mit nach Hause. Die Mädchen liebten Klaus, obwohl er kein schöner Junge war. Er hatte diese Art, sagt Uwe. Klaus schien zu wissen, was er wollte.

Seine Eltern mochten Klaus aus ähnlichen Gründen. Uwe sagt, dass sein Vater ihm Klaus vorzog, weil Klaus, im Gegensatz zu ihm, ein richtiger Kerl war. Uwe sammelte Lackbilder und las, Klaus verprügelte Jungs.

Uwe hatte ein Talent für Sprachen, er gewann Russisch-Olympiaden und kam auf die Idee, Sinologie zu studieren. Weiter weg von zuhause als nach China konnte er kaum kommen. Geografisch, aber auch sonst. China galt als brutal, aber gleichzeitig fortschrittlich, unangepasster und überraschender als unser Land. China erschien Uwe riesig und geheimnisvoll. Er hatte keine Ahnung, was ihn dort erwarten würde, und so sollte es sein. Er verpflichtete sich drei Jahre bei der Nationalen Volksarmee, um den Studienplatz zu bekommen, sagt er. Sie schickten ihn zunächst nach Eggesin, das als einer der schlimmsten Armeestandorte im Osten galt, dann nach Fünfeichen, einen Militärflugplatz bei Neubrandenburg. Irgendwann, nachdem seine Vorgesetzten verstanden hatten, wie gut er Russisch sprach, wurde er ins Bombodrom der sowjetischen Streitkräfte, einen Truppenübungsplatz in der Ruppiner Heide, versetzt, wo er als Dolmetscher arbeitete und eine Beziehung mit einem Unteroffizier begann. Nach der Armeezeit arbeitete er bei einem »An-und-Verkauf«-Laden am Rosenthaler Platz, um das Jahr bis zu seinem Studienbeginn zu überbrücken.

Ruppiner Heide, Bombodrom und Fünfeichen sind für mich weitere weiße Flecken, vom An- und Verkauf am Rosenthaler Platz allerdings habe ich eine Vorstellung. Da hat meine Mutter mir und meiner Freundin Mitte der achtziger Jahre ein Gründerzeitschlafzimmer gekauft, komplett, Betten, Kleiderschank, Spiegel und ein Waschtisch mit Marmorplatte sowie zwei Stühle, deren Sitzflächen mit lila Seide bespannt waren. Das hat alles zusammen gerade so in das Schlafzimmer der kleinen Wohnung in Karlshorst gepasst, in die ich mit meiner Freundin einzog, als sie bereits hochschwanger war. Meine Mutter wollte mit dem Schlafzimmer Tatsachen schaffen, glaube ich. Sie wusste ja, was für ein Zauderer und Grübler ich war. Als ich das Schlafzimmer sah und meine Mutter irgendwas von polierter Lärche erzählte oder vielleicht auch Birke, bekam ich eine Panikattacke. Ich hatte das Gefühl, den Rest des Lebens in diesem Gründerzeitschlafzimmer verbringen zu müssen, lebendig begraben in den Matratzen längst verstorbener Berliner Kleinbürger. Ich war zwanzig Jahre alt. Am Morgen, als der Umzug begann, fasste ich mir ein Herz und erklärte der Familie, dass ich das alles nicht wollte, worauf meine Mutter einen Schreikrampf bekam. Sie hatte mich in ihrer Familienplanung bereits in Karlshorst untergebracht, endversorgt. Meine Freundin sagte gar nichts, sie sah mich nur verständnislos an. Diese gespenstische und auch sehr würdevolle Stille, die von ihr ausging, fand ich umwerfend. Sie war genauso jung wie ich, und wir kannten uns eigentlich gar nicht richtig. Sie stand neben meiner schreienden Mutter wie eine Weise, eine stille Göttin. Im Hintergrund wartete mein Vater, der bereits einige Möbel auf dem Klappfix verstaut hatte, einem kleinen Anhänger für PKW. So zog ich dann doch erstmal nach Karlshorst und legte mich in das Gründerzeitbett, das meine Mutter im An- und Verkauf am Rosenthaler Platz gekauft hatte. Es muss ungefähr die Zeit gewesen sein, in der Uwe dort arbeitete. Es hätte natürlich sein können, dass gerade Uwe meiner Mutter das Schlafzimmer verkauft hat, in dem ich dann fünf Jahre lang schlief. In einem Bett, in dem die stille Göttin mich später mit einem meiner Studienfreunde betrog, während ich sie gleichzeitig mit einer meiner Studienfreundinnen in einem ganz anderen Bett betrog, im Sommer 1987, in Ungarn, wo ich angeblich zu mir selber finden wollte. Je länger ich jetzt darüber nachdenke, desto mehr bin ich davon überzeugt, dass der Platz, an dem Uwe und ich uns am ehesten hätten begegnen können, damals im Osten, dieser An-und Ver-kauf-Laden am Rosenthaler Platz gewesen ist, eine Rumpelkammer, durch die ich manchmal in der Mit-tagspause meines Volontariates beim Berliner Verlag streifte, auf der Suche nach einem Schatz, für den ich überhaupt keinen Platz gehabt hätte in unserer kleinen Wohnung.

Ich habe ewig nicht an das Schlafzimmer gedacht, nur manchmal, wenn ich meine Freundin von damals, die Mutter meines großen Sohnes, in Karlshorst besuche, fällt es mir ein. Sie hat noch den Spiegel, der zu dem Schlafzimmer gehörte, so ein ovaler Spiegel mit einem schmalen Rahmen aus hellem Holz, polierte Birke oder Lärche.

1986 gestand Uwe seiner Oma in Eichwalde, dass er schwul ist. Sie war nicht überrascht. Sie war stolz auf ihn, sagt er, riet ihm aber, sich noch nicht seinen Eltern anzuvertrauen. Vielleicht wollte sie, dass erst das Haus in Biesdorf fertig wurde. Die Oma hatte eigene Pro-bleme mit ihren Kindern. Die Tochter war nach Argen-tinien geflohen, der jüngere Sohn, Wolfgang, trank zu viel, und Peter, Uwes Vater, war ja auch nicht einfach. Aber der war wenigstens geschickt. Er konnte unter Wasser schweißen. Er baute ein Haus in Biesdorf.

Uwe bekam eine Wohnung in der Metzer Straße, dort

wo Prenzlauer Berg und Berlin-Mitte aufeinander stoßen. Es ist heute eine der teuersten Gegenden der Stadt,
war aber auch damals schon beliebt. Die Wohnung
hatte zwei Zimmer, sie war groß für einen zwanzigjäh-
rigen Ostberliner, der übergangsweise im Gebrauchtwa-
renhandel jobbte. Meine Schwester war damals ebenfalls zwanzig Jahre alt und hatte einen, wie man so sagt,
ordentlichen Beruf erlernt. Sie lebte zu der Zeit mit
ihrem Mann, der auch ein Facharbeiter war, und ihrem
gemeinsamen Baby in unserem ehemaligen Kinderzimmer in Prenzlauer Berg, einem etwa 15 Quadratmeter
großen Raum. Der Mann meiner Schwester war über
ein Meter neunzig groß und boxte. Ein Schwergewicht-
ler. Wäre ich nicht im Gründerzeitbett der Karlshorster
Wohnung meiner Freundin untergekommen, hätte ich
dort auch noch gewohnt. Zusammen mit dem Boxer,
dem Baby und meiner Schwester in unserem Kinderzimmer, dessen Wände meine Schwester mit den Hun-
derten Cabinet-Zigarettenschachteln tapezierte, die sie
in ihrem jungen Leben bereits weggeraucht hatte.

Uwe will mir erklären, wie er an die Wohnung gekommen ist, aber ich verliere den Faden, als er von einem
Vormieter aus einer der baltischen Sowjetrepubliken berichtet, der auf einem Heimaturlaub an der Ruhr er-
krankte und nicht mehr zurückkam. Es ist zu spät für
die Details eines Ostberliner Ringtausches, und ich bin
jetzt doch ein bisschen betrunken. Wir trinken inzwischen Schnaps. Uwe Wodka, ich Bourbon. Der junge
Mann, den Uwe Dickerchen nennt, ist wieder da. Er

nickt einem älteren Mann zu, der bei den Leuten an der Bar steht, die immer noch ernsthaft über ihre Kasse diskutieren. Der ältere Mann geht kurz zu dem Tisch, an dem das Dickerchen sitzt, bespricht etwas, dann geht er zurück zu den anderen an die Bar. Sie schauen wirklich ernst, so als wüssten sie, dass die Anastasia gleich in der Ostsee versinkt wie damals die Estonia. Uwe erklärt mir, dass Dickerchen ein Stricher ist. Der ältere Mann an der Bar sei ebenfalls Stricher. Das ist wirklich überraschend. Ein Geschäft läuft direkt vor meinen Augen ab, ohne dass ich in der Lage wäre, es zu erkennen. Es hängt natürlich auch damit zusammen, dass ich gar keine Freier sehe.

Die vier besoffenen Monteure sind hundertprozentig hetero, denke ich. Aber was weiß ich schon. Ich bin mir sicher, dass die Stricher sofort erkannt haben, dass ich nicht schwul bin. Ich schreibe die Wörter Dickerchen und Stricher in meinen Block.

Uwe wartete noch anderthalb Jahre, bis er sich seiner Mutter anvertraute. Er erzählte es ihr auf einer Rückreise aus der Litauischen Sowjetrepublik, wo sie eine Freundin der Mutter besucht hatten, die irgendetwas mit der Wohnung in der Metzer Straße zu tun gehabt haben muss. Sie befanden sich gerade im Zug, sagt Uwe. Deswegen konnte seine Mutter nicht fliehen. Sie wäre gern weggerannt. Aber der Zug fuhr. Durch Polen. Das weiß er noch. Seine Mutter tat erst so, als verstehe sie nicht, wovon er rede, sagt er. Er zeigte ihr ein Foto, auf dem er mit seinem Armeefreund auf dem Sofa saß, einem Feldwebel aus Neubrandenburg. Seine Mutter weinte. Dem Rest der Familie erzählte er es im November 1989, ein paar Tage nach dem Mauerfall auf der nachträglichen Feier zu seinem 24. Geburtstag. Er lud die Familie zu sich nach Hause in die Metzer Straße ein. Seine Eltern, seinen Bruder Klaus und dessen Freundin Dana, die die Tochter des Wirts der »Prager Hopfenstube« auf der Karl-Marx-Allee war. Auch seine Westberliner Tante kam, eine Ärztin, die mit ihrer Freundin am Nikolassee wohnte. Sie brachten Prosecco mit. Sein Bruder Klaus verstand erst nicht, was Uwe ihm die ganze Zeit erzählen wollte. Und als er es verstand, empfahl er eine medizinische Behandlung. Uwes Vater machte seine Frau verantwortlich. Sie hätte Uwe falsch erzogen. Der lesbische Besuch aus Westberlin öffnete die Prosecco-Flaschen.

Dreißig Jahre später, in dieser Sommernacht auf der Ostsee, schmilzt das in meinem müden, trunkenen Kopf alles zusammen. Uwes Geburtstag, der Mauerfall, die Nacht, in der meine Schwester endlich ihren Mann wiedersehen konnte, der im Sommer über Ungarn in den Westen geflüchtet war und inzwischen in einem Übersiedlerlager in Westberlin lebte. Die Nacht, in der ich mich in Karlshorst enttäuscht ins Bett legte, weil die Revolution vorbei war. Natürlich denke ich an Heiner Carows Film »Coming Out«, der genau in dieser Nacht Premiere hatte, was ja wohl kein Zufall sein kann. Als Uwe seinen vierzigsten Geburtstag feierte, lief der Film in einer Endlosschleife in einer Bar in der Lower East Side.

Charlotte von Mahlsdorf, der bekannteste Ostberliner Transvestit, spielte in »Coming Out« eine Bardame. Ich habe Charlotte Ende der neunziger Jahre in Schweden besucht, wohin sie geflohen war, weil ihr Mahlsdorf zu reaktionär wurde. Zumindest hat sie das damals allen erzählt. Sie saß mitten in der schwedischen Einöde in einem Riesenhaus in den endlosen Wäldern, verlassen von allen guten Geistern, sie trug eine Kittelschürze und hat mir aus ihrem Leben erzählt, das sie sich, wie ich wenig später herausfinden sollte, zu großen Teilen ausgedacht hatte. Eine Räuberpistole mit Schurken und Helden, Nazis und Neonazis. Sie hat ein Bundesverdienstkreuz für dieses ausgedachte Leben bekommen, weil niemand wagte, ihr zu widersprechen, einem Opfer von stalinistischem und rechtsradikalem, von deutschem Terror. Am Ende stellte sich heraus, dass sie, als Lothar Berfelde, für die Stasi gearbeitet hatte.

Es gab dann ein Broadwaystück über sie, da war Charlotte schon tot. Es hieß »I'm my own wife« und war ein ziemlicher Erfolg in New York, wo ich lebte, als es uraufgeführt wurde. 2005 war das. Ich habe mich lange mit dem Dramatiker unterhalten, der das Stück geschrieben hat. Er hatte Charlotte schon vor mir kennengelernt, im Ostberlin der Mauerfallzeit, das er als junger schwuler Amerikaner entdeckte wie den Wilden Westen. Es ist ein gutes Theaterstück, aber natürlich ist es auch ein Märchen, das den Amerikanern den wahnsinnigen Osten erklärte, so wie »Cabaret« ihnen die Nazizeit erklärte. Es gab später eine deutsche Fassung am Berliner Renais-

sance-Theater, aber die hat nicht funktioniert, weil sie
zu dicht dran schien, an Charlottes Leben und an unserem, glaube ich, und gleichzeitig viel zu weit weg. Jedenfalls muss ich an all das denken, während Uwe mit dem
x-ten Gin Tonic in der Hand von seinem großen Coming Out erzählt, fünf Tage nach dem Mauerfall mit
der lesbischen Tante aus Zehlendorf, dem Vater, der unter Wasser schweißen konnte, und dem Bruder Klaus,
der später die Wirtstochter der »Prager Hopfenstube«
heiraten sollte, eine der besten Partien in Ostberlin.

Ich ging am Wochenende, nachdem die Mauer gefallen war, gemeinsam mit meiner Freundin und unserem
fünfjährigen Sohn zum ersten Mal in den Westen. Wir
überquerten die Oberbaumbrücke und alles, woran ich
mich erinnere, sind die sauberen Verkehrsschilder und
der Geruch von aufgebackenen fettigen Pizzabroten, den
ich heute noch manchmal wiederfinde, wenn ich an
Bahnhofskiosken vorbeilaufe oder an Imbissen in Fuß-
gängertunneln deutscher Kleinstädte. Ein paar Tage später besuchte ich eine Studienfreundin in Charlottenburg,
die ein halbes Jahr zuvor ausgereist war. Sie hatte Kul-
turwissenschaften in Leipzig studiert und nach dem Di-
plom als Kellnerin auf der Karl-Marx-Allee gearbeitet,
weil sie einen Ausreiseantrag gestellt hatte. Jetzt wohnte
sie in einer winzigen Altneubauwohnung in einer Seiten-
straße des Ku'damm. Da schliefen wir im November 89
noch einmal zusammen, ein letztes Mal. Es war mein erster Sex im Westen, und als ich später in der Nacht durch
den Tränenpalast zurück in den Osten lief, hatte ich das

Gefühl, dass sich nicht soviel verändern würde. Das war einerseits Quatsch, und anderseits stimmte es natürlich.

In jenem Herbst begann Uwe an der Humboldt-Universität Sinologie zu studieren. Sie übersetzten Mao-Texte und redeten über die Kulturrevolution, sagt er.

In den Herbstferien nahm er an der letzten Russisch-Olympiade teil, obwohl er ja eigentlich Chinesisch studierte. Er gewann die Herder-Medaille in Gold und eine Reise nach Kiew, die er im Frühjahr 1990 antrat. Eine Zugreise in ein auseinanderfallendes Riesenreich. Den Leuten dort ging es noch schlechter als den Ostdeutschen.

Uwe redet jetzt von seinem Russischlehrer Lankowski, der Kettenraucher war und mit ihnen das Buch »Dr. Sorge funkt aus Tokyo« vom Deutschen ins Russische übersetzte oder andersrum. In meinem Notizbuch steht jetzt: Dr. Sorge funkt aus Tokyo. Ich frage mich, ob ich das später noch lesen kann und wenn ja, ob ich wissen werde, was es bedeuten soll. Kurz nachdem er aus Kiew zurückkam, brach Uwe zu seinem Auslandssemester nach Peking auf. Es war das Frühjahr vor der Währungsunion. Sie händigten ihm Devisen aus wie Munition. Er hatte irgendwann fünf Ausweise, sagt er. Den DDR-Pass und den westdeutschen, einen europäischen und einen Westberliner sowie einen Personalausweis. Ich schreibe es auf, obwohl ich mich beim besten Willen nicht an einen Westberliner Pass erinnern kann und auch nicht an einen europäischen. Das Schreiben hält mich wach, beschließe ich. Die Wohnung in der Metzer Straße vermietete Uwe an einen ehemaligen sowjetischen Offizier namens Alexej, der dadurch Bleiberecht erhielt. Später, in den Neunzigern, war Alexej in schmierige Geschäfte verwickelt, wie Uwe das nennt. Der Mann lebt heute in Biesdorf oder in Mahlsdorf. Er habe noch Kontakt zu Alexejs Exfrau, sagt Uwe, die sei nett. Sie wohnt heute in der Petersburger Straße. Petersburger Straße, schreibe ich. Und dahinter, in Großbuchstaben: HEUTE. Die Zeiten tanzen in meinem Kopf.

Es gibt ein Foto, das Uwe und seine vier Ostberliner Kommilitonen im Flugzeug nach Peking zeigt. Er sieht blass aus und jung, obwohl ihm bereits damals die Haare ausgingen.

Uwe erlebte die Währungsunion und die deutsche Einheit in China. Er ging dort verloren, wie es aussieht. Die DDR-Botschaft in Peking wurde aufgelöst, und die BRD-Botschaft fühlte sich nicht zuständig für die fünf Abgesandten der Ostberliner Humboldt-Universität. Sie bewarben sich um eine Finanzhilfe beim DAAD, dem Deutschen Akademischen Austauschdienst, der die westdeutschen Studenten unterstützte, sagt Uwe. Aber die Anträge wurden abgelehnt, die Humboldt-Universität existierte in den DAAD-Karteien nicht. Uwe und seine vier Ostkommilitonen trieben im Reich der Mitte, staatenlos und mittellos. Sie begannen zu schmuggeln. Sie waren als Ausländer im Besitz der sogenannten Marco-Polo-Karte, die ihnen erlaubte, westliche Luxusgüter zur eigenen Verwendung nach China einzuführen, sagt Uwe. Fernseher, Kühlschränke, Stereoanlagen, Kaffeemaschinen, Walkmen. Sie schleppten das Zeug im Morgengrauen über die Brücken zwischen Shenzen und Hongkong und verkauften es mit Gewinn in China. Den Tipp mit der Marco-Polo-Karte hatten sie von afghanischen Diplomaten, die wohl auch so überlebten, sagt Uwe. Die talentierteste Schmugglerin war seine Ostberliner Kommilitonin Nastja, die aus der Winsstraße im Prenzlauer Berg kam. Sie benutzte Dutzende Träger, die ihr Kühlschränke übers Wasser schleppten, und schmuggelte auch Autos und Motorräder, obwohl das eigentlich verboten war.

Nastja, die Ruchlose, haben wir sie genannt, sagt Uwe.

Einmal traf er sie im Morgengrauen mit einer ganzen Kolonne. Autos, Motorräder, Kühltruhen, Waschmaschinen und vorneweg Nastja aus der Winsstraße. Sie habe nicht mit der Wimper gezuckt, sagt Uwe. Später hat Nastja einen Iren geheiratet, mit dem sie nach Dublin zog. Das Letzte, was er von ihr gehört hat, war, dass sie für eine irische Investmentfirma Hedgefonds verwaltete. Er hat sie vor ein paar Jahren in der Sredzkistraße gesehen, sagt Uwe. Aber er weiß nicht genau, ob sie es wirklich war.

»Wie sah sie denn aus?«, frage ich, wacher jetzt.

»Besonders«, sagt Uwe. »Mandelförmige Augen. Sie hatte ja tatarische Vorfahren, und das sah man. Und sie kleidete sich extravagant. Eine Erscheinung.«

Ich nicke, ich lache, ich schreibe: Nastja, die Ruchlose in mein Notizbuch. Ich liebe diese Frau. Ich liebe sie wie eine Kinoheldin, wie eine Romanfigur. Sie heißt doch nicht zufällig genau so wie das Mädchen, in das sich der Erzähler von Dostojewskis »Weiße Nächte« verliebt. Die junge Frau, die er nachts auf den St. Petersburger Straßen trifft. Nastenka. Ich hätte nichts dagegen, ewig so weiter zu fahren, auf der Ostsee, auf unserem einzigen Meer, auf dem es nie richtig dunkel wird, und Geschichten darüber zu hören, wie Nastja aus dem Winsviertel eine Armee asiatischer Kühlschrankträger über Brücken dirigiert, die im Hongkonger Morgennebel schweben. Marco-Polo-Karte! Das war doch unser eigentlicher Pass.

Es ist kurz vor drei, glaube ich, ich bin jetzt wirklich müde und betrunken, und das Boot schaukelt, aber ich fühle mich dieser wunderbaren Wendezeit so nahe wie lange nicht mehr. Alles fließt ineinander wie Wasserfarben. Alles war möglich, nichts zählte mehr. Mir fällt dazu seltsamerweise immer gleich der Polski Fiat ein, den mir mein Schwager im Frühsommer 1989 vermachte, bevor er in den Westen flüchtete. Das Auto erschien mir eine Zeitlang so kostbar wie ein Schatz, es war, nach dem Sprengel-Fußball-Album, dem Römer-Integralhelm und meiner Levi's-Jacke der wichtigste Gegenstand, den ich bis dahin besessen hatte. Ich nannte ihn nur den »Polski«, als wäre er ein Familienmitglied. Er war siebzehn Jahre alt, aber noch im November 1989 sehr viel wert, finanziell, aber auch historisch. Er war das Vermächtnis meines Schwagers. Das Auto hat meine kleine Familie zum letzten Urlaub vor dem Mauerfall an die Ostsee gebracht, in ein Gewerkschaftsferienheim mit dem Namen

»Julius Fučik«, ein tschechischer Kommunist und Journalist, der von den Nazis in Plötzensee ermordet wurde. Es schaffte auch die erste Reise nach dem Mauerfall an den Balaton. Da bildeten sich auf den ungarischen Schnellstraßen schon lange Schlangen hinter uns, wir hielten die anderen auf, selbst die gebrauchten Opel Kadett, für die sich meine ostdeutschen Landsleute verschuldeten. Kurz nach der deutschen Einheit sprang der Polski nicht mehr an, als würde er nun spüren, wie alt er eigentlich war. Bei einer Reportagereise zu einem Ort namens Marxwalde, der gerade im Begriff war, sich in Neuhardenberg umbenennen zu lassen, blieb der Wagen wieder stehen. Ein brandenburgischer Autohändler bot mir an, das Auto in Zahlung zu nehmen, wenn ich bei ihm ein neues kaufte. Das war unvorstellbar für mich. Ich habe schon oft über dieses Auto geschrieben, der Wagen spielt in meinen Geschichten eine Rolle wie die Autos in den Springsteen-Songs. Er war auch in der Nacht dabei, in der ich meine Frau kennenlernte. Es war in den Tagen nach der Währungsunion, wir fuhren durch eine menschenleere Ostberliner Nacht, niemand wollte das kostbare neue Westgeld ausgeben. Wir tranken in Mitte und Friedrichshain und tanzten in einer verlassenen Bar in Friedrichshagen, wir küssten uns zum ersten mal vor einer Kneipe in der Proskauer Straße, in der uns, gegen vier Uhr früh, ein besoffener alter Mann eine Pistole gezeigt hatte, eine russische oder eine deutsche, genau weiß ich das nicht mehr. Im Morgengrauen fuhr ich meine zukünftige Frau zu ihrer Wohnung zurück, wo auch noch der Mann lebte, mit dem sie ein knappes Jahr verheiratet gewesen war. Wir saßen zwei, drei Minuten im Auto und dachten daran, was gerade mit uns passierte. Ich jedenfalls dachte das. Außerdem dachte ich an das Auto. Ich ließ den Motor laufen, weil ich nicht wusste, ob er wieder anspringen würde. Eine Zeitlang versuchte ich, das Auto zu reparieren, oder sagen wir, reparieren zu lassen. Es war fast immer die Wasserpumpe, die kaputt war, sie schien das Herz meines Wagens zu sein. Mein Schwager hatte mir, bevor er in den Westen ging, die Adresse eines ehemaligen Ostberliner Rallyefahrers hinterlassen, der in der Nähe von Erkner wohnte, wenn ich mich richtig erinnere, und zwei Scheunen voller Ersatzteile für den Polski Fiat besaß, darunter viele Wasserpumpen. Aber irgendwann wurden die Zeiten schneller als das Auto, und ich ließ es in der Straße vor unserem Karlshorster Haus stehen, wenn es nicht ansprang, und nahm mir ein Taxi oder einen Mietwagen, die es plötzlich auch gab. Mit einem der ersten, einem Golf von Europcar, den ich am Alexanderplatz für eine Recherche im ehemaligen Ostpreußen gemietet hatte, fuhr ich im Januar 1991 in Hellersdorf versehentlich rückwärts in einen Linienbus, ohne dass es irgendwelche Konsequenzen hatte, finanzielle Konsequenzen. Ich war versichert, bei Europcar. In meinem Polski in Karlshorst, der irgendwann gar nicht mehr ansprang und sich auch nicht mehr richtig abschließen ließ, begannen, kurze Zeit nach dem Busunfall, Kinder zu spielen. Eines Nachmittags kam mein Sohn mit den Scheibenwischern in unsere Wohnung zurück, die er vor den anderen Kindern gerettet hatte. Da waren die Reifen schon weg. Wir ließen das Auto abholen. Ich hob die Nummernschilder auf, aber irgendwann gingen auch die verloren. Meine Beziehung zerbrach wie mein Land. Alles löste sich auf, alles war möglich. Ich hatte nie Angst. Ich konnte nach Amerika fahren, ich fuhr nach Amerika. Ich wurde Lokalchef bei meiner Zeitung und gab den Posten schnell wieder zurück, weil er mich langweilte und überforderte, beides gleichzeitig.

Uwe verbrachte diese Zeit in China. Er verliebte sich in einen Studenten aus Baden-Baden, der später eine Frau heiratete. Er hieß Klaus wie Uwes Bruder. Als die neue Leitung der Humboldt-Universität andeutete, dass das Studium, das Uwe seit zwei Jahren betrieb, seine Struktur verändern würde, weil es nicht den westdeutschen Anforderungen entsprach, zog er mit Klaus für ein knappes Jahr nach Hongkong, die aufregendste Stadt, die er jemals gesehen hatte. Er wollte Luft holen, nachdenken, eine neue Perspektive finden und das, so sagt er, konnte er nicht in dem zubetonierten, kalten Peking. Klaus und Uwe lebten zwischen Restaurants, Bordellen und Bars, eingehüllt in exotische Gerüche, Geräusche und eine feuchte, klebrige Hitze. Ihre Wohnung befand sich in den Chungking Mansions, einem riesigen Häuserblock an der Hauptverkehrsstraße Nathan Road, in dem Rucksacktouristen und Prostituierte lebten und gelegentlich jemand bei einem Brand starb. Die Wohnung war nur zehn Quadratmeter groß, der Hof war voller Müll, und die Nachbarn, indische Gastarbeiter, kochten rund um die Uhr Curry. Als das Geld, das sie mit Schmuggeln verdient hatten, aufgebraucht war, arbeiteten Uwe und Klaus als Stenografen im Obersten Gericht von Hongkong. Sie wussten nicht, wie es weitergehen würde, aber für den Moment hatten sie alles, was sie brauchten, sagt Uwe. Sie waren glücklich, so wie ich damals glücklich war, als alle Grenzen und Konventionen sich auflösten, als alles weich war und möglich, als man parken konnte, wo man wollte, und schreiben, was man wollte.

Meine Freundin warf mich aus der Karlshorster Wohnung, kurz vor der deutschen Einheit. Es war, soweit ich das sagen kann, für uns beide eine Erlösung. Am Ende stand sie im Hausflur und sah zu, wie ich zusammen mit ihrem Bruder die Kunstledercouch namens »Conny« nach unten schleppte, die ich mir zwei Sommer zuvor in einem volkseigenen Möbelgeschäft am Spittelmarkt gekauft hatte. Es war der lakonische Abschluss einer leidenschaftlichen Beziehung. In meiner Erinnerung lächelt meine Freundin uns hinterher. Ihr Bruder, der Mitte der achtziger Jahre in Bautzen gesessen hatte, fuhr einen schneeweißen Mercedes, den er kurz nach der Währungsunion von Kreuzberger Türken gekauft hatte. Der Mercedes war auch innen weiß, selbst das Armaturenbrett. Es spiegelte sich in der Windschutzscheibe, so dass man kaum sehen konnte, was draußen passierte. Es ist wahrscheinlicher, dass wir die Couch mit dem Barkas, einem ostdeutschen Kleinbus, den der Bruder meiner Freundin gekauft hatte, als er eine Bar in Berlin

Friedrichshagen aufmachte, transportierten, aber in meiner Erinnerung fährt mich ein schneeweißes Zuhälterauto in mein neues Leben. Ich nahm nichts mit außer der Couch und einem Koffer voller Wäsche. Die Palmen, die wir von meiner Schwester und ihrem Mann übernommen hatten, bevor die in den Westen gingen, wären bei mir eingegangen. Diese Palmen waren damals eine Riesensache, sie waren unsere Karibik, unsere Südsee. Meine Bücher, Platten, Fotos, Urkunden, meine Facharbeiterarbeit über die Abwasserkanalreinigung mit Schlammsaugwagen und meine Diplomarbeit, die von der Glosse im sozialistischen Journalismus handelte, die Manuskripte meiner ersten Gedichte, Kurzgeschichten und all die Romananfänge verstaute ich auf dem Karlshorster Dachboden, um sie später abzuholen. Das meiste fiel irgendwelchen Entrümplungsaktionen zum Opfer. Ich stellte die Couch in die verlassene Prenzlauer-Berg-Wohnung meiner Schwester, die mit ihrem Mann und dem gemeinsamen Sohn in einem Aussiedlerheim in der Kurfürstenstraße wohnte, schlief darauf, zugedeckt mit einem neuen, schwarzen Wintermantel, den ich mir in einem Westberliner Warenhaus gekauft hatte. Ich hatte keine Kohlen, um die Öfen zu heizen, zumindest nahm ich das an. Ich traute mich nicht in den Keller, weil dort Ratten waren, die ich zwar nicht gesehen, aber gehört hatte. Das Kellerlicht funktionierte nicht. Ich war sowieso kaum zu Hause, ich musste das zusammenbrechende Land beschreiben. Um zu verstehen, was mit mir passierte, lebte ich in den Schicksalen meiner Landsleute, die ihre Arbeit verloren, ihre Geschichte, ihre Welt.

Als der erste Winter vorbei war, kamen neue Besitzer und kauften die Zeitung, für die ich arbeitete, der Sozialistischen Einheitspartei ab, die es aber eigentlich nicht mehr gab. Für ein knappes Jahr hatte die Zeitung einem Geist gehört. Das war sehr angenehm, aber nun vorbei. Die Redakteure parkten ihre Autos nicht mehr auf dem Bürgersteig vor unserem Verlag. Ich zog mit meiner neuen Freundin zusammen, die ich natürlich bei der Arbeit kennengelernt hatte. Wir kauften Ölradiatoren, wir kauften ein neues Auto, einen gebrauchten schwarzen Sportwagen, zweisitzig, Dortmunder Kennzeichen. Mit dem fuhren wir im Frühjahr 1991 in die Toskana, in unseren ersten richtigen Westurlaub, wo wir von Touristen aus dem Ruhrgebiet gegrüßt wurden, die uns für Landsleute hielten. Zurück fuhren wir in der Nacht, um das Geld für ein Hotel in Florenz zu sparen. Wir rauchten eine Schachtel Zigaretten oder zwei und schliefen am nächsten Vormittag ein paar Stunden in einem Doppelstockbett im Studenteninternat der Leipziger Karl-Marx-Universität, wo meine Freundin noch ihre Diplomarbeit fertig schreiben musste, die vom Schicksal der Zeitung handeln sollte, bei der wir beide arbeiteten. Ich war, soweit ich mich erinnere, müde, unruhig und glücklich.

Etwa zu der Zeit öffnete Uwe in Hongkong einen Brief seiner Mutter. Darin stand der Satz: »Man will nicht mehr leben.«

Er kehrte im Herbst 1991 nach Berlin zurück. In eine Stadt, die er nicht mehr erkannte, sagt Uwe. Ein neues Kapitel. Ich muss ins Bett. Uwe überlegt, ob er vielleicht mit Dickerchen weitermacht. Aber dann gehen wir zusammen. Ich weiß nicht, ob es schon hell ist oder immer noch nicht dunkel. Uwe biegt in den Bauch des Schiffes ab, wo seine Mutter schläft, ich gehe in meine Außenkabine. Ich sehe aus dem Fenster und bilde mir ein, dass das Licht dort draußen fast genau dieselbe Farbe hat wie das Licht damals im Herbst. So unentschieden.

ZWEI

Ich werde auf Russisch geweckt. Ich glaube, das passiert zum ersten Mal in meinem Leben. Die Stimme kommt aus einem Lautsprecher. Sie sagt, dass wir gleich in St. Petersburg anlegen werden. Dann wiederholt sie die Ansage auf Englisch. Und dann noch einmal auf Finnisch, soweit ich das einschätzen kann. Ich schaue auf die Uhr und sehe, dass es noch zwanzig Minuten bis zu der Ankunftszeit sind, die in meinem GO-RUSSIA-Reiseplan steht. Ich richte mich auf und merke, dass ich noch ein bisschen betrunken bin. Ich glaube nicht, dass ich es zum Frühstück schaffe. Draußen ist es richtig hell. Aus dem Bullauge ist Wasser zu sehen und ein schmaler Landstreifen, der unbesiedelt wirkt. Ich kann mir nicht vorstellen, dass wir in zwanzig Minuten in einer Großstadt anlegen werden, und dann fällt mir ein, dass es vielleicht einen Zeitunterschied zwischen St. Petersburg und Helsinki gibt. Ich schalte mein Handy ein, um das herauszufinden, habe aber keinen Empfang. Ich starre etwa eine Minute lang in die Duschkabine, bevor ich mich gegen Duschen entscheide. Ich ziehe mir erstmal eine Hose an und setze mich wieder aufs Bett.

Das Konzept der Zeitzonen überfordert mich, vor allem bei kleineren Sprüngen und bei den ganz großen. Wenn ich das zu dicht an mich heranlasse, verliert alles seinen Sinn. In meinem Leben dreht sich fast alles darum, sehr viel sehr schnell zu tun. Nach dem Mauerfall bin ich wie eine Feuerwerksrakete in die Welt geschossen. Die ganze Enge entlud sich in einer Art Urknall. Ich glaube, ich hatte das Gefühl, viel nachholen zu müssen. Ich habe irgendwann gemerkt, dass die meisten meiner westdeutschen Landsleute gar keinen Vorsprung hatten. Es lag nicht an ihren Möglichkeiten, es lag an meinen Erwartungen. Aber da war es schon zu spät, da hatte ich schon zu viel Tempo drauf. Ich hatte dann manchmal das Gefühl, mich selbst zu überholen. Am schlimmsten war es, glaube ich, an einem Nachmittag im Spätsommer 2000, als ich die Olympischen Spiele in Sydney besuchte.

Ich saß in einem gesichtslosen australischen Holzhaus, das der SPIEGEL für seine acht Berichterstatter angemietet hatte, und versuchte, einen Text über drittklassige amerikanische Baseballspieler zu schreiben, die zum ersten Mal an den Olympischen Spielen teilnahmen, während bei ihnen zu Hause die erstklassigen Spieler die World Series austrugen. Ich hatte die ausrangierten Baseballspieler, die nach Sydney konnten, in einem Vorbereitungslager in Philadelphia getroffen und merkte gerade, dass ich eines meiner Notizbücher, in dem die Baseballinterviews standen, in New York vergessen hatte, wo ich damals lebte. Ich wurde ziemlich panisch. Es waren meine ersten Olympischen Spiele, und ich arbeitete noch nicht mal ein Jahr für den SPIEGEL. In Amerika war es Nacht. Ich hinterließ eine Nachricht auf dem Anrufbeantworter unseres Büros in Manhattan. Dann rief ich einen deutschen Popliteraten in Berlin an, um Zitate für eine ganz andere Geschichte abzustimmen. Sie sollte von der Grenzlinie zwischen Literatur und Journalismus handeln und in einem Magazin namens SPIEGEL-Reporter erscheinen, das es heute nicht mehr gibt. Ich hatte den Autor, der jung und berühmt war, zwei Monate zuvor für ein paar Stunden in Berlin getroffen, weil ich sowieso in der Stadt war. Den Text hatte ich auf dem Flug von Los Angeles nach Sydney geschrieben, eine Reise, bei der man die sogenannte Datumsgrenze überquert, ein Gedanke, der mir fast das Hirn sprengte. Nun erklärte mir der Autor am Telefon, er erinnere sich nicht daran, die Dinge aus meinem Text so gesagt zu haben, und er steige gerade in ein Flugzeug nach Köln. Wir könnten in einer Stunde weiterreden. Er schaltete sein Handy aus. Ich hatte keine Ahnung, wie spät es in Berlin war, wo der Autor in ein Flugzeug stieg, und wie spät in New York, wo meine Frau und meine Kinder schliefen und auch ich schlief, eigentlich. In Australien war es nachmittags, soweit ich mich erinnere. Ich wartete eine Stunde, aber der Popliterat war nicht mehr zu erreichen. Ich rief noch ein paarmal bei ihm an, aber er schien nie in Köln angekommen zu sein, vielleicht hatte er auch sein Handy verloren oder weggeworfen.

Achtzehn Jahre später las ich in seiner Autobiographie, dass es eine Zeit war, die er mehr oder weniger im Rausch verbracht hatte. Mir ging es ähnlich. Bei ihm waren es Alkohol und Kokain, bei mir die Geschwindigkeit. Ich war in eine Zeitmaschine geraten. Eine Zeitwaschmaschine, die mich durchschleuderte.

Eine New Yorker Kollegin faxte mir später alle Seiten meines vergessenen Notizblockes mit den Aufzeichnungen über die amerikanischen Baseballspieler einzeln nach Australien. Wegen des Zeitunterschieds kamen sie bei uns mitten in der Nacht an. Das Faxgerät stand im Zimmer eines Kollegen von SPIEGEL-TV, Detlef, direkt neben seinem Bett. Es summte stundenlang. Detlef sah am Morgen ziemlich zerstört aus. Vor meinem Fenster schrie ein exotischer Vogel, den ich nie sah, dessen Ruf ich aber bis heute imitieren kann.

Aus dem geplanten Text über die Grenzlinie zwischen Literatur und Journalismus machte mein Hamburger Redakteur einen Text über das Wesen von Bestsellern, aber das bekam ich in meiner Zeitschleuder gar nicht mehr richtig mit. Es blieb ein vages Gefühl, dem Erfolgsautor unrecht getan zu haben, genau wie den amerikanischen Baseballspielern sowie der deutschen Schwimmweltmeisterin und dem Langstreckenläufer, die ich kurz vor den Olympischen Spielen beim Training in Berlin Hohenschönhausen beziehungsweise in St. Moritz getroffen und dann, in wieder einer anderen Zeitzone, für den SPIEGEL beschrieben hatte. Aber dieses Gefühl, ungerecht zu sein, habe ich immer, bei jedem Text, den ich schreibe. Ich kann nicht mithalten mit dem Leben, mit der Zeit. Ich glaube, dass meine schärfsten, härtesten Beschreibungen in dem Wunsch entstanden sind, die Menschen, die ich porträtiere, festzuhalten. Ich tackere sie aufs Papier, ich nagele sie in meinen Reportagen fest.

Das australische Holzhaus hätte überall auf der Welt herumstehen können, aber weiter weg von zu Hause als dort war ich nie.

Jetzt gehe ich ins Bad und putze mir die Zähne. Dann schaue ich auf den Flur, wo keine Menschen herumstehen, die auf den Ausstieg warten, und beschließe, dass ich noch Zeit habe für ein kleines, schnelles Frühstück.

Uwe und seine Mutter sitzen ganz am Rand des großen Speisesaals, in der Nähe der Fenster. Uwe wirkt erstaunlich unversehrt, das Frühstück sieht herzhaft aus. Es gibt eingelegten Fisch, Salate, überall sind hartgekochte Eier dran, Sauerrahm und rohes Kraut in leuchtenden Farben. Ich trinke drei Gläser Wasser im Stehen und lade mir den Teller voll. Fisch hilft, denke ich. Eingelegter Fisch. Ich war so lange nicht mehr betrunken. Jahrelang nicht. Irgendwann habe ich aufgehört, Schnaps zu trinken, wahrscheinlich war das genau der Zeitpunkt, als ich im Westen ankam. Jetzt geht es wieder nach Osten. Ich versuche, mich an die Euphorie zu erinnern, die ich heute Nacht empfunden habe, als Uwe von Nastja erzählte, aber mir ist noch zu schwummrig. Uwe und seine Mutter sind bereits mit dem Frühstück fertig. Sie sehen mir beim Essen zu. Uwe hat eine kleine Pillendose, aus der er ein paar Tabletten fischt. Sie sind gegen Bluthochdruck und Arthritis, sagt er und lächelt leicht. Er scheint stolz darauf zu sein, auf die Pillen, die Dose, seine Krankheiten. So als freue er sich, vor der Zeit zu altern.

Es ist wirklich eine Stunde früher, als ich beim Aufwachen dachte.

Die Landstücke dort draußen vor den Fenstern werden breiter, auf manchen stehen Sträucher und Bäume und hier und da sieht man auch einen Menschen. Die meisten angeln.

Der Fisch hilft. Ich erkläre, wie mich Nastja, die Ruchlose, begeistert hat. Uwes Mutter schaut misstrauisch, aber Uwe lächelt. Er erzählt, dass Nastja und er in China manchmal Zarah-Leander-Lieder gesungen haben, und das dämpft meine Begeisterung gleich wieder. Wenn ich Zarah Leander höre, denke ich sofort an UFA-Filme und an Joseph Goebbels. Das ist wahrscheinlich ungerecht, aber es passiert eben. Es war auch oft schwer, Leuten, die es nicht erlebt haben, meinen sozialistischen Alltag im Wendeherbst zu erklären. Sie sahen mich entweder auf Appellplätzen herumstehen oder in Kellerräumen von Widerstandskirchen Flugblätter drucken. Natürlich sollte man das eine nicht mit dem anderen vergleichen, aber der Kopf funktioniert so. Er will Opfer oder Täter. Ich verstehe das Bedürfnis, aber so einfach liegen die Dinge meistens nicht. Der Bruder meiner Ex-Freundin zum Beispiel saß, soweit ich mich erinnere, im Gefängnis Bautzen, weil er in einem volkseigenen Bekleidungslager Leder geklaut hatte, um daraus Jacken zu nähen, die man im Osten gut verkaufen konnte. Wenn die Wörter Bautzen und Gefängnis fallen, denken alle nur an Unrechtsstaat, Regimegegner und stalinistische Willkür. Da kommt man gar nicht mehr dazu, irgendwas von Lederjacken zu erzählen. Und warum soll man das auch machen. Es war ja schlimm genug, alles. In den meisten Fällen waren die Lederjackennäher auch Regimegegner, allerdings Regimegegner, die das Regime brauchten, um ihre Lederjacken mit soviel Gewinn verkaufen zu können. Die schlauen Lederjackenverkäufer wussten das auch.

Ich kann mich gut erinnern, wie der Bruder meiner Freundin im Sommer 89 nach Ungarn fuhr, wo damals die Ostdeutschen in Scharen in den Westen abhauten. Wir haben ihn verabschiedet, als würden wir ihn nie wiedersehen. Aber er kam zurück. Schief und wissend lächelnd. Unberechenbar und verlässlich wie jeder gute Mann.

Draußen werden die Inseln größer, man sieht immer mehr Angler und dann auch Häuser, die ebenfalls größer werden. Wir fahren unter einer riesigen Brücke hindurch, und dann sind wir auch schon da, in St. Petersburg. Es dauert eine Stunde, bevor wir überhaupt von Bord kommen. Es gibt wirklich nur den einzigen kleinen Ausstieg, man möchte keine Panik erleben auf der Anastasia.

Vor der Halle, in der unsere Pässe kontrolliert werden, bildet sich sofort die nächste Schlange. Wir stellen uns an, nichts bewegt sich. Meiner Erfahrung nach bilden sich diese Schlangen immer an Ländergrenzen, die sowieso schon wahnsinnig gut bewacht sind. Die Länder, wo ich am längsten auf meine Einreise warten musste, sind die USA, Russland, Israel, China, Indien und der Iran. Im vorigen Sommer bin ich bei der Einreise nach Moskau, wo am nächsten Tag das Eröffnungsspiel der Fußballweltmeisterschaft stattfinden sollte, in genau so eine endlose Schlange geraten, die sich einfach nicht weiterbewegte. Dieses Feststecken ist ein Ostgefühl, und sofort waren wieder die alten Reflexe da: das Drängeln, der Kampf um jeden Zentimeter. Irgendwann beginne ich die anderen in der Schlange als Gegner zu sehen. Und je mehr ich vergesse, worauf ich eigentlich warte, worum es eigentlich geht, desto wütender werde ich auf die Gegner. Ich spüre in diesen Momenten gar keine zivilisatorischen Werte, ich bin ein Wilder. Deswegen bin ich weit gekommen und fühle mich auch im israelischen Straßenverkehr zuhause, wo niemand nachgibt.

Uwe redet mit einer gut aussehenden Chinesin. Ich stehe mit seiner Mutter zusammen. Seine Mutter lächelt und schüttelt den Kopf. Ich weiß nicht, ob sie stolz auf ihren Sohn ist oder einfach nur ratlos angesichts seiner Umtriebigkeit. Ich könnte sie fragen, was sie damals, 1991, meinte, als sie Uwe nach Hongkong schrieb: Man will nicht mehr leben. Aber das bringe ich nicht fertig. Ich sage ihr lieber, dass ich heute zum ersten Mal im Leben von einer russischen Stimme geweckt wurde.

»Da haben Sie ja Glück gehabt«, sagt Uwes Mutter,

und es klingt schlagfertig, obwohl ich nicht weiß, was sie eigentlich damit meint.

»Die Chinesin ist aus Taiwan«, sagt Uwe, als er zu uns zurückkommt. Das merke man gleich.

»Woran denn?«, frage ich.

»Sie sind vornehm und besser gekleidet«, sagt Uwe. Er zieht die Nase kraus. Seine Mutter nickt.

Vor uns in der Schlange stehen drei Australier, ein durchtrainierter, glatzköpfiger Mann Mitte fünfzig mit seiner erwachsenen Tochter und seinem Sohn. Sie sind auf einer dreimonatigen Reise durch Europa. Zur Familie gehören auch noch die Mutter und eine weitere Tochter, die irgendwo in der Wartehalle nach einer Abkürzung suchen, wenn ich das richtig verstanden habe. Eine der Töchter macht ein Austauschjahr in England, eine studiert ein Semester in den Niederlanden, in Nymagen. Ich sage ihr, dass ich dort mal auf einem Literaturfestival gelesen habe. Und dann sage ich noch, dass mein Sohn ebenfalls ein Jahr lang in Holland studiert hat, an der Universität Leiden. Die junge Frau geht nicht darauf ein, sie fragt, ob ich aus Amerika komme. Nein, sage ich, ich bin Deutscher. Und bevor ich das weiter eingrenzen kann, erklärt Uwe, dass er in New York lebe, ich in Israel und seine Mutter in Berlin. Er verkauft uns dieser australischen Familie als internationale Reisegruppe. Uwe spricht plötzlich mit einem unglaublich breiten amerikanischen Akzent, er klingt, als würde er in Alabama leben. Ich verstehe das, ich verstehe das sogar besser, als mir lieb ist, habe aber den Eindruck, den Australiern ist es ziemlich egal, wo wir herkommen. Wie viele Bewohner großer Länder gehen sie davon aus, dass sich die Welt eher für sie interessiert. Sie wundern sich nicht, dass Uwe Russisch, Chinesisch und Englisch sprechen kann, obwohl seine Mutter aus Berlin kommt. Sie erzählen die ganze Zeit von ihrer Reise, und als irgendwann die Mutter und die andere Tochter auftauchen, geht es wieder von vorn los. Die Familie, die unsere Berliner Wohnung gemietet hat, während wir in Israel leben, kommt auch aus Australien. Ein Investmentbroker, seine Frau und zwei Kinder. Sie schlafen in unseren Betten, sie sitzen in unserer Badewanne, aber sie wissen nichts von uns. Im letzten Sommer war ich mal kurz da, um einen verstopften Abfluss im Bad zu reinigen, da hat mir der australische Investmentbroker zwei Bücher über Deutschland empfohlen. Eins hieß »Stasiland« und das andere »Der junge Hitler«. Ich stand in meinem Wohnzimmer mit der Rohrzange, die ich mir von einem Nachbarn geborgt hatte, ein deutscher Handwerker, der sich vom weit gereisten Hausherrn seine Welt erklären lässt. Unsere Wohnung war mir völlig fremd.

Ich bin der Erste, der in Russland ankommt.

Am Rande der Halle wartet eine junge Frau mit einem Schild, auf dem GO RUSSIA steht. Sie ist unsere Reiseleiterin und heißt ebenfalls Anastasia wie die letzte Zarentochter und die Fähre. Dicht neben ihr steht eine Frau mit graublonden Haaren, die sie zu einem Pferdeschwanz gebunden hat. Sie trägt Fleecejacke, Treckinghose und Wanderschuhe, als erwarte sie ein Abenteuer.

Sie macht mir sofort Vorwürfe, weil ich jetzt erst komme. Sie war doch ebenfalls auf der Fähre, sagt sie und warte hier schon seit zwei Stunden. Die Zeit gehe von unserer Stadtrundfahrt ab. Undsoweiterundsofort. Anastasia lächelt, zuckt mit den Schultern. Die Frau in der Wanderkleidung wechselt zwischen Englisch und Deutsch hin und her, ihr Englisch klingt amerikanisch, ihr Deutsch leicht süddeutsch. Sie heißt Rita. Ich frage mich die ganze Zeit, wie sie es geschafft hat, die Fähre zwei Stunden vor uns zu verlassen. Als fünf Minuten später Uwe und seine Mutter in Russland ankommen, hat sich Rita schon wieder beruhigt.

Das ist unsere gesamte Reisegruppe. Uwe, seine Mutter, Rita und ich.

Anastasia führt uns zu einem Kleinbus, der uns auf eine Stadtrundfahrt bringt. Es fängt an zu regnen. Anastasia sitzt vorn neben dem Fahrer und spricht in ein knisterndes Reiseleitermikrofon. Ihr Deutsch ist lückenhaft, aber das macht nichts. Wenn sie gar nicht weiter weiß, übersetzt Uwe. Ich könnte stundenlang so durch den Regen fahren, auf St. Petersburg gucken und Anastasias rätselhaften Erklärungen zuhören. Uwe und seine Mutter sitzen hinten, ich sitze neben Rita in der Mitte. Rita hat einen englischsprachigen St. Petersburg-Führer von Lonely Planet auf den Knien, auf dem Umschlag ist ein Stempel: Property of the US Army.

»US Army?«, sage ich.

»Exactly«, sagt Rita.

Wir halten an der Peter-und-Paul-Festung an und laufen durch den Nieselregen zur Festungskirche, die Rita aus allen Perspektiven fotografiert, weil sie Kirchen liebt, wie sie sagt, und dann schauen wir uns die Zarengruft an. Auf manchen Steinsärgen liegen frische Blumen, auf zweien Kränze aus Schleswig-Holstein. Anastasia erzählt von den Zarenkindern Maria und Alexej, deren sterbliche Überreste erst 2007 von Archäologen gefunden wurden. Uwes Mutter fragt, ob die anderen Mitglieder der Zarenfamilie hier schon zu Sowjetzeiten bestattet wurden.

»Natürlich«, sagt Anastasia, obwohl die Zarenfamilie damals ein Tabu war, soweit ich weiß.

Uwes Mutter macht ihren Sohn auf die Kränze aus Schleswig-Holstein aufmerksam. Uwe nickt. Sie reden ein bisschen über den Holstein-Gottrop-Zweig der Zarenfamilie, und ich bin wirklich erstaunt, wie gut sie sich da auskennen. Für mich ist der Anteil Holsteins am Geschlecht der Romanows völlig neu. Uwe erklärt mir, dass Paul I. ziemlich durchgedreht war und sehr wahrscheinlich gar nicht von Katharinas Ehemann, dem Großfürsten Peter stammte, sondern von Graf Saltykow, einem Liebhaber, den die Zarin später zum Sonderbotschafter in Schweden machte. Uwes Mutter sagt, dass Paul getrennt von Katharina aufwuchs und eine deutsche Prinzessin heiratete. Und als die starb, wieder eine andere deutsche Prinzessin. Aus dieser Ehe entstammten Alexander und Nikolai. Man fühlt sich, als höre man zwei Berichterstattern vom Zarenhof zu. Oder zwei älteren Frauen im Café Kranzler. Uwe und seine Mutter kennen sich gut in der Geschichte aus, aber man spürt auch eine Ehrfurcht vor dem blauen Blut, die mir völlig abgeht.

Mein Urgroßvater wurde 1905 in Russland ermordet, weil er gegen den Zaren rebellierte. So ist mir das erzählt worden. Er hieß Pawel Iwanowitsch Gorbunow. Sie haben ihn totgeprügelt und in seinem Blut auf der Straße liegen lassen. Meine Großmutter war damals zweieinhalb Jahre alt. Sie rannte ihr ganzes Leben lang weg, vor dem Zaren, vor Stalin, Hitler und verschiedenen anderen Männern. Bis sie mit über neunzig Jahren tot umfiel, in Berlin-Pankow. Meine Tante Charlotte wurde auf dieser endlosen Flucht 1935 hier in dieser Stadt geboren, die damals allerdings Leningrad hieß. Ich will meine Familiengeschichte auf dem Zarenfriedhof nicht überbewerten, weil ich nicht genau weiß, wie stark sie mich wirklich geprägt hat. Für mich sind die Romanows ein Popphänomen. Mein Wissen stammt aus Disney-Filmen und dem ostdeutschen Geschichtsunterricht, aus russischen Großromanen, Opern, einer Amazon-Fernsehserie von Matthew Weiner, der sich auch Mad Man ausgedacht hat, sowie einem zweiwöchigen Aufenthalt im Berliner Hotel Zarenhof in der Schönhauser Allee, wo die Betten von russischen Zimmermädchen aufgeschüttelt werden und die langen, rot tapezierten Korridore mit unheimlichen Fotos der letzten, ermordeten Zarenfamilie behängt sind. Und aus den Geschichten meiner Oma natürlich, die sie mir erzählte, als ich noch sehr jung war und sie bereits ziemlich durcheinander.

Uwe und seine Mutter aber besichtigen eine Welt, von der sie annehmen, dass sie ihnen von den Kommunisten vorenthalten wurde, glaube ich. Die Kommunisten haben ihnen die Könige gestohlen und die Zarenfamilien, die goldenen Tapeten, die endlosen Ballsäle mit den bemalten Decken und den Spiegelgalerien. Die Proleten haben sie aus einem Märchenland vertrieben. Für Uwe und seine Mutter ist das eine persönliche Angelegenheit, für mich nicht.

Draußen nieselt es immer noch. Die Festung ist das Bauwerk, mit dem St. Petersburg begründet wurde, sagt Anastasia. Von hier kontrollierte man den Zugang zur Ostsee. St. Petersburg steht auf zwölf Inseln. Das Venedig des Nordens beziehungsweise des Ostens und so weiter und so fort. Die Insel, auf der Peter der Große seine Stadt gründete, heißt Haseninsel.

»Ich liebe Hasen«, ruft Rita.

Anastasia sieht sie ratlos an. Rita fotografiert einen steinernen Hasen und rennt später in einen Andenkenladen, um einen Stoffhasen zu kaufen. Sie wirkt wie ein altes Mädchen. Inzwischen weiß ich, dass sie Amerikanerin ist, aber zur Zeit auf einem Stützpunkt der US Army in Wiesbaden lebt. Was sie dort genau macht, will sie mir nicht sagen. Wir fahren durch den dichter werdenden Regen. Kathedralen, Paläste, Kanäle, Brücken, Monumente. Rita erzählt mir, welche Länder sie in diesem Jahr schon bereist hat. Botswana, Südafrika, Simbabwe, Madagaskar, Namibia, Israel und Jordanien. Die Israelis, sagt sie, fand sie sehr unfreundlich. Fast ruppig.

Ich weiß, was sie meint, widerspreche aber trotzdem. Ich mag die direkte Art der Israelis, die man alles fragen kann und die einem meist sagen, was sie denken. Rita dagegen lächelt nur, wenn ich sie frage, ob sie beruflich in Israel war. Am Nachmittag erreichen wir unsere Hotels. Sie liegen in Seitenstraßen des Newski Prospekts, der Prachtstraße von St. Petersburg. Rita, Uwe und seine Mutter schlafen in einem Hotel, ich in einem anderen. Wir verabreden uns zu einem späten Mittagessen in ihrem Hotel.

Als ich da eine Stunde später eintreffe, sitzen die drei wie eine Familie zusammen. Sie sind die einzigen Gäste. Ich komme mir vor, als sei ich zu spät, wozu, weiß ich noch nicht genau. Uwe und Rita diskutieren die Unterschiede zwischen Koreanisch und Chinesisch. Ich setze mich erstmal dazu. Rita spricht fließend Koreanisch, sagt sie, weil sie dreizehn Jahre in Korea stationiert war. Ich frage Rita, ob sie auch in Nordkorea war, und sie lächelt wieder vielsagend.

Ich könnte von meiner Nordkoreareise erzählen. Vom Sommer 1989, von den Weltfestspielen der Jugend und Studenten in Pjöngjang. Ich erzähle das gern. Es war eine der bizarrsten, aber auch wichtigsten Reisen meines Lebens. Drei Wochen Nordkorea, kurz bevor die Mauer fiel. Ein Fegefeuer meines Lebens. Ich stand an einem Apfelbaum, der von einem goldenen Zaun begrenzt war, weil Kim Il Sung, der damals noch lebte, hier einmal einen Apfel gepflückt hatte. Ein koreanischer Jugendfunktionär erklärte das, und ich dachte, jemand würde gleich anfangen zu lachen, aber niemand lachte. Es gab keine Ironie in Nordkorea. Niemand machte Witze über die Parteiführung wie bei uns zu Hause. Ein Berliner Lyriker, der ständig betrunken war, schrie, an den Sockel einer der vielen Kim-Il-Sung-Statuen gelehnt: Wir begegnen hier unserer Zukunft! Wir begegnen hier unserer Zukunft! Ich weiß nicht, ob ich dem Dichter damals glaubte oder ob ich mir das nur einbilde, jetzt, rückblickend, nach all dem, was danach passierte.

Wir waren vierzehn Stunden geflogen mit einer IL 62 der Interflug und einem Zwischenstopp in Moskau, ich war zum ersten Mal auf einem anderen Erdteil, der Zeitunterschied war gewaltig, und doch hatte ich nicht das Gefühl, mein eigentliches Leben verlassen zu haben, wie bei Reisen, die ich später unternahm. Ich war so weit weg, wie es ging, weiter in den Osten kam man nicht. Ich fuhr zum ersten Mal im Leben mit einem klimatisierten Autobus, den sie wahrscheinlich für das Festival angeschafft hatten. Er brachte uns vom Flughafen Pjöngjang über menschenleere Straßen in das Viertel Kwangbok, das als Olympisches Dorf für die Spiele 1988 errichtet worden war, die ursprünglich gemeinsam mit Seoul ausgetragen werden sollten. Es war Sommer und feuchtwarm, und die kühle Luft in diesem neuen, westlichen Bus gehört zu den großen klimatischen Erlebnissen meines Reiselebens. Zusammen mit der Kälte, die ich im Winter zuvor in der gesperrten sowjetischen Stadt Dneprpetrowsk erlebte, und der klebrigen, weichen Hitze, die mir im Sommer darauf entgegenschlagen sollte, als ich zum ersten Mal in den Vereinigten Staaten von Amerika aus dem Flugzeug stieg, in Washington D.C., am 12. Juli 1990.

Die Straßen von Pjöngjang sind in meiner Erinnerung sechsspurig, was ich mir heute nicht mehr vorstellen kann. Was ich aber genau weiß, ist, dass sie leer waren. Nur manchmal fuhr, wie in einem absurden Film von Wes Anderson, ein weinroter Mercedes 190 vorbei. Einhundert dieser Mercedes hatte die koreanische Parteiführung vor den Weltfestspielen gekauft, hieß es, gerüchteweise. Ein anderes Gerücht besagte, dass die Nordkoreaner alle Fahrradfahrer sowie die Kranken und Alten von den Straßen verbannt hatten, um bei ihren internationalen Gästen einen fortschrittlichen Eindruck zu hinterlassen. Nachts, wenn wir draußen feierten und tanzten, standen immer ein paar Einheimische am Rand, im Halbdunkel, und beobachteten uns wie Besucher aus dem All. Es hieß, sie seien in Lichtbildervorträgen auf die seltsamen, mitunter leicht bekleideten Besucher aus dem Westen vorbereitet worden.

An den Ständen, die am Rande der Olympiastadt aufgemacht wurden, gab es japanisches Büchsenbier, T-Shirts aus weicher, westlicher Baumwolle, die mit exotischen Motiven bedruckt waren, sowie Walkmen und elektronisches Spielzeug. Ich kaufte einen Walkman, diverse T-Shirts für mich und meine Freundin und für meinen Sohn zwei batteriebetriebene, matchboxautogroße Geländewagen, die sich an Hindernissen im Raum aufbäumten und dann in eine andere Richtung weiterfuhren. Ich kam aus dem fernen Osten nach Hause wie der Westbesuch. Den ersten richtigen Hotdog meines Lebens aß ich in Nordkorea, und vor Büchsenbier von Becks, Jever und Warsteiner lernte ich in Pjöngjang Sapporo-Büchsenbier kennen.

Ich schlief in einem untapezierten, ganz neuen Zimmer in einem der Hochhäuser eines Olympischen Dorfes, das nie eingeweiht wurde. Es roch noch nach Kalk. In einem der Nachbarzimmer wohnte ein schwermütiger junger Schlagersänger aus unserer Delegation, der sich irgendwann weigerte, das Haus zu verlassen. Manchmal hörte ich ihn nachts stöhnen. Fünfundzwanzig Jahre später nahm er sich das Leben. Ich las das in der BUNTEN beim Friseur in Berlin-Prenzlauer Berg. Einige der Hochhäuser in Kwangbok City waren dreißig Stockwerke hoch, aber jemand sagte mir, sie seien nur bis zum zehnten Stock bewohnbar, höher reiche der Wasserdruck nicht. Eine, wie mir heute scheint, seltsam kenntnisreiche Auskunft. Ich habe damals gleich versucht, das zu überprüfen. Die Fahrstühle fuhren nicht, und im Treppenhaus saßen in der zehnten Etage zwei uniformierte Koreaner an einem Schreibtisch und schickten mich weg. Ich sehe sie wirklich an einem Schreibtisch sitzen und zu mir herunterschauen, was mir heute ebenfalls vorkommt wie eine Filmszene. Ich beobachtete, wie auf einem Empfang Kameraleute den Staatsgründer Kim Il Sung immer nur von einer Seite filmten, weil er auf der anderen, am Hals, ein pampelmusengroßes dunkelrotes Geschwür hatte.

Als ich mit Micha, dem Jugendredakteur der Neuen Berliner Illustrierten, bei einem Zugausfall auf einer der U-Bahn-Stationen Pjöngjangs herumirrte, sprach uns ein Koreaner an und fragte, ob er weiterhelfen könne. Auf Deutsch. Bog man von der Hauptstraße in ein Wohngebiet ab, erschien sofort jemand und führte einen zurück auf den rechten Weg. Ich badete in verschiedenen Meeren an menschenleeren Stränden sowie in eiskalten, klaren Bergseen, inmitten unwirklich schöner, unberührter Natur. Wie Olympiateilnehmer waren die ostdeutschen Delegierten zum sozialistischen Weltjugendfestival mit einheitlicher Kleidung ausgestattet worden, silbergraue Sommeranzüge, weiße Schuhe, Polohemden und leichte Krawatten, wir bekamen silbergraue Koffer und silbergraue Kulturbeutel, die mit Produkten aus der Jugendkosmetikreihe »ACTION« gefüllt waren. Die Anprobe fand ein paar Wochen vor unserer Abreise in einem Jugendmodeladen in der Karl-Marx-Allee statt. Wir sahen alle gleich aus, wir rochen ähnlich, weil ich aber eine große Frauenbrille trug, die ich mir mit grünem Bootslack angestrichen hatte, hielt mich ein Mädchen aus der Erfurter Delegation für einen Sozialisten aus Westdeutschland.

Bei einem Besuch des Grenzüberganges zwischen Nord- und Südkorea in Panmunjom verspürte ich ganz plötzlich das Bedürfnis zu fliehen. Es schien möglich. Es gab keine Mauer, keinen Zaun, nur einen Weg zwischen ein paar Baracken. Man konnte den Soldaten auf der anderen Seite ins Gesicht sehen. Ich hatte natürlich keine Ahnung, dass drei Monate später die Berliner Mauer fallen würde. Wäre ich losgerannt, hätte ich die deutsche Einheit in einem nordkoreanischen Gefängnis verbracht, vielleicht wäre ich dort vergessen worden, vielleicht wäre ich nie wieder zu Hause angekommen. Wie Uwe.

Ich blieb stehen, ging mit den anderen zurück zum Bus und flog ein paar Tage später nach Berlin, wo ich vier kurze Reportagen über meine Koreareise anfertigte, die spurlos in der Schublade meines Chefredakteurs verschwanden, obwohl sie nicht ansatzweise den Irrsinn beschrieben, den ich erlebt hatte.

Rita sagt: »Natürlich war ich auch in Nordkorea. Das ließ sich nicht vermeiden.«

Unsere Reisegruppe wird immer rätselhafter, denke ich. Mutter, Sohn, Reporter und eine amerikanische Agentin.

Dann kommt das Essen. Sie haben Pelmeni bestellt, die aussehen, als seien sie aufgetaut worden, aber gut schmecken. Ich liebe Pelmeni, sie erinnern mich an meine russische Großmutter, die ich leider kaum kannte. Rita redet darüber, wie Deutschland gerade den Anschluss an die Welt verliert. Die Finnen zum Beispiel seien ein glückliches Volk, weil sie Politiker haben, die sich auskennen. Ihre Minister seien alle vom Fach, Experten. Deutschland dagegen habe eine Verteidigungsministerin, die keine Ahnung vom Militär habe. Das sind ihre Hauptthemen, glaube ich: das Militär und Deutschland. Irgendwann sagt sie, dass ihre Mutter Deutsche sei, ihr

Vater Amerikaner. Er war in Kaiserslautern stationiert, da haben sich ihre Eltern kennengelernt und sind später mit ihr nach Seattle gezogen.

»K-Town«, sage ich. Ein Wort, das ich irgendwann aufgeschnappt habe. Sie nickt anerkennend, und ich freue mich seltsamerweise darüber.

»Rita liebt das Geheimnis«, sagt Uwe. Das ist vier oder fünf Stunden später, und wir sitzen zusammen mit seiner Mutter in einem Künstlerrestaurant am Puschkinplatz, das wir nach einigem Hin und Her gefunden haben. Zwischendurch hat sich Rita verabschiedet. Ihr fiel auf dem Weg hierher ein, dass sie sich lieber die prachtvollen Metrostationen der Stadt ansehen wollte, von denen sie im Reiseführer der US Army gelesen hatte. Uwes Mutter sagt, Rita habe ihren Mann durch einen Unfall verloren. Mehr weiß auch sie nicht.

Wir bestellen Blinis mit Sauerrahm und Lachskaviar und reden über die Wendetage, als Uwes Vater seine Arbeit verlor. Uwe hat mir gestern Nacht erzählt, sein Vater habe gekündigt, aber seine Mutter sagt nun, seine Baufirma habe ihn kurz nach der Wiedervereinigung entlassen. Er wurde ein anderer Mann in dieser Zeit, sagt sie. Er war nicht mehr unverletzbar. Seine Fähigkeiten als Unterwasserschweißer waren nicht mehr so gefragt. Sein Wort war nicht mehr unangreifbar. In Eichwalde aber saß sein kommunistischer Vater und erklärte: So ist der Kapitalismus. Ich habe es dir immer gesagt, Junge.

»Der Alte war so verbohrt«, sagt Uwes Mutter.

Der andere Sohn des großen alten Schauspielers, Wolfgang, war nach dem Mauerfall auf einem Übersiedlerschiff in Hamburg gestrandet, fing an zu trinken und hörte bis zu seinem Tod nicht mehr damit auf. Ironischerweise musste der kommunistische Familienpatriarch unter den gesellschaftlichen Veränderungen am wenigsten leiden. Theater wurde im Kapitalismus weiter gespielt. Schauspieler galten als unangepasst. Am 4. November 89 in Berlin, auf der größten Demonstration der Wendezeit, redeten vor allem Schauspieler, als seien sie die Revolutionäre und nicht nur die, die Revolutionäre spielten.

Uwes Vater kam auf die Idee, norwegische Fertighäuser zu verkaufen. Es gibt ein paar norwegische Häuser in Biesdorf, die diese Phase bezeugen. Nicht viele. Uwes Vater war nie ein großer Redner gewesen, nun schwieg er. Er saß mit seiner Frau im Einfamilienhaus in Biesdorf und rechnete die Zukunft durch. Die Nachbarn eröffneten in ihren Häusern Getränkemärkte, Versicherungsfilialen, Zeitungskioske, einer machte einen Sexshop auf. Millionen Ostdeutsche wurden arbeitslos, die meisten in der Generation von Uwes Eltern, Menschen, die dieses Land aufgebaut hatten. Viele von ihnen hatten es nicht geliebt, aber es war das, was sie kannten. Es ist schwer, mit diesem Widerspruch umzugehen, glaube ich. Froh zu sein, etwas hinter sich zu haben, und es gleichzeitig zu vermissen. Uwes Eltern verbrachten ihre besten Jahre in einem Regime, das sie verachteten. Das denke ich jedenfalls.

Es ist eine gewagte These, nach anderthalb Tagen, aber ich glaube, das Lächeln von Uwes Mutter beschreibt genau dieses Dilemma. Sie zwingt sich zur Zufriedenheit. Ich kenne das von meinem Vater, der ein Jahr nach dem Mauerfall seine Arbeit verlor und dennoch bis zu seinem Tod behauptete, ein großer Freund von Helmut Kohl zu sein, dem Einheitskanzler, der versprochen hatte, dass alles besser wird.

Uwes Mutter trinkt ein Glas Wein zum Essen, ich ein Bier. Uwe fängt gleich mit Schnaps an. Seine Mutter schaut traurig zwischen Uwes Wodkaglas und meinem blauen Notizbuch hin und her. Womöglich versteht sie gerade, worum es geht. Ich jedenfalls bilde mir ein, sie besser zu verstehen. Rückblickend denkt man ja gern, dass unsere Eltern damals, nach dem Mauerfall, sowieso schon fast im Ruhestandsalter waren. Aber wenn man das mal durchrechnet, waren sie kaum älter als wir jetzt sind, Uwe und ich. Überall bliesen die Fanfaren der Freiheit, Vorhänge öffneten sich, Mauern fielen, aber für unsere noch gar nicht so alten Eltern schien es zu spät zu sein. Uwes Mutter versucht an diesem Restauranttisch, das Vermächtnis ihres Mannes zu bewachen. Sie erzählt, wie er das Haus verschönerte, die Garagen, das Dach und den Hundezwinger baute, alles mit den eigenen Händen. Uwe lässt sie reden. Ich habe natürlich keine Ahnung, was er denkt. Ich denke an meinen Vater, als Uwes Mutter von ihrem Mann erzählt. Der war auch Ingenieur.

Mein Vater hörte auf zu rauchen, nachdem er aufgehört hatte zu arbeiten. Er machte einen Anbau an seinem Wochenendgrundstück, er half uns bei der Renovierung unser Wohnungen, er durchstreifte Supermärkte nach Schnäppchen. Einmal kam er mit einem Eimerchen Pfennig's Kartoffelsalat zu Besuch, den er im Ullrich-Discount-Markt entdeckt hatte. Zu einem unfassbaren Preis, wie er sagte. Er stellte ihn auf den Küchentisch wie einen Goldschatz.

Meine Freundin und ich wohnten inzwischen in Berlin-Mitte, wo wir über einen Berechtigungsschein eine Dreiraumwohnung im letzten Plattenbau des ostdeutschen Wohnungsbauprogramms bekommen hatten, der erst zweieinhalb Jahre nach dem Fall der Mauer fertig geworden war. Für ein paar Jahre wohnten wir zusammen in einem Viertel mit Kurt Hager, Rolf Hochhuth, Katarina Witt und Angela Merkel. Die trafen wir auch alle immer mal beim Einkauf im Ullrich-Markt. Meine Freundin war schwanger, und das war wohl auch der Grund, warum wir die Wohnung bekommen hatten. Die Ostler kriegten Anfang der neunziger Jahre kaum noch Kinder. Die Geburt meines Sohnes im Krankenhaus Köpenick 1992 schien so außergewöhnlich, dass die »Berliner Morgenpost« darüber berichtete.

Während mein Vater nach dem Mauerfall aufhörte zu rauchen, fing meine Mutter wieder damit an. Ein, zwei Jahre lang rauchte sie wie ein Schlot. Dann hörte sie wieder auf. Eine Weile rauchte sie noch eine Zigarette täglich, immer nach dem Frühstück, inzwischen macht sie nicht mehr mal das. Meine Mutter hatte noch zu Ostzeiten begonnen, in einem Altersheim zu arbeiten. Es war das Heim, in dem meine russische Großmutter ihre letzten Lebensjahre verbrachte. Meine Mutter versuchte, die Kontrolle über unser Leben zu behalten, indem sie sich in die Verhältnisse einmischte. Als ich in den Kindergarten ging, begann sie dort als Kindergärtnerin zu arbeiten. Es war ein katholischer Kindergarten, und ich fürchtete mich vor den Nonnen, vor allem vor Schwester Lauriana, die einen Damenbart trug und mich schon vor dem Frühstück zwang, Lebertran zu trinken. Die Anwesenheit meiner Mutter machte es mir leichter. Sie trug bunte Kleider, lustige Ketten und schweren Lidstrich, sie brachte ein weltliches Licht in die katholische Kirche. Zur Erstkommunion suchte sie mir den hellsten Anzug und ein weißes Nylonhemd mit Rollkragen aus. Auf den Fotos sehe ich zwischen den anderen Jungs aus wie ein Schlagersänger mit Kommunionskerze.

Später trat meine Mutter dem Elternaktiv meiner Schulklasse bei, um sicherzustellen, dass ich keine Nachteile hatte, weil ich ja kein Jungpionier war wie die anderen. Sie machte die Klassenfotos und begleitete uns auf Ferienfahrten. Noch später besorgte sie mir über ein Berufsberatungszentrum die Lehrstelle als Pumpenschlosser in Neubrandenburg, die ich allerdings auch ohne ihre Hilfe bekommen hätte, weil niemand zur Wasserwirtschaft und Abwasserbehandlung nach Neubrandenburg wollte.

In dem Prenzlauer Berger Altersheim begann sie zu arbeiten, damit meine Oma sich nicht von ihren Töchtern im Stich gelassen fühlte. Meine Großmutter starb kurz nach dem Mauerfall, meine Mutter aber blieb weiter Pflegerin in dem Altenheim. Sie hatte Arbeit, während mein Vater nach einer neuen Rolle für sich suchte. Mitte der neunziger Jahre verbrachte mein Vater ein paar Winter in einem Hotel in Tunesien, wo man, wenn man mehrere Monate und außerhalb der Saison buchte, preiswerter wohnte als zu Hause, wie meine Mutter behauptete. Manchmal begleitete ihn der Mann ihrer Schwester, meiner Tante Charlotte, der ebenfalls seine Arbeit verloren hatte. Die beiden Schwestern schickten ihre Männer ins Warme, aufs Land wie Kinder. Ich habe mir einen leeren nordafrikanischen Hotelsaal vorgestellt, in dem ein paar ältere ostdeutsche Ingenieure herumsaßen, mit denen niemand mehr etwas anfangen konnte. Ihre Frauen arbeiteten weiter. Mein Vater schwamm Bahnen in einem tunesischen Hotelpool, meine Mutter rauchte auf dem Balkon eines Ostberliner Pflegeheimes ihre Pausenzigarette. Wenn ein Heimbewohner starb, erzählte sie mir am Telefon: Wir hatten heute einen Engel.

Uwes Mutter eröffnete im Keller ihres Einfamilienhauses eine Art Solarium, wo sie auch eine Sauerstofftherapie anbot, mit der Manfred von Ardenne in den achtziger Jahren herumexperimentiert hatte. Ardenne war der berühmteste Erfinder der DDR. Er lebte auf dem Weißen Hirsch in Dresden. Seine Sauerstofftherapie war eine Verjüngungskur, hieß es. Er nutzte sie auch selbst. Natürlich gaben die ostdeutschen Bürger in den neunziger Jahren kaum Geld für Sauerstofftherapien aus. Die meisten gingen nicht mal mehr in die Kneipe, weil sie ihr Westgeld nicht für ein Bier verschwenden wollten, das sie vor Kurzem noch für fünfzig Ostpfennige bekommen hatten.

Uwe sagt, dass im Keller des Hauses in Biesdorf heute noch Sauerstoffflaschen von damals herumstehen. Seine Mutter wackelt mit dem Kopf. Sie lächelt oder lächelt nicht, ich habe keine Ahnung.

Anfang 1993 bekam mein Vater noch mal einen Job. Wir feierten die Nachricht in dem neuen Blockhouse-Restaurant in unserer Straße, das wir für nobel hielten. An diesem Abend erschien es mir, als würde sein Leben wirklich noch einmal neu beginnen. Mein Vater arbeitete als Messingenieur auf dem Übertragungswagen eines großen Privatsenders. Sie filmten Fußballspiele und Golfturniere, meist im tiefen Westen. Er war oft wochenlang nicht da, und wenn er zu Besuch kam, wirkte er fahrig und studierte stundenlang irgendwelche Fachbücher. Einmal sagte er mir nach ein paar Schnäpsen, dass sich sein junger Chef über ihn beschwert habe, er sei zu langsam. Nach einem Jahr entließen sie ihn wieder. Da waren irgendwelche Fördergelder für das Projekt ausgelaufen, dessen Bestandteil er offenbar gewesen war.

Nach dem Essen bringen wir Uwes Mutter ins Hotel zurück und suchen nach einem Platz zum Reden. Wir finden eine Bar im zweiten Stock eines alten Gebäudes, direkt am Newski Prospekt. Die Decken sind hoch, es gibt Separees, und der Wodka wird in Karaffen ausgeschenkt. Die Kellner tragen weiße Hemden und lange Schürzen. Auf den Tischen stehen Kerzen, und durch hohe Fenster schimmert die weiße Nacht. Ich glaube, es soll so wirken wie früher, zu Zarenzeiten, aber ich fühle mich wie auf einem Filmset. Es ist kurz vor elf. Uwe bestellt eine kleine Karaffe Wodka mit dem Aroma schwarzer Johannisbeeren. Als er im Herbst 1991 nach Berlin zurückkam, hatte er nicht mehr als seine alte ostdeutsche Hausratsversicherung, die von der Allianz übernommen worden war, sagt er. Es klingt wie ein Satz, den er schon oft gesagt hat. Die Geschichte als Witz erzählen. Das mache ich auch gern. Damit man mir zuhört. Damit man mir nichts übel nimmt. Damit alles erträglicher wird. Ich bestelle ein Bier, obwohl ich, anders als gestern Abend, weiß, dass ich bald anfangen werde, Schnaps zu trinken. Man ist ganz schnell wieder in den alten Trinkgewohnheiten drin. Eigentlich passt das ganz gut, zumindest für den Moment.

Uwe kehrte in eine Welt zurück, in der jeder mit sich selbst beschäftigt war. Klaus, seine chinesische Affäre, zog nach München, um sein Studium an der Ludwig-Maximilians-Universität fortzusetzen und die Beziehung mit seiner Freundin ebenfalls. Uwes Jugendliebe Steffen war über Ungarn in den Westen abgehauen und betrieb inzwischen ein Pflegeheim in Frankfurt am Main. Uwes Bruder Klaus war von Dana, der Wirtin der »Prager Hopfenstube«, schon wieder geschieden. Sie waren genau zwei Wochen lang verheiratet gewesen. Ein Kumpel hatte Dana dabei beobachtet, wie sie, vier Tage nach der

Hochzeit, auf dem Alexanderplatz einen anderen Mann küsste. Klaus arbeitete noch bis zur Währungsunion in ihrem Restaurant auf der Karl-Marx-Allee mit. Danach war in der Gastronomie kein Geld mehr zu verdienen. Klaus, der eigentlich Bautischler gelernt hatte, wechselte in ein Getränkelager in Marzahn, an der Allee der Kosmonauten, anschließend zu einem Obst- und Gemüsehändler in Friedrichshain, zu einem Teppichhändler in Steglitz. Als Uwe aus China zurückkam, arbeitete sein Bruder gerade als Türsteher im Rotlichtviertel am Bahnhof Ostkreuz. Er fuhr Prostituierte zu Hausbesuchen bei Freiern. Die Nutten mochten Klaus, sagt Uwe. Er war zuverlässig, er war anständig, und er redete gern. Uwe hatte noch die Wohnung in der Metzer Straße. Der schmierige Alexej war ausgezogen.

Uwe meldete sich bei der Humboldt-Universität zurück. Es gab inzwischen neue, westdeutsche Lehrpläne. Denen zufolge mussten Dolmetscher mindestens zwei Fremdsprachen lernen, sagte er. Als Uwe begonnen hatte, in einer anderen Gesellschaftsordnung, war das Chinesisch-Studium genau wie Japanisch, Koreanisch und Vietnamesisch eine einsprachige Ausbildung gewesen. Das war vernünftig so, denn Chinesisch ist eine komplexe Sprache, sagt Uwe. Vermutlich hat er das damals auch den Professoren gesagt. Aber Anfang der Neunziger glaubte kaum jemand, dass man etwas vom Osten lernen konnte. Uwe schrieb sich für das nächste Frühjahr als Sprachmittler für Russisch und Englisch an der Humboldt-Universität ein. Für Chinesisch schien es keinen Bedarf zu geben, sagt er, Russisch und Englisch sprach er sowieso schon ganz gut. Dann wartete er. Es wurde Winter. Einundneunzigzweiundneunzig. Uwe bekam kein Bafög. Er bat seine Eltern um Hilfe. Sein Vater sagte ihm, er müsse sich allein durchsetzen. Er verkaufte es als Lebenslehre. Ihm habe auch niemand geholfen. Uwes Mutter war mit den Sauerstoffzelten im Keller beschäftigt. Sie widersprach ihrem Mann nicht. Uwe fühlte sich im Stich gelassen, von seinen Eltern, von allen. Die Berliner Mitte brodelte, er war wie eingefroren. Es passte nicht in die Zeit. Er fraß alles in sich hinein, sagt er. Die Lebensgefährtin seiner lesbischen Tante Marion, Dore, fand ihn in seiner Wohnung in der Metzer Straße auf dem Boden liegend. Sein Magen blutete. Dore ist Ärztin. Sie fuhren ihn sofort in die Charité, er erinnert sich noch, wie der Rettungswagen über das Kopfsteinpflaster in der Bernauer Straße holperte, sagt Uwe. Er trinkt ein Gläschen Wodka. Schmerzen bei jedem Holperer. Sie schnitten ihm Dreiviertel seines Magens heraus, sagt Uwe, aber das Bluten hörte nicht auf. Die Ärzte beschlossen, ihm auch das letzte Viertel herauszunehmen. Dann erschien bei der Visite Professor Wolff und schrie seine Assistenten zusammen. Das sei ein junger Mann, dem könne man nicht den ganzen Magen nehmen. Der habe doch noch ein ganzes Leben vor sich. Uwe schildert den Auftritt des Professors wie eine Szene aus einer Ärzteserie.

»Wolff sah aus wie Einstein. Das war ja eine Legende. Der kannte noch Sauerbruch und war später Honeckers Leibchirurg«, sagt Uwe.

Ich schreibe das erstmal alles so auf, obwohl Dr. Wolff jetzt wirkt wie eine Märchenfigur. Er hat Wunder vollbracht, Uwe hat den Viertelmagen bis heute. Nur einmal, viele Jahre später, ist er nochmal zusammengeklappt, auf einem Flug nach Japan, sagt Uwe. Bei der Zwischenlandung in Hawaii mussten sie ihn aus dem Flugzeug holen. Aber das lag daran, dass er »Baby-Aspirin« genommen hatte, sagt Uwe, gegen die Thrombose. Ich nicke, als würde ich verstehen, wovon er redet. Da steht jetzt »Bernauer Straße«, »Professor Sauerbruch«, »Honeckers Leibchirurg«, »Japan«, »Baby Aspirin« und »Zwischenstopp Hawaii«, alles auf einer Seite meines Notizbuches. Wenn uns in den nächsten fünf Minuten die Petersburger Mafia erschießt, wird man meine blutgetränkten Aufzeichnungen lesen wie einen Code. Und das sind sie. Der Code verschlüsselt die Geschichte, die Uwe mir erzählt. Eine Geschichte, in der alles mit allem zusammenhängt. Die man nur im Zusammenhang erzählen und verstehen kann oder gar nicht. Unsere Geschichte. Als der Kellner mit der nächsten Karaffe Wodka kommt, nehme ich auch ein Glas.

»Ich liebe ja Japan«, sagt Uwe.

Ich nicke, obwohl ich Japan sehr seltsam fand. Vielleicht lag es an den Umständen. Ich war zweimal da, beide Male als Reporter. Einmal zur Fußballweltmeisterschaft und einmal nach der Reaktorkatastrophe in Fukushima. Ich habe keine Erinnerung an Himmel, Licht, Anfang, Ende, irgendein Gebäude, das älter war als fünfzig Jahre, und ich fand nirgendwo Sushi, das mir annähernd so gut geschmeckt hätte wie das bei Yamato in der 7th Avenue in Brooklyn. Eines Morgens lief ich mit meinem Rollkoffer vom Hotel Intercontinental Tokio zur U-Bahn. Es war noch sehr früh, ich wollte zum Flughafen, um in den Süden zu fliegen, wo die deutsche Fußballnationalmannschaft ihr Quartier aufgeschlagen hatte. Die Straßen waren menschenleer. Auf einmal quollen, wie in einer Zeitrafferfilmmontage, Tausende Japaner aus den U-Bahnschächten. Innerhalb von Sekunden stand ich in einem menschlichen Bienenschwarm, fühlte mich aber immer noch komplett verloren und allein. Meine schönste Erinnerung an Tokio ist die an einen Einkauf. In einem großen Warenhaus kaufte ich ein Kleid, das ich meiner Tochter zum vierten Geburtstag schenken würde. Es war ein kleines, rosa Kenzo-Kleid, und mich bedienten vier Verkäufer, die weiße Handschuhe trugen. Am Ende wurde das Kleid in Seidenpapier eingeschlagen. Ich fühlte mich wie ein Staatsgast, wirklich gut bedient.

Uwe lag nach seiner Magenoperation ein Vierteljahr in der Berliner Charité. Es war immer noch Winter, als sie ihn entließen, und er hatte immer noch kein Geld. Seine Eltern wollten immer noch nicht helfen. Seine lesbische Tante Marion aus Zehlendorf besorgte ihm über ihre Schwester Evi einen Job. Die beiden Schwestern waren Nichten des kommunistischen Großvaters, der am Deutschen Theater den Nathan spielte. Ihr Vater war einer der Familiensozialdemokraten aus dem Ruhrgebiet. Der Bruder des Schauspielers. Onkel Bruno. Uwes

Familie war jetzt riesengroß. It takes a village to raise a child, sagt man in Afrika. Die Schwester der Ärztin aus Zehlendorf besaß im Sauerland zwei größere Niederlassungen von TeeGschwendner. Sie vermittelte Uwe an die Berliner Filiale im Europacenter.

»Ich hab die Darjeeling-Kampagne gemacht«, sagt Uwe.

Es klingt so, als müsste ich wissen, was die Darjeeling-Kampagne ist, als handelte es sich um eine Art Weltmeisterschaft.

»Darjeeling-Kampagne«, schreibe ich zu den anderen Sachen, gleich hinter »Zwischenstopp Hawaii«.

»Ich mochte den Teehandel«, sagt Uwe.

Ich denke an Teeauktionen in Indien und Japan, er aber meint das Abrechnen, das Geschäftliche, die Buchführung. Ich erinnere mich vage, wie entschieden Uwe als Vermieter in New York aufgetreten war. Sein ganzes Wesen veränderte sich, wenn er über seine Mieter sprach. Vielleicht brachte der Teehandel Ordnung in seine Welt. Uwe redet von dreißig türkischen Kleinhändlern, mit denen er damals Geschäfte machte, Menschen, die ihm halfen, den Westteil der Stadt kennenzulernen, ein ganz anderes Berlin. Dreißig türkische Kleinhändler. Das klingt schon wieder wie ein Märchen aus Tausendundeiner Nacht, denke ich, aber da ist Uwe schon in Moskau, wo er, wie er sagt, im Auftrag von TeeGschwendner versuchen sollte, eine Dependance zu eröffnen, die er neben dem Dolmetscherstudium betreiben wollte.

»Es scheiterte an den Schutzgeldforderungen der russischen Mafia«, sagt Uwe.

»Schutzgeldforderungen?«, frage ich.

»Moskau war in den neunziger Jahren eine Bürgerkriegszone. Die Stadt lag in Trümmern. Es gab soviel Elend und soviel Gewalt«, sagt Uwe. »Ich habe schnell begriffen, dass man unter diesen Bedingungen kein Geschäft eröffnen konnte.«

Das Blatt in meinem Notizheft liest sich inzwischen wie der Plot eines Abenteuerfilms.

Ein schwuler Dozent an der Humboldt-Universität half ihm, den Stoff aufzuholen, den er im Krankenhaus verpasst hatte, sagt Uwe. Der Wissenschaftler wollte nichts von ihm, er war einfach nur nett. 1993, als er sein Auslandssemester in Moskau begann, galt er schon als älterer Student. Er hatte, sagt er, Anspruch auf eine eigene Wohnung. Über russische Künstlerfreunde, die er bei Dolmetscherjobs in Berlin getroffen hatte, lernte er die Moskauer Theaterszene kennen. So traf er Nikita, Sohn eines Theater- und Filmstars in der Sowjetunion, der Ende der Siebziger in den Westen emigrierte, in München arbeitete und später in Frankreich. Nikita war Opernsänger, er lebte in Paris. Es war Liebe auf den ersten Blick, sagt Uwe. Es habe sie beide weggerissen. Er verbrachte viel Zeit in Paris. Er wurde Dauergast bei der Mitfahrzentrale. Er hat ein Foto, das Nikita und ihn in Versailles zeigt. Im Sommer. Zwei schlanke junge Männer, mit engen T-Shirts, kahl rasierten Köpfen und Pilotensonnenbrillen. Sie sehen beide russisch aus. Ich muss daran denken, wie chinesisch Uwe auf den Fotos aussieht, die ihn in Peking zeigen. Gelegentlich flogen die beiden auch nach New York, wo Uwe sehr gern war. Es gab sehr billige Flüge mit einer pakistanischen Airline, von der er gar nicht weiß, ob die heute noch existiert, sagt er. Dreihundert Mark hin und zurück. Vom Studium redet Uwe jetzt kaum noch.

Als ich danach frage, sagt er, dass sie die Dolmetscherausbildung an der Humboldt-Universität Mitte der neunziger Jahre völlig einstellten. Er hätte in Hildesheim weiter studieren können.

»Hildesheim!«, sagt Uwe und zieht die Nase kraus.

Schnäpschen.

Na sdarowje.

Na sdarowje.

Uwe lächelt einem der Kellner zu. Ich frage ihn, ob der Kellner schwul ist. Hübsch auf jeden Fall, sagt Uwe.

Ich fühle schon wieder die Zeit strudeln wie gestern Nacht. Hildesheim. Uwe reiste mit einem Opernsänger um die Welt. Nikita, der aus einer russischen Schauspielerdynastie stammte und in Paris aufgewachsen war. In diesem Zusammenhang klingt Hildesheim wie eine Zumutung. Was sollte ich da?, fragt Uwe, und ich habe auch keine Antwort. Ich war in meinem Leben nur ein einziges Mal in Hildesheim, einen Nachmittag lang, um mit einem Berliner Filmregisseur an einer Hochschule über den Osten zu reden. Ich habe keine Erinnerung an die Stadt, ich könnte nicht mal zeigen, wo in etwa Hildesheim liegt, wenn mir jemand eine Deutschlandkarte vorlegte. Ich bin nur hingefahren, weil ich den Regisseur mochte. Als die Mauer stand, hätte ich alles getan, um Hildesheim zu sehen. Aber jetzt konnte ich eben auch nach San Francisco. Ich habe es übersprungen. Ich habe, mit Ausnahme von Hawaii, sämtliche Bundesstaaten der USA besucht, war aber noch nie in Oldenburg, Kaiserslautern, Mönchengladbach, Essen, Ulm, Mainz oder Wattenscheid. Ich war öfter in Texas als in Baden-Württemberg.

»Außerdem hasse ich Prüfungen«, sagt Uwe. »Ich vergesse alles, wenn ich in einer Prüfung bin. Ich versteinere. Ich habe wahnsinnige Prüfungsangst.«

Er brach das Studium ab und machte eine Therapie, die ihm das SchwuZ vermittelt hatte, ein Kreuzberger Schwulenzentrum. Es war eine Kurztherapie. Ein halbes Jahr lang besuchte Uwe einmal die Woche einen Therapeuten in der Torstraße und redete über seine Ängste, seine Armeezeit, seinen Bruder und seine Eltern, die ihm nicht helfen wollten. Danach war er geheilt, sagt Uwe. Er könne die Liebe seiner Eltern nicht erzwingen, das war die Lektion, die er lernte. Sagt er. Wie der Therapeut hieß, hat er vergessen. Es war ja nur eine Kurztherapie.

Kurztherapie klingt wie ein ostdeutsches Wort, auch wenn ich nicht sagen kann, warum. Wenn man mich fragte, würde ich mich auch für eine Kurztherapie entscheiden, glaube ich. Erstmal.

Wenn er seine Symptome in einem Wort beschreiben müsste, sagt Uwe, dann wäre es das Wort Heimatlosigkeit. Als er in China war, verschwand seine Heimat. Alle redeten von einer friedlichen Revolution, aber ihm kam es vor, als habe ein Krieg getobt. Heute unterrichtet er DDR-Literatur und -Film an der New York University. Es ist diese Zeit, die seine Studenten am meisten interessiert, sagt er. Der Übergang von der einen Welt in die andere. Das verschwundene Land. Wie es war. Erzähl doch bitte nochmal von früher.

»Ich sage ihnen, dass ich eine glückliche Kindheit hatte«, sagt Uwe. »Für Kinder ist die Welt endlos. Ich habe im Wald gespielt. Die Bildung, die ich bekommen habe, war gut. Ich mochte die Idee, mit Menschen zusammen zu lernen, die unterschiedlich begabt waren, die unterschiedliche Vorraussetzungen hatten. Wir haben ein ziemlich universelles Weltbild vermittelt bekommen. Dafür bin ich dankbar. Meine Liebe zur Literatur, zur Poesie, zum Theater habe ich aus diesem Land. Ich hatte immer gehofft, dass der Westen neugierig auf uns ist. Aber das war nicht der Fall. Das war vielleicht meine größte Enttäuschung. Die Anerkennung der Bundesrepublik kann ich nicht einklagen, so wenig wie die Liebe meiner Mutter.«

Er klingt wie Christopher Robin oder Peter Pan. Ein Junge, der aus dem grünen Abenteuerwald seiner Kindheit vertrieben worden ist. Wahrscheinlich sehen ihn seine Studenten so. Ein Fabelwesen. Der ostdeutsche Weise aus Spanish Harlem.

Mitte der Neunziger begann Uwe, bei der Friedländer-Schule in Berlin-Friedrichshain zu arbeiten, wo auch seine Mutter gerade wieder als Lehrerin angefangen hatte. Die Schule war 1990 von Veronika Schmidt gegründet worden, einer Holocaust-Überlebenden aus Woltersdorf bei Berlin, die unter dem Pseudonym Vera Friedländer ein paar Bücher geschrieben hatte. Osteuropäische Juden, die nach dem Mauerfall nach Deutschland kamen, wurden hier unterrichtet. Ich höre zum allerersten Mal von der Schule. Uwe sagt, das Kollegium war ein Sammelsurium von Leuten mit interessanten, aber gebrochenen DDR-Biographien. Wissenschaftler, Journalisten, Lehrer. Ausgebootete, sagt Uwe. Er schien dazuzugehören, beinah. Er machte eine Art Abschluss als Lehrer für Deutsch als Fremdsprache, sagt er, und unterrichtete vier Jahre lang an der Friedländer-Schule.

Die neunziger Jahre gleiten vorbei. Sie wirken verwaschen. Eine Zeit des Übergangs, zumindest für mich. Ich schrieb Bücher, bekam Preise und Angebote, und doch hatte ich immer das Gefühl, dass es noch nicht richtig losgegangen war. Dass ich die Möglichkeiten nicht nutzte. Dass ich womöglich für immer Ostdeutscher bleiben musste, reduziert auf diese eine Geschichte. Wer aber war ich, wenn sich niemand mehr für diese Geschichte interessierte? Eine Mücke in Bernstein, ein Mauerstückchen in einer Vitrine, von dem irgendwann niemand mehr wusste, was es eigentlich war und warum er es solange aufgehoben hatte.

Einen Sommer lang verbrachte ich allein auf einem Leuchtturm in Schweden, um einen Roman zu beginnen, und merkte nicht, wie ich in der Zeit fast meine

Freundin verlor. Im Sommer darauf heirateten wir, wir kauften einen Volvo Kombi und sahen uns an den Wochenenden Landhäuser im Berliner Umland an. Gleichzeitig fürchtete ich mich davor, mich einzurichten, niederzulassen. Ich hatte Angst vor Verlust und Angst vor Anpassung, immer abwechselnd. Angst davor, Ostdeutscher zu bleiben, Angst davor, Westdeutscher zu werden.

In der Nacht, als die Mauer aufging, hatte ich zwei Gefühle im Herzen gehabt. Ich war enttäuscht, dass jetzt alle wegrannten, und ich fürchtete, dass sie die Mauer morgen wieder zumachen könnten.

Jetzt, Ende der neunziger Jahre, verstand ich langsam, dass ich mich nicht nur in den großen gesellschaftlichen Verhältnissen bewegte. Ich kam in meiner Familie an. Als meine Frau mit unserer Tochter schwanger war, starb ihr Vater. Er war Chemiker an der Akademie, für den es dort nach der Wiedervereinigung keine Verwendung mehr zu geben schien. Er schrieb sich noch mit Kollegen aus aller Welt, aber sein Platz in der Akademie wurde von nachdrängendem Westpersonal besetzt. Sein Herz versagte, als er 59 Jahre alt war. Er starb im Schlaf. Am nächsten Vormittag stand ich in seiner Wohnung in Berlin-Mitte, gemeinsam mit weinenden Frauen, die ich nur zum Teil kannte. Meine Frau war bei ihrem toten Vater im Schlafzimmer. Die Witwe fragte, ob wir den alten 3er BMW kaufen wollten, den er zum Schluß hatte. Meine Frau und ich fuhren im Auto ihres Vaters durch die Mitte Berlins. Friedrichstraße, Glinkastraße,

Mauerstraße, Französische Straße. In meiner Erinnerung war die Stadt hier völlig verlassen. Eine Testfahrt durch ein Niemandsland. Wir hörten die Dean-Martin-Kassette, die im Autoradio meines Schweigervaters steckte. The Misty Moonlight, Let The Good Times In, Lay Some Happiness On Me. Er liebte Dean Martin und Frank Sinatra. The Ratpack. Mein Vater war ein Jazzman. Er hatte Platten von Duke Ellington, Ella Fitzgerald, Benny Goodman, Glenn Miller, Louis Armstrong und Billie Holiday. Sie müssen meine Sehnsucht gekannt haben. Wir brachten das Auto zurück, nahmen uns aber die Dean-Martin-Kassette. Fünf Monate später wurde unsere Tochter geboren. Sie hatte rote Haare wie meine russische Großmutter. Ich fühlte mich schwerer, mehr in der Mitte des Lebens angekommen, aber die Unruhe ging nicht weg.

Uwe saß mit dem Strandgut Ostberlins im Kollegium der Friedländer-Schule und segelte in den Sonnenuntergang. Er bekämpfte seine Unruhe mit Reisen um die Welt. Paris, New York, Lappland, Moskau, Tokio. Überall Freunde, bei denen er auf der Couch übernachtete, und Liebhaber, die, anders als er, jünger wurden.

Uwe bestellt eine Karaffe Wodka mit Meerrettichgeschmack, der ihn an seine Russlandzeit in den Neunzigern erinnert und seltsam schmeckt, wie eine kalte Schnapssuppe. Auf einem Ägyptenausflug mit seiner israelischen Freundin Josephine zog sich Uwe Hepatitis B zu. Ein Salat auf dem Sinai, sagt er. Ich sage, dass ich mir im Irak mal den Magen an einem Salat verdorben habe, aber das ist schon die ganze Geschichte. Ein verdorbener Magen im Südirak, den ich in einem Hotel in Kuwait City auskurierte. Punkte auf meiner Weltkarte. Bei Uwe beginnt es damit erst, mit der Krankheit. Im Krankenhaus Friedrichshain, wo er die Hepatitis auskurierte, kam ihn sein Bruder Klaus mit Püppi besuchen. Püppi war eine der Prostituierten, die Klaus zu ihren Freiern chauffierte. Sie waren befreundet. Nichts Sexuelles, soweit Uwe sich erinnert. Püppi heiratete später einen Berliner Oberluden, der dann erschossen wurde, sagt Uwe. Sie lebt heute von dessen Erbe. So geht das Jahrtausend zu Ende. Unterricht, Teehandel, Amerikaflüge mit einer billigen pakistanischen Airline, exotische Krankheiten und Liebhaber, ein toter Zuhälterkönig. Zufriedenheit mit dem, was er geschafft und gesehen hatte, aber auch die Sorge, dass das jetzt alles gewesen sein könnte.

1997 erzählte Uwe ein ehemaliger Mitstudent, dass er sich um eine Green Card beworben habe. Das machte Uwe auch. Er hatte das nötige Geld, die Ausbildung und auch die Impfungen. Er besaß ja noch den alten ostdeutschen Impfausweis, sagt er und lächelt versonnen. Mumps, Masern, Röteln. Ich sehe das abgegriffene, blasse Heft vor mir, auch ein Pass wie die Marco-Polo-Karte oder mein Wehrpass mit der Metallmarke. Mein Impfausweis wurde an der Seite mit durchsichtigem Klebeband zusammengehalten, das Papier dünn wie eine uralte Urkunde, ein historisches Dokument. Keuchhusten, Tollwut, Wundstarrkrampf und Ziegenpeter, Wörter aus einer anderen Zeit schwimmen jetzt im Meer-rettichwodka durch meinen Kopf. Uwe füllte einen Fragebogen aus und schickte ihn zur Green-Card-Zen-trale in die USA. Die Amerikaner nahmen ihn, sie konn-ten sich vorstellen, dass Uwe eine Zukunft in ihrem Land hat. Ein halbes Jahr blieb ihm, um seine Sachen zu packen. Er hatte nie Zweifel, sagt Uwe. Er dachte im-mer nur an New York. Die Stadt, in der man sich noch einmal neu erfinden konnte. Ein paar Wochen bevor sein Flug ging, rief sein Vater an und sagte: Sie haben Klaus verhaftet. Er sitzt in Stammheim.

Wir sind im Jahr 1998 angekommen, und es klingt, als würde jetzt, um kurz nach zwei, ein wirklich neues Kapitel beginnen. Stammheim ist so ein westdeutscher Name. Etwas, das nichts mit mir zu tun zu haben scheint, so wie der ganze Deutsche Herbst und die 68er Bewe-gung mich seltsam kaltlassen. Wenn ich mit gleichaltri-gen Westdeutschen über diese Zeit rede, merke ich, dass wir aus verschiedenen Welten stammen. Für sie ist das eine gesellschaftliche Zäsur, für mich eine Randnote im Geschichtsbuch. Wir haben erlebt, wie sich der Boden unter unseren Füßen öffnete, meine westdeutschen Landsleute fürchteten sich nur davor oder wünschten sich das, je nachdem. Das sind jedenfalls meine Gedan-ken, als ich das Wort Stammheim höre. Uwes kleiner Bruder schien sich auf eine Zeitreise zu begeben. Aber natürlich bleibt alles wie es ist. Klaus saß nicht als Revo-lutionär in Stammheim, sondern weil er versucht hatte, ein halbes Kilo Kokain nach Stuttgart zu schmuggeln.

Irgendeiner der Kleinkriminellen, mit denen er im Rotlichtviertel am S-Bahnhof Ostkreuz zu tun hatte, bat ihn darum. Klaus hatte so etwas noch nie gemacht, sagt Uwe, aber er sollte zehntausend Mark für die Fahrt bekommen. Sie schnappten ihn schon bei der Übergabe in einer Westberliner Tiefgarage. In dem Moment, als Klaus das Paket entgegennahm, hatte er fünf Pistolen am Kopf, sagt Uwe. Es war eine Sting-Operation des Bundeskriminalamtes. Der Bekannte aus dem Puff war ein Informant, Uwes Bruder fungierte als Lockvogel wider Willen. Sie brachten Klaus sofort in U-Haft nach Stammheim.

Warum Stammheim, weiß Uwe auch nicht. Er und seine Eltern besuchten Klaus dort im Winter 1998. Damals saßen keine deutschen Terroristen mehr in Stammheim, sondern Groß- und Kleinkriminelle, die meisten aus dem Ausland, sagt Uwe. Als sie Klaus' Namen am Eingang sagten, wussten die Wachleute gleich, um wen es ging. Der Deutsche. Endlose Gänge, viele Türen, die sich vor ihnen öffneten und hinter ihnen schlossen, Schleusen, Höfe, Mauern. Eine westdeutsche Betonwelt, nicht viel anders als der Rest von Stuttgart.

Ich weiß sofort, wie frustrierend das aussah, obwohl ich nie da war. Was mich bei meinen ersten Ausflügen hinter die Mauer am meisten enttäuschte, geradezu lähmte, war, dass dort jede Lücke mit Beton und Ziersteinen ausgefüllt zu sein schien, alles wirkte auf mich verspachtelt, verfugt, luftdicht abgeschlossen, mit doppelt beziehungsweise dreifach verglasten Fenstern, eingeschweißt in die Möglichkeiten der 60er und 70er Jahre.

Uwe erinnert sich an zwei Dinge. An die Sicherheitskontrolleure, die ihn zwangen, sogar seinen Jadering abzunehmen, den er aus China mitgebracht hatte, und an den weißen Bart seines Bruders, der im Besucherraum auf sie wartete.

»Klaus war über Nacht weiß geworden«, sagt Uwe, und ich schreibe das auf, obwohl ich eigentlich nicht an Geschichten glaube, in denen Menschen über Nacht weiße Haare bekommen. Chinesischer Jadering, weißer Bart, schreibe ich und dann in Großbuchstaben: UWE und KLAUS. Die Geschichte zweier ungleicher Brüder, die in die Welt aufbrechen, denke ich. Ich umrande es mit meinem Kugelschreiber. Es ist die Idee für ein Doppelporträt, ein biblisches Motiv. Es weitet mir die Brust. Das liegt am Schnaps, aber nicht nur. Ich habe immer mal diese Momente von, egal wie trunkener, Klarheit, Hoffnung und der plötzlichen Gewissheit, die große Geschichte in einer einfachen Parabel erzählen zu können. Diese Gewissheit ist am nächsten Morgen meistens weg, manchmal spiele ich sie nochmal nach, führe sie auf, wenn ich anderen von der Idee erzähle. Es ist nie mehr dasselbe. Nicht mehr wie jetzt, in diesem Moment. Zwei Brüder. Die Geschichte von Uwe und Klaus.

Ein knappes Jahr blieb Klaus in der Untersuchungshaft in Stammheim. Zwei weitere Jahre verbrachte er in Berliner Gefängnissen. Ein ordentlicher Anwalt hätte das verhindern können, sagt Uwe. Klaus hatte keine Vorstrafen. Er war einer geplotteten Straftat zum Opfer gefallen, die ein Krimineller zusammen mit der Kriminalpolizei organisiert hatte, um Straferleichterung zu bekommen. Aber Klaus hatte keinen guten Anwalt. Seine Familie kannte keine guten Anwälte. Uwes Vater war enttäuscht von der Dummheit seines Sohnes und vom deutschen Rechtsstaat. Er dachte an Gerechtigkeit und an Vergeltung. Uwes Mutter dachte daran, wie oft Klaus als Kind krank gewesen war, der Junge hatte einfach kein Glück.

Klaus las die Bibel in der Gefängnisbibliothek. Zweimal, vielleicht sogar dreimal. Er hatte immer viel gelesen. Als er nach Berlin verlegt wurde, las er vor allem historische Bücher. Bücher, die sich mit der deutschen Geschichte beschäftigten. Es waren die Lektüreempfehlungen rechtsradikaler Mithäftlinge, die er im Berliner Gefängnis kennenlernte. Als er nach drei Jahren entlassen wurde, zog Klaus in die Nähe von Stuttgart, weil dort eine Frau lebte, in die er sich während seiner Haftzeit verliebt hatte, aber auch, weil dort, im Süden Deutschlands, wie er Uwe erklärte, Heimat und Nation noch etwas bedeuteten, mehr jedenfalls als im linksliberal verseuchten Berlin.

Damals aber, im vorletzten Winter der neunziger Jahre, war er noch der alte Klaus, den Uwe kannte, obwohl er einen weißen Bart bekommen hatte. Oder gerade deshalb. Klaus ist in dieser Geschichte, die sein Bruder mir erzählt, ein Mann, der von den Umständen überrascht wurde. Klaus hatte nicht nur die falsche Frau geheiratet und den falschen Beruf gelernt. Er war auch der einzige ihm bekannte Ostmann, sagt Uwe, der sich drei Jahre zur Nationalen Volksarmee verpflichtete, ohne dadurch Vorteile zu haben. Der Werbungsoffizier hatte seinem Bruder erklärt: »Ich spüre, Sie können gut mit Menschen umgehen. Sie wären ein erstklassiger Vorgesetzter.« Klaus hat das geglaubt, sagt Uwe. Er hatte auch geglaubt, dass er ein guter Drogenkurier wäre. Und wenn es geklappt hätte, sagt Uwe, hätte Klaus es sicher weiter gemacht. Insofern glaubte er vielleicht sogar, dass die Strafe, die er bekommen hatte, angemessen war.

Uwe und seine Eltern gingen durch die vielen Sicherheitsschleusen zurück in die Freiheit, ein südwestdeutscher Februartag am Ende des Jahrtausends. Kalt und grau. Uwes Mutter weinte, sein Vater schwieg. Die Familie brach endgültig auseinander. Ein Sohn im Knast, einer in Amerika. Wie weit sie sich wirklich voneinander entfernten, wussten sie an diesem Tag noch nicht.

Die Bar leert sich, aber das Personal wird nicht ungeduldig oder nachlässig. Wenn man glaubt, es sei vorbei, kommen neue Gäste. Die Petersburger Nacht endet nicht, und als ich gegen halb drei auf dem Newski Prospekt zu meinem Hotel zurücklaufe, ahne ich, was mit Weißen Nächten gemeint sein könnte, obwohl sich das Licht nicht verändert hat. Es ist milchig dunkel. Man vergisst nie, dass der Tag lange vorbei ist, es gibt nur einfach keinen Grund, die Augen zu schließen. Das ist es. Die Leute, die mir auf der Straße entgegenkommen, scheinen keine Eile zu haben. Ich bleibe einen Moment vor dem Paul-Smith-Laden stehen. Ein Paul-Smith-Laden auf dem Newski Prospekt. Sehr seltsam, wie eine Erscheinung.

Andererseits habe ich mir auf meiner Jugendweihereise in den späten siebziger Jahren eine »Doors«-Platte in Moskau gekauft. Damit hatte ich auch nicht gerechnet. Es war eine Single, ein sowjetisches Phantasiecover, der Name der Band ins Russische übersetzt. Dveri. Türen. Auf der A-Seite: »Riders On The Storm«. Ich war dreizehn Jahre alt, hatte keine Ahnung, worum es ging, war aber sofort verzaubert, als ich das Lied zu Hause zum ersten Mal anhörte. Dieses irre Orgelgeklimper im strömenden Regen. Into this house we're born. Into this world we're thrown. Der ferne Donner. There's a killer on road.

Es ist Sommerschlussverkauf bei Paul Smith, sehe ich. Ich könnte mir etwas kaufen. Morgen. Ich könnte mir morgen im Flagshipstore von Paul Smith in St. Petersburg einen Anzug kaufen, wenn ich wollte. Das fasst die letzten dreißig Jahre meines Lebens und auch des Weltgeschehens schön zusammen.

Es ist erstaunlich, wie wenig mir der Wodka ausmacht. Vielleicht verträgt man den Wodka in dessen Heimat besser. Ich fahre kein Karussell in meinem Hotelbett, aber die Gedanken kreisen. Ich schalte das Licht aus. Dann schalte ich es wieder ein, um meinen Handywecker zu stellen. Dann wieder aus.

Mir fällt ein, dass ich doch schon einmal auf Russisch

geweckt worden bin wie heute morgen auf der Fähre. Das war im November 1990, als ich mit Walter Momper und Tino Schwierzina zu Besuch in Moskau war. Ich war damals Lokalchef bei der Berliner Zeitung, Momper war der Regierende Bürgermeister Westberlins, Schwierzina Oberbürgermeister Ostberlins. Die ersten gemeinsamen Wahlen der wiedervereinigten Stadt standen unmittelbar bevor. Wir schliefen im Hotel Rossija, das einmal das größte Hotel Europas war und später abgerissen wurde. In der Nacht klingelte pausenlos mein Telefon. Es war jedes mal eine russische Frau dran, die mich gern kennenlernen wollte, wie sie sagte. Wenn ich gerade eingeschlafen war, klingelte es wieder. Es war erregend und störend gleichzeitig. Ich hätte, soweit ich mich erinnere, grundsätzlich nichts dagegen gehabt, eine Moskauerin kennenzulernen, aber ich war Mitglied einer ausländischen Delegation und musste früh raus. Ich sagte der Anruferin mehrfach, dass es ungünstig sei, und weil sie immer wieder anrief, legte ich irgendwann den Hörer neben den Telefonapparat. Kurz vor der Rückreise nach Berlin, noch auf dem Moskauer Flughafen, ordnete Walter Momper an, die besetzte Mainzer Straße zu räumen. Als wir in Berlin landeten, brannte der Friedrichshain. Vor allem deshalb blieb diese Moskau-Reise in Erinnerung, offiziell jedenfalls. Nicht bei mir.

Ich habe meine ganz persönlichen Flashbacks. Zum Beispiel die Metrofahrt mit einer jungen Kollegin von der taz, während der ich verstand, dass ich nicht so gut Russisch sprach, wie sie es von einem Ostdeutschen erwartet hatte. Ich habe versucht, ihren Erwartungen gerecht zu werden, indem ich mein weniges Russisch besonders russisch klingen ließ. Es war ein großes Missverständnis. Auf der offiziellen Feier mit dem Moskauer Oberbürgermeister eröffnete der Westler Momper das Buffet, gerade als der Ostler Schwierzina seine Rede halten wollte. Walter Momper ging in die Geschichtsbücher ein, Tino Schwierzina wurde vergessen. Man konnte ihn im Sturm auf das Buffet nicht mehr verstehen.

Ein paar Tage nach unserer Rückkehr aus Moskau hörte ich auf, Lokalchef der Berliner Zeitung zu sein und wurde dort Reporter. Es hatte mit der Reise nichts zu tun, und dann doch. Ich fühlte, wie die Dinge schon wieder fest wurden. Eine neue Kollegin aus dem Westen forderte von mir einen Bericht über den Grünen-Parteitag, der mich nicht interessierte. Ich wusste nichtmal, dass er stattfand. Noch vor einem guten Jahr hatte mich mein Abteilungsleiter zusammengebrüllt, weil ich den Namen eines Mitglieds vom FDJ-Zentralrat falsch geschrieben hatte. Die neue Kollegin kam aus Süddeutschland und lebte in Kreuzberg. Sie stand in meinem Büro, als hätte sie es erobert und würde es nun gern umräumen. Die Wände hatte ich zusammen mit ein paar Kollegen mit Porträts tapeziert, die wir in einer durchgefeierten Nacht am Kopierer aus Fotografien von Redakteuren und ehemaligen Politbüromitgliedern zusammengebastelt hatten. Es war der erste Kopierer, den wir kennenlernten. Wir waren begeistert von seinen Möglichkeiten. Anschließend waren wir irgendwo tanzen gegangen. Die neue Kollegin aus Süddeutschland sah nicht so aus, als wäre sie da mitgekommen. Ich war 28 Jahre alt. Ich wollte weiter so frei sein wie im letzten Jahr, was einfacher war, wenn man die Veränderungen nur beobachtete und beschrieb. Wenigstens nahm ich das damals an. In der Lokalabteilung, die ich seit einem halben Jahr geleitet hatte, arbeiteten drei Alkoholiker, die ich hätte loswerden müssen. Ich konnte das aber nicht. Ich glaube, ich verstand, warum sie tranken. Einer von ihnen legte mir jeden Tag einen Text über irgendeine neue Antilope, die im Tierpark Friedrichsfelde eingetroffen war, in den Eingangskasten. Der Mann hatte jahrelang über den Tierpark geschrieben, um nicht über die Partei schreiben zu müssen. Ich sagte ihm jedes Mal, dass ich es besser finden würde, wenn er nun über andere, wirkliche Probleme in der Stadt schriebe. Wir hätten doch jetzt Pressefreiheit. Er nickte. Klar, sagte er und legte mir am nächsten Tag denselben, völlig unveränderten Text in den Kasten. Heute denke ich, dass es vielleicht eine Botschaft an mich war. Die Dinge ändern sich weniger als du denkst, junger Freund. Vielleicht interessierte er sich einfach für Antilopen. Vielleicht fand er Tiere berichtenswerter als Politiker. Ein halbes Jahr später starb der Tierparkredakteur an einem Leberleiden. Die Kollegin aus Süddeutschland wurde später Chefredakteurin.

Tino Schwierzina war ein freundlicher, stiller Mann, der immer etwas überfordert wirkte, soweit ich mich erinnere. Er trug gern Nadelstreifenanzüge mit breiten

Revers wie jemand aus einer anderen Zeit, ein Schauspieler vielleicht. Es gibt eine Nebenstraße im Norden Berlins, die nach seinem Tod nach ihm benannt wurde, aber ich muss da nie lang. Sie führt durch eine Kleingartenanlage und taucht manchmal in den Berliner Verkehrsnachrichten auf. Die Nachrichtensprecher betonen den Namen fast immer falsch.

DREI

Anastasia, unsere Reiseleiterin, zieht morgen um. Das erzählt sie uns auf der Fahrt nach Puschkin, wo wir uns den Katharinenpalast ansehen wollen. Sie ist müde und blass und noch schwerer zu verstehen als gestern. Sie hat bislang in einer sogenannten Kommunalka gewohnt, sagt sie. Das ist eine der russischen Wohngemeinschaften, in denen fremde Menschen um ein gemeinsames Bad streiten. Anastasia ist froh, dass sie dort raus ist, sagt sie. Sie zieht jetzt in eine eigene kleine Wohnung. Sie kann sich das leisten, weil sie diese Stadtführungen macht, eigentlich ist sie Lehrerin, aber das Geld reicht hinten und vorne nicht. Sie ist ja nun auch schon 32 und würde gern irgendwann eine Familie gründen. Sie liebt Kinder. Einen Mann bräuchte sie natürlich.

Während sie das alles erzählt, fahren wir aus dem alten, schönen Teil St. Petersburgs hinaus in die weiten, brutalen sozialistischen Stadtbezirke hinein, und je länger wir fahren, desto mehr scheinen die Deutschkenntnisse von Anastasia nachzulassen, als würde ihre Batterie sterben. Irgendwann hört unsere Reiseleiterin ganz auf zu reden. Draußen sieht es aus, als würde es gleich wieder anfangen, zu regnen. Die Stadt ist riesig. Ich habe das Gefühl, dass ich krank werde.

Wir halten an einem Park. Auf dem Fußweg zum Palast stehen Musikanten, und als sie merken, dass wir Deutsche sind, spielen sie »Oh, wie ist das schön«. Sie laufen mit ihren Instrumenten neben uns her. Es ist sehr unangenehm. Im zweiten Weltkrieg quartierte sich die deutsche Wehrmacht im Katharinenpalast ein. Von Puschkin aus beschossen sie das belagerte Leningrad, sagt Uwe. Er bleibt stehen und schaut zurück, in die Richtung, in der er die Stadt vermutet. Ich schaue auch zurück, so andächtig wie es geht. Die Kapelle spielt immer weiter, sie fühlen sich eher ermuntert dadurch, dass wir innehalten. Die Wehrmacht wollte Leningrad aushungern. Millionen Menschen starben, am Ende hielten die Leningrader der deutschen Belagerung stand. Die Männer mit den Trompeten bringen das offensichtlich nicht mehr mit uns zusammen.

Anastasia beachtet die Musiker gar nicht. Sie redet über die chinesischen Touristen, die sie nicht mag. Die Chinesen, sagt sie, können sich nicht benehmen und stehen immer im Weg rum. Sie stören, die Chinesen, sagt Anastasia. Sie lotst uns an einer langen Schlange chinesischer Besucher vorbei in den Palast. Drinnen ist auch alles voller Chinesen, die sich gegenseitig vor den goldenen Tapeten fotografieren. Ich habe außerhalb von China noch nie so viele Chinesen gesehen. Mal abgesehen von den Chinatowns in New York und San Francisco, deren Bewohner aber anders auf mich wirkten, nicht so forsch.

Es muss seltsam sein, dass Uwe versteht, was sie reden, dass er sowieso das meiste von dem versteht, was hier geredet wird. Russisch, Englisch, Spanisch, Chinesisch. Die ganze Welt redet auf ihn ein. Überall Erinnerungen an seine lange Reise. So stelle ich mir das vor. In einem Raum treffen wir auf eine israelische Gruppe, sie ist nur klein, aber sehr laut. Hebräisch hört sich vertraut an, obwohl ich nur jedes fünfte Wort verstehe. Ich würde am liebsten mit ihnen weiterlaufen. Anastasia erzählt Geschichten über russische Kaiserinnen, die Katharinas und Elisabeth, ihre Vorlieben, ihre Architekten, ihre Gärtner. Katharina die Große starb hier im Alter von 68 Jahren, nachdem sie Frühstückstee mit ihrem letzten Liebhaber getrunken hatte, einem Mann namens Platon Subow, der später ihren Sohn Paul ermordete. Katharina erlitt einen Schlaganfall. Ein paar Stunden lebte sie noch, kam aber nie wieder richtig zu Bewusstsein. Die Russen, so scheint es mir, lieben diese letzten, schmerzhaften Details. Puschkin, nach einem Duell schwerverletzt, Bauchschuss, zwei Tage lang siechend, letzte Dinge kritzelnd, Dostojewskis Füllfederhalter, der langsam vom Tisch rollte, als der Dichter zusammenbrach, die Lungen blutend, das Gesicht meines Urgroßvaters, von Zarenknechten unkenntlich zerschlagen, ein einziger Brei, wie meine Großmutter zu sagen pflegte, im Schnee.

Gewaltige Ballsäle, unfassbar viele Spiegel, ich mache ein paar Fotos von den Chinesen, die sich vor dem Gold fotografieren. Dann fotografiere ich Uwe und seine Mutter, die zwischen all dem Glitzer verloren aussehen, wie Leute, die ihre Eintrittskarte zu einer Gala im Radio gewonnen haben. Wie der Ostbesuch. Ich mag das, weil ich es kenne. Wir gucken uns ein nachgebautes Bernsteinzimmer an. Es ist die große Attraktion hier. Alle sind ganz aufgeregt, aber ich verstehe die Bernsteinfaszination überhaupt nicht. Ich finde, das sieht alles ziemlich überladen und hässlich aus, wie diese Muschelbilder, die an Ostseeurlauber verkauft werden. Ich hatte mal einen Chefredakteur, der unbedingt das Bernsteinzimmer wiederfinden wollte, das die Nazis aus dem Palast geraubt und nach Königsberg verschleppt hatten und das später ganz verschwand. Er war regelrecht besessen von der Idee. Das erinnert mich an die Begeisterung der Stern-Chefredaktion für die Hitler-Tagebücher und die Bewunderung meines Tel Aviver Nachbarn Itay für deutsche Kriegsflugzeuge. Alles sehr verstörend.

Am Ende verbringen wir noch eine Weile in einer Ausstellung, die Fotos von den Aufbauarbeiten nach dem zweiten Weltkrieg zeigt. Die Deutschen haben hier gehaust wie die Barbaren. Das große Kulturvolk hinterließ den Katharinenpalast wie einen Schweinestall. Die Restaurierung dauert immer noch an. Ich frage mich, wie sie uns das überhaupt vergeben können. Auch in Israel frage ich mich das pausenlos. Wie machen sie das? Wie ertragen sie uns überhaupt?

Anastasia zieht sich für eine Stunde zurück, sagt sie. Wahrscheinlich kümmert sie sich um ihren Umzug. Wir sollen uns den Park ansehen. Uwe und seine Mutter laufen zusammen. Ich gehe mit Rita. Sie wird im Herbst wieder zurückziehen nach Amerika, nach D. C., sagt sie. Seoul, Wiesbaden, Washington. Klingt wie eine Dienstreise, finde ich. Eine langweilige Dienstreise.

Es nieselt, der endlose Garten gehörte vor dem Großen Nordischen Krieg zu einem schwedischen Landgut. Vierhundert Jahre ist das her, was nicht besonders viel ist, wenn man bedenkt, was inzwischen alles passiert ist. Später zwangen italienische und englische Gärtner den Park in Form. Rita wirkt weniger amerikanisch als gestern, deutscher. Heimatloser auch. Ein bisschen wie wir. Komische Reisegruppe, wirklich. Rita erzählt, dass ihr Mann auf dem Friedhof in Washington liegt.

»Arlington?«, frage ich. Auch so ein Wort, das ich gelernt habe und mit schlechtem Gewissen benutze, weil ich das Gefühl habe, dass mir das nicht zusteht. Sie nickt, redet aber nicht weiter. Ich komme mir vor wie in einem Kalten-Krieg-Film.

Irgendwann fragt Rita: »Hast du Kinder?«

»Ja«, sage ich.

»Wie viele?«, fragt sie.

»Drei«, sage ich. »Und du?«

»Ich habe keine Kinder mehr«, sagt sie.

Ich weiß nicht, was das bedeuten soll und wie es von hier aus weitergehen kann. Dann fängt es an zu regnen, und wir gehen zusammen mit Uwe und seiner Mutter in ein Café. Rita erzählt wieder, wie die Deutschen den Anschluss an die Weltwirtschaft verpassen, was offenbar ein wichtiges Thema für sie ist. Vielleicht hat es mit den vielen Chinesen zu tun, die draußen mit Regenschirmen durch den Park wuseln. China, das sagt Rita, sei die eigentliche Herausforderung für Amerika. Europa spiele keine Rolle mehr. Ich habe, ohne dass ich es begründen kann, den Eindruck, dass Uwe und seine Mutter ihr da beipflichten, wenn auch, da bin ich mir ziemlich sicher, aus unterschiedlichen Gründen. Für Deutschland sei der Zug abgefahren, behauptet Rita. Alles zu spät. Langsames Internet, zu schwere Autos, zu schlecht ausgerüstetes Militär, die ganze Mentalität stimme nicht. Man könne sich nicht aus jedem Konflikt der Welt heraushalten.

»Obama war auch nicht der Held, für den ihr Deutschen ihn haltet«, sagt Rita.

Es klingt wie eine Verteidigungsrede auf Präsident Trump, den gar niemand von uns angegriffen hat. Uwe schaut durch Rita hindurch wie er durch seine Mutter hindurchschaut. Rita beschwert sich, dass historische amerikanische Flugzeuge zum Jahrestag der Berliner Luftbrücke nicht in Tempelhof landen dürfen, aus irgendwelchen bürokratischen Gründen, und was für ein Skandal das sei. Diesmal nickt Uwes Mutter ganz eindeutig. Die Rosinenbomber, die haben mich auch nie interessiert, obwohl ich Amerika so mag. Dann sind wir auch schon beim Atomabkommen mit dem Iran, wo die Deutschen ebenfalls einen Riesenfehler machen, sagt Rita, und so geht das immer weiter.

Am Nachmittag fahren wir in einem Boot über die Newa und ihre kleinen Verzweigungen und Kanäle in der Innenstadt. Lauter Brücken, die manchmal so flach sind, dass wir unter Deck müssen, um uns nicht den Kopf zu stoßen. Mit uns im Boot sitzen deutsche Touristen, die sehr laut reden. Ich möchte nicht von denen erkannt werden, was natürlich auch wieder sehr deutsch ist. Wenn sich zwei Amerikaner im Ausland treffen, freuen die sich und klären erstmal, aus welchem Staat sie kommen und wann sie wieder dorthin zurückfliegen. Anastasia spricht glücklicherweise leise und wenig. Die Paläste wischen vorbei, die Geschichten auch, das meiste werde ich schon heute Abend vergessen haben, den Rest nächsten Monat. All die Führungen, die ich in meinem Leben gemacht habe. Tropfsteinhöhlen, Museen, Kirchen, Bergwerke, Ruinen, Türme, Tempel, Geburtshäuser, Galerien, Grotten, Burgen, Pyramiden, Klöster, Moscheen, Konzentrationslager. Alles interessant für den Moment und dann weg. Verschwunden mit den Definitionen und Vokabeln, die ich mal gelernt habe. Akkumulation des Kapitals, Diffusion, Photosynthese, der Erlkönig, das Ave Maria, der Abstand zwischen Erde und Merkur. Die Hauptaufgabe der sozialistischen Gesellschaft in Deutsch und Russisch. Konnte ich alles. Manche Bücher lese ich immer wieder, um ihre Helden in Erinnerung zu behalten. Das sind alles alte Freunde, die ich langsam vergesse. Harry Angstrom, Axel Bascombe, Edgar Wibeau, die Familie Glass und der Berlinbesucher aus »In Plüschgewittern«.

Ende der neunziger Jahre habe ich für eine Reportage mal das Haus von Professor Jürgen Kuczynski in Berlin-Weißensee besucht. Kuczynski war ein politischer Ökonom, eine Legende im Osten, ein richtiger Star. Er war kurz zuvor gestorben, sein Sohn, der ganz genauso aussah wie der Alte, hat mich durchs Haus geführt. Bücherstapel bis unter die Decke, die ganzen Klassiker, Politik, Ökonomie, Philosophie, Weltliteratur, am zerlesensten aber schien mir die Krimiabteilung im Keller zu sein. Da standen Hammett, Gardner, Christie, Doyle, Sayers, Highsmith und Chandler, aber auch Kurzkrimis, die sich der Professor aus irgendwelchen Illustrierten ausgeschnitten hatte, und Heftchen aus einer ostdeutschen Krimi-Reihe, die »Blaulicht« hieß. Kuczynski war über neunzig Jahre alt geworden, er hatte all die Krisen des Kapitalismus analysiert, verschiedene Kurven entworfen, die in seinen Untergang führten, aber am Ende seines Lebens war er noch mal zurückgekommen, der Kapitalismus. Als die großen volkseigenen Kombinate schlossen und die sozialistischen Kollektive aufgelöst und in die Massenarbeitslosigkeit geschickt wurden, als der Westen den Osten aufteilte, zerriss und fraß, saß der Professor unten im Keller bei den Krimis und las Detektivgeschichten, weil ihn das Leben dort draußen langweilte. Vielleicht auch enttäuschte, anwiderte. Vor allem langweilte. So stelle ich mir das vor. Kuczynski hatte die Nazis überlebt, amerikanische und sowjetische Geheimdienste, er hatte am Ende des Krieges persönlich den IG Farben-Chef verhaftet, er saß als Sachverständiger im

Auschwitzprozess und später im Ältestenrat der PDS. Zum Schluß riss er Kurzkrimis aus Fernsehzeitschriften. Meist siegte ja das Gute.

Bestimmt habe ich auch schon mal eine Newa-Fahrt gemacht und vergessen. 580 Brücken gibt es in St. Petersburg, davon 315 im historischen Zentrum, sagt Anastasia. Ich weiß gar nicht, ob das viel ist, verglichen mit Berlin zum Beispiel, dem sogenannten Spreeathen. Dreizehn Zugbrücken, die im Sommer nachts geöffnet werden. In den Weißen Nächten.

Als ich das letzte Mal hier war, mit dem Internationalen Olympischen Kongress, vor sechs Jahren, bin ich eines Nachts nicht mehr auf die andere Seite der Newa gekommen, wo mein Hotel lag, weil sie alle großen Brücken hochgezogen hatten. Ich bin anderthalb Stunden mit einem Taxifahrer durch das dunkelblaue Licht gefahren, bis er einen Übergang fand. Während der Fahrt kam mein Russisch ein bisschen zurück. Ich saß vorn, weil ich mich manchmal, vor allem in Osteuropa, nach vorn setze, um nicht arrogant zu wirken. Eigentlich sitze ich lieber hinten. Der Mann rauchte. Irgendwann bot er mir eine Zigarette an, und ich nahm die, obwohl ich zwanzig Jahre zuvor aufgehört hatte zu rauchen. Es war toll, in einem Lada durch die leere Stadt zu fahren und zu rauchen. Das Blau des Himmels ist plötzlich wieder da. Die Nachtwolken taghell wie auf einem Bild von Magritte, das ich im Museum of Modern Art in New York gesehen habe oder im Guggenheim in Venedig, vergessen. The Empire Of Light. Vielleicht erinnere ich mich auch nur an das Licht auf dem Gemälde, nicht an das der Nacht.

Wir essen in einem Spezialitätenrestaurant, das im Lonely Planet empfohlen wird. Es liegt direkt an der Newa, das Personal trägt typisch russische Kostüme, alles ist ganz eng, verwinkelt und dunkel, die Wände sind mit altem Zeugs behängt, das Touristen für authentisch halten, aber das Essen ist wirklich gut. Diesmal ist Rita mit dabei. Sie braucht ewig, bis sie mit der Bestellung fertig ist, sie hat hundert Nachfragen und überlegt laut, ob dieses vielleicht zu viel ist oder jenes zu wenig, während die Kellnerin neben unserem Tisch wartet. Mir ist das unangenehm. Das Restaurant ist brechend voll, aber Rita tut so, als sei sie der einzige Gast. Wir anderen drei machen es kurz und schmerzlos, auch daran erkennt man den Ostler. Er bestellt schnell, wenn der Kellner schon mal da ist. Es ist eine gewisse Unterwürfigkeit dem Personal gegenüber oder Respekt, wahrscheinlich beides.

Uwe nimmt wieder Meerettichwodka, und Rita muss den probieren. Interessant, sagt sie. Wir essen Hering im Pelzmantel, Blinis, Pelmenis, Korjuschka, Scharkoje, Golubtsi. Rita bestellt nach dem ganzen Gewese einen kleinen Salat und eine Tasse Borschtsch. Als die Rechnung kommt, sagt sie, dass sie nicht durch vier teilen will, weil sie ja nicht so viel bestellt hat wie wir, und Uwe wird richtig blass um die Nase.

Er sagt: »Das ist so deutsch, Rita. So etwas würde mit Russen nie passieren. Wenn man hier gemeinsam isst, isst man gemeinsam. Und in Deutschland hätte ich dazu auch nichts gesagt. Aber wir sind in Petersburg.«

Es ist eine relativ lange Erklärung für einen wütenden Mann, aber so entschieden habe ich Uwe noch nie erlebt.

Ich sehe das genau so wie er, obwohl ich natürlich nicht weiß, wie die Russen ihre Zeche begleichen. Dieses Auseinandernehmen von Rechnungen habe ich jedenfalls erst im Westen kennengelernt, genau wie die 18 Grad kalten Wohnungen, die Drogen und die Mülltrennung. Im März 1990 war ich zum Karneval in Köln, um eine Reportage für die Berliner Zeitung darüber zu schreiben. Ich machte gerade eine Art Westpraktikum beim Manager Magazin in Hamburg und dachte, es wäre eine gute Abwechslung von den ganzen Bilanzpressekonferenzen, die ich sowieso nicht verstand. Ich schlief in der Kölner WG einer Bekannten vom Bruder meiner Freundin. Es war unfassbar kalt in der Bude, obwohl es überall Heizungen gab, alle stritten sich über Dinge im Kühlschrank und rauchten Hasch. Drogen waren für mich Teufelszeug. Ich dachte, wenn du jetzt mitrauchst, sitzt du morgen früh als Stricher am Bahnhof Zoo. Aber irgendwann hatten sie mich soweit, und ich zog auch mal. Ich fing gleich an zu reden, über meine Gefühle und so weiter, und die anderen lachten und fanden das unglaublich süß. Das Wort werde ich nicht vergessen: Süß. Der Ostler im Rausch. Ich segelte da über dem Tisch und redete und redete und gleichzeitig fror ich, weil sie ihre Heizungen auf 17 oder 18 Grad runtergeregelt hatten, um Geld zu sparen. Das war alles nichts für mich. Nach dem Karneval fuhr ich zurück nach Hamburg, wo ich ein Zimmer in der Wohnung einer Kollegin vom Manager Magazin bewohnte, das mir auch viel zu kalt war. Energiesparen ist natürlich grundsätzlich zu begrüßen, auch die Mülltrennung, aber die Entschiedenheit, mit der meine Nachbarn ihre Durchsetzung überwachten, überrascht mich bis heute. Manchmal bin ich unserer Putzfrau hinterhergegangen und habe den Biomüll nachsortiert, damit es keinen Ärger gibt. Sie hieß Maria und kam auch aus Russland wie die Kellnerin, die schon wieder an unserem Tisch warten muss, diesmal auf das Geld. Es dauert ewig, bis Rita alles ausgerechnet hat. Sie zählt wirklich jeden einzelnen Rubel ab, den sie beisteuert. Ich glaube, sie hat in ihrem Leben deutlich mehr Kaiserslautern abbekommen als Seattle.

Als wir das Restaurant verlassen, ist es immer noch richtig hell. Uwe geht mit den Frauen zurück ins Hotel. Er will sich noch ein bisschen hinlegen, bevor wir weitermachen, sagt er. Auf dem Weg zu meinem Hotel komme ich am Paul-Smith-Laden vorbei und kaufe mir einen Mantel. Es ist ein dünner navyblauer Sommermantel, der ziemlich teuer ist, aber ich habe das Gefühl, genau so einen Mantel gesucht zu haben. Im Hotel ziehe ich ihn probehalber an, er sieht immer noch gut aus. Dann lege ich mich auch noch einen Moment hin. Als ich aufwache, habe ich jedes Zeitgefühl verloren. Ich fühle mich wie an einem dieser bleiernen Nachmittage zwischen

Weihnachten und Silvester. Das Bett steht in einer dunklen Zimmerecke, von der ein Schlauch zum Fenster führt. Graues Licht sickert von dort in den Raum. Ich bin niedergeschlagen, obwohl ich wirklich keine Ahnung habe, wo ich eigentlich bin. Erst als ich den Paul-Smith-Mantel auf dem Stuhl sehe, lichtet sich der Nebel. Ich werde auf jeden Fall krank.

In der Bar trinke ich diesmal gleich Wodka, als Medizin sozusagen. Es ist die Bar von gestern Abend. Kurz vor zehn kommen wir da an.

Uwe sagt, dass ihm Rita zwanzig Euro zugesteckt habe. Ausserdem habe sie ihm und seiner Mutter angeboten, von einem speziellen Kräuterschnaps zu probieren, den sie auf ihrem Zimmer aufbewahre.

Seine Eltern brachten Uwe zum Flughafen. Im Mai 1998. Soweit er sich erinnert, war noch eine Kollegin aus der Friedländer-Schule dabei. Mehr Personal aus seinem alten Leben erschien nicht. Uwe zog nach Ocean Grove, einem Ort in New Jersey, wo er ein kleines Haus gemietet hatte. In Deutschland schien das eine gute Idee zu sein. Schöner Name. Ein Platz in der Nähe des Atlantischen Ozeans, geschlossene Siedlung, alles sauber, in einer guten Stunde war man in Manhattan. Das Haus gehörte Mark, den Uwe aus Berlin kannte. Marks Vater hatte für die US Army gearbeitet, seine Mutter war Deutsche. Uwe vertraute Mark, weil er ja irgendjemandem vertrauen musste. Er war neu, alles war fremd. Weil noch viel Platz in seinem Umzugscontainer war, transportierte Uwe für Mark noch ein paar Dinge von

Deutschland nach Amerika, unter anderem einen Mercedes mit Stuttgarter Kennzeichen. Uwe borgte Mark auch Geld, weil dem, wie er sagte, vorübergehend der Cashflow abgerissen war. In New Jersey erfuhr Uwe, dass er nicht der Einzige war, dem Mark Geld schuldete. Ocean Grove war enttäuschend. Uwe hatte in die Freiheit gewollt, Ocean Grove kam ihm vor wie ein Gefängnis. Alle waren weiß und misstrauisch, nachts wurde das Viertel abgeschlossen. Es war schlimmer als Biesdorf, sagt er. New York schien unendlich weit weg. Uwe schickte hundertzwanzig Bewerbungen in die Stadt. Er bekam keine einzige Antwort.

Amerika ist ein Experiment, das keiner stören will, der es ausprobiert. Deutsche, die dorthin ziehen, loben ihr Leben für die Zurückgebliebenen. Niemand sagt die Wahrheit, bevor er wieder weggeht. Meine Frau und ich flogen im September 1999 nach New York, um den Mietvertrag für eine Wohnung zu unterschreiben, die wir bis dahin nicht gesehen hatten. Steven, ein Buchhändler aus Massachusetts hatte die Wohnung besorgt, in Park Slope. In dem Stadtteil wohnte auch eine Kollegin aus dem SPIEGEL-Büro, was mir Vertrauen einflösste. Ich hatte Steven auf einem Germanistenkongress in Atlanta getroffen. Er kannte eine Immobilienmaklerin aus Brooklyn, die eine Wohnung im Angebot hatte, die perfekt zu uns zu passen schien. Steven schickte Fotos. Die Wohnung sah gut aus. Auf den Fotos. Wir zahlten zwei Monatsmieten, um sie zu reservieren. Die Immobilienmaklerin hieß Susan. Sie stand auf dem Flughafen Newark, um uns nach Park Slope zu fahren und anschließend zur Vermieterin nach Manhattan, wo wir den Vertrag unterschreiben sollten.

Susan war schwarz und etwa so alt wie wir. Sie hielt eine einzelne Rose in der Hand, die sie meiner Frau überreichte, die an diesem Tag 32 Jahre alt wurde. Wir fuhren in Susans riesigem Geländewagen nach Park Slope. Die Wohnung lag im Souterrain und im Erdgeschoss eines Hauses in der 2nd Street, das an einen großen Wohnblock der 5th Avenue grenzte, die damals nicht so schick war wie heute. Von den Balkonen guckten Latinomänner in Unterhemden zu uns hinunter. Die Wohnung war dunkel, feucht und wirkte unfertig. Der Zementboden im Kellerteil sah so frisch und roh aus, als wären da hektisch die Vormieter einbetoniert worden. Meine Frau sagte: »Ich möchte hier nicht wohnen.« Es war, wie gesagt, ihr Geburtstag.

Mmmh, machte ich.

»Mit den Kindern«, sagte sie.

Ich sagte Susan, dass wir den Mietvertrag heute nicht unterschreiben würden. Erstmal. Sie sah verzweifelt aus. Inzwischen war es dunkel. Wir fuhren mit der Maklerin nach Hause, weil sie ihren Hund füttern musste. Susan wohnte auch in Brooklyn, in einem anderen Stadtteil, eine schwarze Gegend, große, etwas verschrabbelt aussehende Holzhäuser. Auf der Straße nur ein alter Mann mit einem Besen, der uns ernst ansah. Das Licht der Straßenlaternen in meiner Erinnerung ist gelb, die Wohnung der Maklerin überraschend leer, aber geräumig. Es gab Holzparkett, große Fenster, aber kaum Möbel. Der Hund war riesengroß, er hoppelte durch das Haus wie ein Pferd. Ich war sehr müde, in Berlin war es früh am Morgen, der Geburtstag meiner Frau verstrich, der Buchhändler aus Massachusetts, mein einziger Kontakt in Amerika, hatte offenbar versagt. Ich fühlte mich schuldig. Ein vertrautes Gefühl, das ich gern auf meine katholische Erziehung schiebe.

»Gibt es hier in der Gegend nicht irgendwas für uns?«, fragte ich Susan.

»Hier wollt ihr nicht wohnen«, sagte sie.

»Es sieht doch gut aus«, sagte ich und sah meine Frau an. Sie nickte müde.

»Glaub mir, hier gehört ihr nicht hin«, sagte Susan. Sie studierte die Immobilienanzeigen der New York Times, was mir unprofessionell erschien für eine Maklerin. Sie machte es noch nicht lange, sagte sie. Unser Deal sollte, wenn ich sie richtig verstand, eine Art Berufseinstand werden. Am nächsten Tag sahen wir uns ein paar hässliche, aber teure Wohnungen an. Die Kollegin vom SPIEGEL sagte mir am Telefon, dass sie nicht mehr in Park Slope lebe, weil es zu teuer geworden war. Am Tag vor unserem Rückflug riefen wir einen Makler namens Tony an. Ein Ire. Er zeigte uns das Haus der McGuinesses in der Carroll Street, das ebenfalls teuer war, aber auch hell. Wir nahmen es sofort und blieben für sieben Jahre. Wir bezahlten fast zehnmal soviel Miete wie für unsere große Wohnung in Berlin-Mitte, die wir verließen. Zu Hause konnte man das niemandem erzählen. Die McGuinesses wurden reich mit uns, obwohl ihre Heizungen nicht richtig funktionierten und die Klospülungen auch nicht. Der Hausbesitzer arbeitete für die Deutsche Bank, was er mir mitteilte, als seien wir dadurch verwandt. Ich habe dann versucht, die siebentausend Dollar Kaution für die feuchte Wohnung in der 2nd Street zurückzubekommen, die wir nicht genommen hatten. Die Besitzerin aus Manhattan legte mitten im Gespräch auf. Susan, unsere Maklerin, meldete sich nicht zurück, wahrscheinlich machte sie inzwischen wieder irgendetwas anderes. Steven, der Buchhändler aus Massachusetts, verkaufte uns für einen unschlagbaren Preis seinen uralten schwarzen Geländewagen in Kastenform, der in den Kurven auf dem Brooklyn–Queens Expressway auf einer Seite immer leicht abhob und ziemlich durchgerostet war. Zwei oder drei Jahre später bot Steven an, ihn zurückzunehmen. Kostenlos. Ich musste vorher noch mit einem Permanent Marker das Lenkrad signieren, weil der Buchhändler annahm, ich würde irgendwann mal so berühmt werden, dass er das Auto als Rarität losschlagen könnte. Wenigstens aus diesem amerikanischen Geschäft wurde nichts. Noch Jahre später blieben meine Frau und ich manchmal vor den Fenstern der dunklen Souterrainwohnung in der 2nd Street stehen, die wir an ihrem Geburtstag besichtigt hatten, hielten uns an den Händen und freuten uns über unsere New Yorker Erfolgsgeschichte.

Uwe bekam Hilfe von Katie. Sie wohnte in Manhattan und arbeitete für Perry Ellis auf der 7th Avenue. Perry Ellis ist eine Modefirma, Katie saß da irgendwo am Schreibtisch. Uwe hatte sie Mitte der 90er Jahre in Moskau kennengelernt, wo Katie Russisch studierte wie er. Er erzählt mir erstmal von einer Salmonelleninfektion, die sich Katie im Moskauer Wohnheim zugezogen hatte, weswegen die Amerikaner sie sofort nach Helsinki ausflogen. So sind die Amerikaner, sagt Uwe, und wir sind gleich wieder schön drin im großen Lebensroman. Katie hat ihn später immer mal wieder in Berlin besucht. Bei einem dieser Besuche hatte sie versehentlich Uwes Katze in seiner Designerklappcouch eingeklemmt, so schlimm, dass die starb. Es war eine sibirische Katze, die er 1994 in einer Reisetasche aus Moskau mitgebracht hatte, sagt Uwe, damals ging das noch problemlos.

»Wie hieß denn die Katze?«, frage ich.

»Na, Fussja«, sagt Uwe, als hätten wir schon oft über das Tier geredet.

Katie hatte natürlich immer noch ein schlechtes Gewissen, weswegen sie Uwe bei der Wohnungssuche in New York half. Uwe konnte keine Sicherheiten vorweisen. Er hatte keine Einkünfte und sein gesamtes Vermögen an Mark verpumpt. Katie bürgte für ihn und zog auch gleich mit in die Wohnung in Astoria, die ihnen ein Makler in Manhattan anbot. Es war eine Dreizimmerwohnung in einem Viertel, wo vor allem Griechen lebten. Ein Two-Bedroom-Apartement, wie man in New York sagt. Es kostete 1700 Dollar im Monat, was günstig war, obwohl Astoria in Queens liegt. Man war relativ schnell mit der Subway an der Wall Street, wo Uwe einen Job bekam. In der Übersetzungsabteilung von Brown Brothers Harriman.

»Das ist die älteste Privatbank Amerikas«, sagt Uwe.

Eine Salmonelleninfektion, eine zerquetschte sibirische Katze namens Fussja und und eine alte amerikanische Privatbank. Uwe und wie er die Welt sah.

Nachdem er seinen Anteil an der Kaution für die Mietwohnung in Queens bezahlt hatte, blieben Uwe noch 400 Dollar, sagt er. Er kaufte sich einen Anzug, ein paar Seidenschlipse im Kaufhaus Century21 und wurde einer der jungen Männer, die man morgens mit nass gescheitelten Haaren und blank geputzten, aber nicht sehr teuren Schuhen in der New Yorker U-Bahn trifft, die sie nach Lower Manhattan bringt, wo sich die Banken befinden. Er lernte, wie man einen Schlips bindet, sagt er. Eine Fertigkeit, mit der er auch nichts mehr anfangen kann, sagt Uwe und schmunzelt. Ich mag das Wort schmunzeln nicht, aber zu Uwe passt es.

Wenn man Brown Brothers Harriman sucht, erfährt man, dass es nicht nur die älteste Privatbank Amerikas ist, sondern auch die Bank, die Hitlers Feldzüge finanzierte. Prescott Sheldon Bush, der Großvater von Georg W., war hier mal Geschäftsführer. Uwe sagt, das wundere ihn gar nicht, Brown Brothers Harriman sei eine äußerst weiße Bank gewesen. Nach anderthalb Jahren war er der Chef der Übersetzungsabteilung. Er stellte den ersten schwarzen Mitarbeiter ein, sagt Uwe, ein kleiner Skandal. Er verdiente gut bei Brown Brothers Harriman. Im Sommer 99 nahm er noch einen Zweitjob bei der

New York University an, als Lehrer am Deutschen Haus. Die Stelle wurde frei, weil die Ronell gerade die halbe Belegschaft entlassen hatte, sagt Uwe.

»Die Ronell?«, frage ich.

»Avital Ronell«, sagt Uwe. Er schaut erstaunt und macht einen Umweg ins Leben einer feministischen Germanistin, die in Prag als Tochter israelischer Diplomaten geboren und zur Expertin für deutsche Literatur wurde. Heidegger, Nietzsche, Hölderlin, Kafka. Der Ausflug führt ihn zu einer Geschichte, in der Avital Ronell einen jungen Doktoranden an der New York University belästigte, wo sie eine Forschungsplattform für Trauma und Gewalt aufgebaut hatte. Gerade sie, die Moralwächterin, die Freundin von Susan Sontag, sagt Uwe. Die New York Times habe groß darüber berichtet, Ronell sei beurlaubt worden. Am Ende der kleinen Exkursion scheint Uwes Schicksal mit dem der israelischen Professorin verbunden zu sein. Er erzählt sein Leben wie Forrest Gump. Ich bin der Mann, den er auf der Bank an der Bushaltestelle trifft.

Als seine Eltern ihn im nächsten Jahr besuchten, im Sommer 1999, da konnte Uwe schon eine kleine Erfolgsgeschichte vorführen. Sie waren nicht beeindruckt. Sein Vater fand Amerika stillos und auf tönernen Füßen stehend, wie er sich ausdrückte, seine Mutter redete die ganze Zeit von Klaus, der inzwischen nach Moabit verlegt worden war.

»Der Süße«, sagt Uwe, die Nase so krausgezogen, dass sie kaum noch zu sehen ist.

Er organisierte für seine Eltern das New-York-Programm. Ich weiß gleich, wovon er spricht, ich habe das auch jahrelang gemacht. Man will den Verwandten und den Freunden zeigen, dass man es geschafft hat. In New York. Ich fuhr den Besuch aus Deutschland immer mit meinem altersschwachen schwarzen Geländewagen von Brooklyn nach Manhattan und wieder zurück. Das Singen des Verkehrs, die Schatten der Wolkenkratzer, das Rauschen der Flüsse, der Wechsel zwischen Häusergebirgen und kleinen bunten Straßen wie aus romantischen Komödien, der hohe Himmel, den der Atlantikwind vor sich hertrieb. Hinzu nahm ich die Brooklyn Bridge, zurück die Manhattan Bridge. Ich war so stolz, in dieser Stadt leben zu dürfen. Ich wollte das teilen, freute mich, eine Tour anzubieten, die ich selbst nie bekommen hatte. Aber irgendwann steht der Schwager dann im Keller deines Brownstonehauses in Brooklyn, für das du jeden Monat viertausendvierhundert Dollar bezahlst, kalt, schaut die Leitungen an und sagt: Das wäre in Deutschland so nie abgenommen worden. Man schafft es nicht. Man schafft es einfach nicht.

Bei einer Stadtrundfahrt im Doppeldeckerbus, die er mit seinen Eltern machte, lernte Uwe Britt kennen, die dort als Stadtführerin arbeitete. Britt kam aus Krefeld. Sie hatte einen in Deutschland stationierten Soldaten der US Army geheiratet und war mit ihm nach Japan gezogen, wohin er versetzt worden war. Dort hatten sie sich getrennt. Weil sie im Besitz einer Green Card war und nicht mit leeren Händen zurück nach Deutschland wollte, probierte sie New York aus. Uwe verstand sich sofort mit Britt. Sie ersetzte Katie als Mitbewohnerin, die inzwischen nach Boston weitergezogen war, um eine Familie zu gründen. Uwe und Britt bewegten sich von Queens auf die Insel, nach Manhattan, zunächst nach Harlem, von dem es, solange ich denken kann, hieß, es entwickle sich. Sie hatten eine kleine Wohnung in der 138. Straße, in der Nähe vom City College. Vier Jahre lebten sie da.

Am 11. September 2001 fuhr Uwe mit der Subway downtown, als die Flugzeuge ins World Trade Center flogen. Er redet nicht viel über den Tag. Vielleicht hat er schon zu oft darüber geredet. Mir geht das jedenfalls so. Alles, was ich sage, klingt müde, abgehangen und vor allem unangemessen. Für ein paar Wochen schien es die größte, herzzerreißendste Geschichte aller Zeiten zu sein, auch in Deutschland. Kollegen und Bekannte, von denen ich seit vielen Jahren nichts mehr gehört hatte, meldeten sich bei mir, erkundigten sich nach meinem Befinden, einer schrieb, er bete für mich und meine Familie. Aber das hörte bald auf. Die alten Vorurteile gegenüber Amerika kamen zurück, teilweise waren sie größer als vorher.

Zwei oder drei Jahre später, auf einer Lesung im Deutschen Theater in Berlin, fragte mich ein Zuhörer aus dem Rang, ob ich nicht Sehnsucht hätte nach dem »alten Europa«. Ich bin mir ziemlich sicher, dass der Mann aus dem Osten kam. Das ganze Konzept von alter und neuer Welt erschien mir in diesem Moment fragwürdig.

Ich fühlte mich auf der Bühne des Theaters wie der Gast aus Amerika, kaum noch als Ostdeutscher. Je voller der Saal, desto größer die Missverständnisse. Ich hatte mit dem Mann aus dem Rang nichts mehr zu tun. Ich wäre am liebsten nach oben gegangen und hätte ihm das direkt ins Gesicht gesagt, aber das macht man ja dann doch nie.

Damals, 2004 oder 2005, haben meine Frau und ich darüber nachgedacht, für immer in New York zu bleiben. Seit ich ein Kind war, habe ich zum ersten Mal wirklich gefühlt, was es bedeutet, Teil einer Familie zu sein. Ich habe mich zu Hause gefühlt. Wenn ich in JFK landete oder in LaGuardia, wenn ich an der 7th Avenue aus der Subway stieg, war ich da. Das lag an der Familie und an der Stadt.

Ich habe Bush gehasst und Cheney und Rumsfeld und den Chef der Homeland Security, dessen Namen ich inzwischen vergessen habe. Ich war in Afghanistan und im Irak und habe gesehen, was dieser Tag am Ende in der Welt ausgelöst hat, welches Chaos, welches Leid, welchen Irrsinn. Das alles liegt über der Grabesstille, der Solidarität und der großen Liebe, die ich mit dem Datum verbinde. Ich wurde zum New Yorker an diesem Septembermorgen und an den folgenden Tagen, weil es etwas gab, das ich mit den Bewohnern der Stadt teilte und wenn es nur der Schmerz war und die Angst. Ich kann das nicht mehr erzählen und will es auch nicht, und womöglich geht es Uwe genauso. Wir wissen beide wie Downtown aussah unter diesem puderblauen New

Yorker Septemberhimmel. Wir waren da. Aber natürlich hat er die bessere Geschichte.

Chris, sein bester amerikanischer Freund, hatte eine der Todesmaschinen in der Nacht aus Kalifornien nach Newark geflogen, sagt Uwe. Das United Airlines Flugzeug, das die Terroristen ins Weiße Haus fliegen wollten und das später über Pennsylvania abstürzte, als Flug UA 93. Eine Boing 757–222. Uwe kannte Chris aus Berlin. Über Pieter, einen holländischen Schwulen, der in der Stadt lebte. Pieter hatte Chris auf einer Alaska-Kreuzfahrt kennengelernt und sich unsterblich in ihn verliebt. Er wollte, dass Uwe ihn trifft. Uwe hielt Kontakt zu Chris, obwohl der sich bald von Pieter trennte. Chris lebte in Dallas und New York, stammte aber aus Indiana und war, wenn ich Uwe richtig verstehe, immer ein Mann aus dem Mittelwesten geblieben, ruhig, bodenständig, verlässlich.

Chris war, auch das wird von Uwe nur nebenbei erwähnt als wäre es selbstverständlich, einer der beiden Piloten von United Airlines gewesen, die in den 90er Jahren entlassen wurden, weil sie mit dem HIV-Virus infiziert waren. Beide klagten dagegen und gewannen. Auch die Randfiguren in Uwes Lebensgeschichte, das fällt mir gerade auf, haben oft weltbewegende Lebensläufe.

Am Morgen des 11. September schlief Chris in New York, als die Maschine, die er aus San Francisco nach Newark geflogen hatte, von tapferen Passagieren über Feldern in Pennsylvania zum Absturz gebracht wurde.

Das Flugzeug ist Teil einer Heldengeschichte, UA 93 ist der Titel eines Hollywoodfilms. Das alles erzählt Uwe, wie gesagt, nur beiläufig. Chris war vor allem der Mann, mit dem er sein Haus in Spanish Harlem kaufte.

»Er hat mir geholfen, in Amerika zu überleben«, sagt Uwe. »Ich war in den ersten Jahren oft enttäuscht, frustriert, fremd. Ich habe vieles nicht verstanden. Die Leute erschienen mir gleichgültig, hart und dann wiederum überschwänglich freundlich. Chris hat mir, wenn man es so sagen will, Amerika erklärt.«

Gleich nachdem Uwe Chef der Übersetzungsabteilung von Brown Brothers Harriman geworden war, sollte er sie abwickeln, sich selbst eingeschlossen. Er lernte, wie eng die guten und die schlechten Nachrichten in Amerika zusammenliegen und dass schlechte Nachrichten oft als gute verkauft werden. Die Deutschen nennen es gern Oberflächlichkeit. Ich glaube, es ist der Geist der Planwagenfahrer, die hinter den Rocky Mountains das gelobte Land vermuten. Ein brutaler Optimismus.

Etwa zu der Zeit, als Uwe sich selbst entlassen musste, zogen Brooklyner Bekannte von uns aus ihrer Wohnung, weil sie sich die Miete nicht mehr leisten konnten. Sie war eine ehemalige Opernsängerin, die in einem Second Hand Laden für Babysachen im Souterrain unseres Brownstones arbeitete, er Kommissar bei der New Yorker Kriminalpolizei, sie hatten zwei kleine Mädchen, Zwillinge, eine Mittelstandsfamilie wie wir. Als ich eine amerikanische Autozulassung beantragte, war die Opernsängerin meine Zeugin beim Notar im Hinterzimmer einer russischen Apotheke. Der Kommissar hatte eine mobile Sirene in seinem Auto, die ich nur aus Kriminalfilmen kannte. Nach einem Theaterbesuch am Broadway fuhr er uns nach Hause, und ich bat ihn, doch mal die Sirene aufs Dach zu klemmen. Er wollte erst nicht, aber kurz vorm Battery-Tunnel machte er es. Wir fuhren unter Wasser mit Blaulicht von Manhattan nach Brooklyn.

Etwa anderthalb Jahre nachdem wir uns kennengelernt hatten, zogen sie in eine billigere Gegend, von Park Slope nach Dittmars Park, eine Stufe runter. Das Wort, das ich auf ihrer Abschiedsparty am häufigsten hörte, war: »Challenge«. Keine Klagen, keine schlechte Laune. Eine Herausforderung. An der Tür die Abschiedsschwüre, dass man selbstverständlich in Kontakt bleiben würde. Schon da war klar: Die Kraft haben wir nicht. Sie nicht und wir nicht. Den Kapitalismus in seiner Alltäglichkeit habe ich erst in New York kennengelernt, in Deutschland hatte ich ihn immer nur beschrieben. Hier aber machte ich mit. Das Paar, mit dem wir fast befreundet gewesen waren, verschwand samt der Zwillingsmädchen aus unserem Leben. Es kamen neue Menschen. Zwei neue Vornamen, ein Kind oder zwei, ein Hund, vielleicht eine Katze. Nette Leute.

Am Ende des Jahrtausends las Uwe in der Times, dass die Stadt New York Häuser in Harlem verloste. Jedes Jahr zwölf. Es waren Häuser, die die Stadt konfisziert hatte, weil sie überschuldet waren, verwahrlost, ausgebrannt, Crackhöhlen. Sie wurden für einen symbolischen Preis von einem Dollar an Bauunternehmen verkauft, die sie nach den Richtlinien der Stadt instandsetzen mussten und spekulationsfrei weiterverkaufen. Wer in Harlem wohnte und das Geld für die Anzahlung hatte, konnte sich bewerben. Uwe fragte Chris, ob er mitmachte. Chris hatte das Geld und die Erfahrung, Uwe wohnte in Harlem. Sie bewarben sich und gewannen ein fünfstöckiges Stadthaus, das nur 300 000 Dollar kostete. Die New York Times hat es später in einem Text über die Lotterie als Irrtum und Glücksfall bezeichnet, sagt Uwe. Er und Chris wurden als Besitzer eingetragen. In einem Vertrag bestimmten sie, dass derjenige von ihnen, der stirbt, seinen Anteil an den Lebenden überträgt.

Im Frühjahr 2003 war das Haus fertig. Uwe zog in eine Wohnung, Chris in die zweite, eine dritte bezog Britt zur Miete. Im Herbst 2003 wurde Chris krank. Er behauptete immer, es sei ein Virus gewesen, der das Herz angriff. Aber wahrscheinlich war es eine Folge seiner HIV-Infektion, sagt Uwe. Sie brachten ihn erst ins Mount Sinai Hospital, ein gutes Krankenhaus, aber nicht das beste, wenn es ums Herz geht. Uwe kümmerte sich um eine Verlegung ins Presbytarian, wo die Herzspezialisten der Stadt arbeiten, aber da war es wohl schon zu spät, sagt er. Neunzig Prozent des Herzmuskels waren zerstört. Die Ärzte sagten, Chris sei der Nächste auf der Spenderliste, aber Uwes Onkel, der Arzt in Grimma ist, sagte später: Mit der Vorgeschichte hätte er nie ein Spenderherz bekommen. Chris starb 2004. Sie beerdigten ihn in Indiana.

»Der Sarg war scheußlich«, sagt Uwe. »Viel zu pompös. Die Amis lieben so etwas, aber Chris hätte es gehasst.«

Die Familie lernte Uwe wenig später richtig kennen, als sie den Vertrag anfocht, den er und Chris abgeschlossen hatten. Chris' Eltern beauftragten eine große Kanzlei, die Uwes Leben insgesamt infrage stellte, sagt er. Seinen Status in Amerika, seine Einkommensverhältnisse, seinen Lebenswandel, seine Beziehung zum Verstorbenen. Sie wollten die Hälfte des Hauses und der Erbschaftsteuer, die allein 86 000 Dollar betragen hätte. Die Anwältin, die den Vertrag für Uwe und Chris aufgesetzt hatte, stieg aus. Es wuchs ihr über den Kopf.

»Sie hieß Rebecca Levine, war aber keine Jüdin«, sagt Uwe und hebt das Wodkaglas. Kleine Pause. Terroranschläge, AIDS, ein amerikanisches Gerichtsdrama. Wir trinken einen Schluck, dann schwimmen wir weiter raus aufs Meer seiner Geschichte.

Karen, die Chefin der kleinen Übersetzungsfirma, für die Uwe inzwischen arbeitete, kannte einen Anwalt namens Isaak, der vor allem New Yorker Taxifahrer vertrat. Seine Familie gehörte zu den polnischen Juden, die nach dem Pogrom von Kielce 1946 nach Amerika geflohen waren, sagt Uwe, ohne Luft zu holen, als stehe das in einem Verhältnis zu seinem Fall. Kielce ist eine Stadt zwischen Krakau und Warschau, wo bis zur Eroberung der Nazis 25 000 Juden lebten, von denen alle vertrieben, verschleppt und ermordet wurden. Nach dem Krieg kehrten etwa zweihundert Überlebende zurück in die Stadt. 1946 kam es zu einem Pogrom der Einheimischen, dem vierzig Juden zum Opfer fielen. Das löste eine Emigrationswelle der polnischen Juden aus. Viele gingen nach Amerika. Isaak, der dort als Kind ankam, schlug Chris' Familie aus Indiana in die Flucht. Die Klage wurde abgewiesen. Der polnische Jude Isaak wollte nie Geld vom deutschen Einwanderer Uwe. Zwei Männer aus dem Osten halten im Westen zusammen, könnte die Moral der Geschichte heißen, denke ich, aber da beginnt schon die nächste.

Im Sommer nach Chris' Tod lernte Uwe auf Fire Island Ilja kennen. Uwe teilte sich ein Ferienhaus mit zwei ehemaligen Tänzern des russischen Bolschoi-Theaters. Zwei schwule Juden, die in den siebziger Jahren aus der Sowjetunion geflohen und inzwischen pensioniert waren.

Wie hießen sie?

»Na, Waleri und Slawa.«

Ilja stammte aus einer Familie bucharischer Juden, auch eine Bevölkerungsgruppe, von der ich zum ersten Mal höre, soweit ich mich erinnern kann. Die bucharischen Juden lebten in Usbekistan, Tadschikistan und Kirgistan, die meisten flohen 1990 aus der zerfallenden Sowjetunion. Iljas Familie stammte aus Samarkand. Uwe bestellt Wodka nach, seine Geschichte streift nun Zentralasien. Samarkand. Schon der Name duftet.

Ilja übernachtete im Sommer 2004 in Uwes Nachbarhaus auf Fire Island. Da lebten fast ausschließlich ehemalige Russen. Uwe verbrachte viel Zeit dort, es waren seine Leute. In New York findest du am Ende immer jemanden, der aus deiner Gegend kommt.

Unsere besten New Yorker Freunde stammten, wenn auch manchmal in der dritten Generation, aus Europa. Schweden, Franzosen, Engländer und natürlich deutsche und osteuropäische Juden. Meine Frau und ich arbeiteten im Food Coop, einer Kooperative, die nach sozialistischen Prinzipien organisiert war. Einmal im Monat portionierte ich dort Käse, Tee und Trockenfrüchte oder saß an der Kasse. Es gab Milch in Glasflaschen, schmutzige Kartoffeln und verschrumpelte Äpfel wie in meiner ostdeutschen Jugend. Im Winter gab es Kohl, im Sommer Kirschen und Erdbeeren. Es gab eine Betriebszeitung und lange, verbissene Diskussionen über die Statuten und Prinzipien der Kooperative. Es gab Gruppenleiter. Während der Schicht im Portionierungskeller lief Jazzmusik oder das National Public Radio. Es gab Strafen, wenn man unentschuldigt fehlte, bei bestimmten Versäumnissen wurde man ausgeschlossen wie aus einer Partei. Es war ein sozialistischer Kaufmannsladen mitten in New York. Ich kannte Leute, für die diese Kooperative Heimat war. Ich habe das verstanden, grundsätzlich. Vieles nervte mich, aber wenn ich am Ende meiner vierstündigen Schicht angekommen war, hatte ich heimatliche Anwandlungen.

Ilja war in Samarkand geboren, in Queens aufgewachsen und 25 Jahre alt, als er Uwe kennenlernte. Uwe war 39.

»Wir haben das erst gar nicht gemerkt«, sagt Uwe. »Ich dachte, Ilja sei sieben Jahre älter, er dachte, ich sei sieben Jahre jünger.«

Auch so ein Satz, hundertmal aufgesagt und immer weniger wahr, denke ich. Sie blieben vier Jahre lang zusammen. Am Ende hatten sie nicht viel mehr gemein als ihre Liebe zu Katzen, sagt Uwe. Ilja, der Gärtner war, brannte mit einem Mann in seinem Alter durch. Sie sehen sich noch manchmal, nicht oft. Mehr Kontakt hat Uwe zu Iljas Mutter. Die wohnt immer noch in Queens, wo die bucharischen Juden einst landeten.

Der Mann, den Uwe in einem schwulen Liebesfilm auf einer Netflix-DVD entdeckte, ersetzte Ilja. Er war Sohn eines pakistanischen Diplomaten und einer Deutschen, er lebte mit Frau und Sohn in Münster. Er war ein Gelegenheitsschauspieler, der auf Uwes Kosten um die Welt flog. Im Winter waren sie manchmal zusammen in Buenos Aires, wo Uwe mit Hilfe seiner Lieblingstante Antje um die Jahrtausendwende eine Wohnung gekauft hatte. Nach Münster durfte Uwe nicht, meistens kam der Schauspieler nach New York. Einmal brachte er sogar seine Frau und den Sohn mit. Die beiden wussten nichts von der Beziehung, sagt Uwe. Wenn seine Familie Sightseeing machte, schlüpfte der Schauspieler in Uwes Schlafzimmer. Er versprach, dass er sich zu ihm bekennen würde, wenn der Junge erwachsen ist. Es hielt vier Jahre lang, eigentlich nur drei. Uwe redet nur selten über die Beziehung.

Er glaubt noch immer an die große Liebe, sagt er. Die

wilden Zeiten sind vorbei, sagt er. Er ist allein, aber nicht einsam, sagt er. Er mag den Nachbarn seiner Mutter in Biesdorf, aber der ist auch verheiratet. Er hat seine Bücher, seine Bilderalben, seine Erinnerungen und die Katzen.

Uwes Untermieterin Britt bekam ein Kind von einem schwarzen Mann aus Crown Heights und zog nach neun gemeinsamen Jahren aus dem Haus in Spanish Harlem. Crown Heights funktionierte nicht für Britt, sagt Uwe. Sie lebt heute mit ihrem Jungen in Bonn.

Die Sommer verbrachte Uwe nun manchmal mit Solveigh, die er bei Translation Aces kennengelernt hatte, der Übersetzungsagentur, für die er arbeitete. Solveigh stammte aus einer Kleinstadt in der Nähe von Dresden und war zwei Jahre vor dem Fall der Mauer nach New York gezogen. Sie hatte Robert geheiratet, einen jüdischen New Yorker Mathematiklehrer, der auf einem Europatrip nach dem College in Dresden Halt gemacht hatte. Sie bekamen zwei Kinder und kauften ein wunderschönes Haus in Park Slope, dessen obere Hälfte sie an eine indische Familie vermieteten. Solveigh, die ein Ingenieurstudium an der Technischen Hochschule Mittweida abgeschlossen hatte, arbeitete zunächst bei einem italienischen Tortenbäcker in Brooklyn und dann für das Übersetzungsbüro in Manhattan. Ihre Chefin hieß Karen, Solveigh und Uwe nannten sie Tussi. Irgendwann wechselte Solveigh ins New Yorker Büro des Deutschen Akademischen Austauschdienstes. Sie trennte sich von Robert, der immer religiöser zu werden schien. Als ihre

Kinder auszogen, verkauften sie das wunderschöne Haus. Solveigh zog in eine kleine Wohnung unterm Dach, die sie ihren Taubenschlag nennt. Sie reist jetzt viel, oft allein, manchmal mit einer Freundin. Sie postet Fotos aus exotischen Gegenden, meist geht in ihrem Rücken die Sonne unter. Wir sehen uns, wenn wir in New York sind oder wenn sie nach Berlin kommt. Sie wirkt nicht unglücklich und schon gar nicht müde. Einmal haben wir uns auf unseren Weltreisen zufällig in Istanbul getroffen. Silvester 2014 war das. Meine Frau machte ein Foto von Solveigh am Marmarameer. Der letzte Sonnenuntergang des Jahres. Solveigh redet seit Jahren davon, zurückzukehren, aber ich glaube, sie weiß gar nicht mehr, wohin. Ihr Englisch klingt sächsisch, ihr Deutsch amerikanisch. Vor ein paar Jahren hat sie uns erzählt, sie ziehe nach Ecuador, um dort das letzte Drittel zu verbringen, wie sie das nannte. Das wäre ein klassisches Exil. Aber sie hat den Plan verworfen. Das, was ihrer Heimat wahrscheinlich am nächsten kommt, ist Uwe.

»Die Solveigh«, sagt Uwe, zwei Wörter, die wie ein Seufzer klingen, der auch sein Leben kommentieren könnte.

Die Winter verbringt er in seiner Wohnung in Buenos Aires, wo er seine Lieblingstante Antje trifft und seine Cousine Nadja, die mit ihrem Sohn in einer finsteren Gegend am Stadtrand wohnt, sagt Uwe, zwischen Prostituierten und Kriminellen. Nadja, die Musikpädagogin ist und eine Zeit lang mit dem Sänger der Rockband Rainbow in London zusammenlebte, hat auch drei Jahre lang Deutschland ausprobiert, schaffte es aber nicht. Ihr Bruder David dagegen lebt in Eichwalde, in der Nähe der Wälder, durch die ihn seine Mutter führte, als er drei Jahre alt war, damit er müde wurde für die Flucht im Kofferraum des argentinischen Botschafters. Der große Kreislauf. Eichwalde-Buenos Aires-Eichwalde.

Zweimal im Jahr ist Uwe in Berlin, bei Muttern. Einmal im Jahr besucht sie ihn in New York. Aber sie hat angekündigt, dass es damit nun vorbei sein wird. Die Flüge, die ihr Uwe von den Meilen kauft, die er im Laufe der Zeit sammelt, seien ihr zu beschwerlich. Uwes Bruder Klaus hat sich zwanzig Jahre lang geweigert, nach Amerika zu kommen. Uwe sah ihn immer nur auf Geburtstagen in Berlin-Biesdorf, wo sich Klaus mit seinem Vater gegen ihn verbündete. Meist ging es um die Weltverschwörung von Linken und Juden.

»Du weißt ja«, sagt Uwe, und ich erinnere mich wirklich an einen von Uwes Heimatberichten, den er uns in Amerika lieferte. Wir saßen auf dem Dach der alten Seifenfabrik am East River, wo wir wohnten, als wir 2014 noch einmal für ein Jahr nach New York zurückkehrten, Solveigh war auch dabei, soweit ich mich erinnere, und Sabine, die aus Erfurt stammt, aber seit Jahrzehnten als New Yorker Filmproduzentin arbeitet. Anschließend machten wir ein Foto der ostdeutschen Community vor der Brooklyn Bridge. Uwe trug eine Pilotensonnenbrille und erzählte von den Revanchistentreffen in Biesdorf. Klaus und sein Vater verstanden sich immer besser, sagt Uwe, je rechter auch der Vater wurde. Klaus hatte sich von seiner zweiten Frau getrennt. Er lebte nur noch wegen der Landschaft in Baden-Württemberg. Die Wälder, der Boden, die Arbeitsmoral.

»In unserem Biesdorfer Wohnzimmer hing ja schon immer ein Bismarck-Porträt in Öl. Ich wusste, dass der Alte konservativ war. Vielleicht sogar verständlich, wenn dein Vater Kommunist ist. So ein Kommunist, der keine Zweifel zulässt. Mein Vater hat den Osten wirklich gehasst. Meine Oma sagte immer, ihm sei sogar die West-CDU nicht konservativ genug. Aber in den letzten zehn Jahren seines Lebens wurde er regelrecht radikal. Ich kann's natürlich nicht beweisen, aber ich bin mir ziemlich sicher, dass er Reichsbürger war. Er saß in seinem Kellerbüro und recherchierte die Weltverschwörung, manchmal ging er zu Demonstrationen und Versammlungen. Meine Mutter sagt, sie hatte keine Ahnung, wen er da traf. Kann sein. Sie haben zum Schluss kaum noch miteinander geredet. Ich habe ein paar seiner neuen Freunde auf seiner Beerdigung getroffen. Die sahen so unauffällig aus wie Stasileute. Der hat einfach die Welt nicht mehr verstanden. Er griff nicht zur Flasche, er griff zu den Verschwörungstheorien«, sagt Uwe.

Sein Vater hielt den 11. September für eine Erfindung der jüdischen Amerikaner, sagt Uwe, die Kondensstreifen der Flugzeuge am Himmel waren für ihn Chemtrails, mit denen wir alle manipuliert werden. Auch die Finanzkrise war inszeniert, um das Volk zu enteignen. Gehörte alles zusammen. Der Westberliner Baufilz, der ihn in die Arbeitslosigkeit trieb, das wacklige Amerika,

das er sah, als er Uwe besuchte, die hilflosen Verspre-
chen, die die deutschen Politiker ihm machten, als die
Banken pleite gingen. Er bereitete sich auf den Weltuntergang vor. Im Keller seines Hauses hortete er Batterien und Konserven. Er traute dem Euro nicht, er wollte
sein Geld sichern. Er fragte Uwe um Rat, der schon immer Konten in der Schweiz und in Hongkong hatte.
Sein Vater wollte es noch schlauer machen. Er tauschte
seine Euro in Goldmünzen, Goldbarren, in Schweizer
Franken, norwegische und schwedische Kronen und
versteckte alles an verschiedenen Plätzen.

»Er hat das alles über die Reisebank gewechselt, wo
du fünf Cent Gebühren pro Euro bezahlst. Als ich ihm
sagte, was für eine Verschwendung das ist, wurde er
gleich cholerisch. Das hat er von seinem Schauspieler-
vater geerbt, dieses Rumgebrülle«, sagt Uwe.

Anfang 2016 wurde Uwes Vater mit Nierenversagen
ins Unfallkrankenhaus Marzahn eingeliefert. Die Ärzte
stellten Prostatakrebs im fortgeschrittenen Stadium fest,
der Krebs hatte bereits im ganzen Körper gestreut. Sein
Vater erkannte die Diagnose nicht an, sagt Uwe. Er
glaubte nicht an Krebs. Er hielt die Krankheit für eine
weitere jüdische Verschwörung. Wenn er ihn richtig verstanden hat, war sein Vater davon überzeugt, dass die Juden eine germanische Heilmethode stahlen, die sie im-
mun gegen die Erkrankung machte, die die Welt Krebs
nannte. Es ergibt alles keinen Sinn, jedenfalls nicht für
uns. Uwes Tante Antje kam aus Argentinien, um ihren
Bruder in den letzten Wochen zu pflegen. Sie mochte

ihren Bruder nicht besonders, aber sie war gelernte Krankenschwester. Sie setzte ihm die Morphiumspritzen. Er musste schon seit Jahren Schmerzen gehabt haben, aber er ging nie zu Vorsorgeuntersuchungen. Er konnte keine Vorsorge für eine Krankheit treffen, die in seinem Kopf nicht existierte. Er starb am 31. Oktober 2016.

Uwe buchte einen British Airways Flug für den 8. November. Es war Wahltag in Amerika. Er stimmte für Hillary Clinton, bevor er zum Flughafen fuhr. Als er in London zwischenlandete, hatte Trump gewonnen. Er erfuhr es von Klaus. Er rief seinen Bruder an und sagte: »Ich bin da.«

Klaus sagte: »Donald auch.«

Uwe hörte die Freude. Sein Schicksal mischte sich mit dem der Welt, wie sooft.

Er hielt die Grabrede für seinen Vater. Ausgerechnet er. In einem der letzten Gespräche hatte ihm sein Vater noch zu verstehen gegeben, dass er damit leben könne, einen schwulen Sohn zu haben. Das sei irgendwie nützlich für die Bevölkerungsentwicklung und die Blutmischung. Außerdem seien Frauen grundsätzlich schlecht. Es war nicht einfach für Uwe, über diesen Mann zu sprechen, sagt er. Weder seine Mutter noch sein Bruder fühlten sich in der Lage, die Grabrede zu halten. Familien glauben, dass es denjenigen, die sich mit Sprache auskennen, am leichtesten fällt, die richtigen Worte zu finden. Dabei ist es für sie am schwersten. Ein Freund von mir musste die Rede zum 75. Geburtstag seiner Mutter halten, die ihn als Kind regelmäßig mit dem Kleiderbügel verprügelte. Es war ihr Wunsch. Sie konnte sich nicht vorstellen, dass er irgendetwas Schlechtes sagte über seine Mutter. Und das machte er auch nicht. Das machen nur Söhne in Filmen. Mein Freund konnte wochenlang nicht schlafen, dann hielt er die Rede, die seine Mutter von ihm erwartete. Uwe redete nicht vom Paranoiker, Verschwörungstheoretiker und Antisemiten, für den er seinen Vater gehalten hatte. Er sprach über den Schauspielersohn, den Unterwasserschweißer, den Vater und Ehemann, den Sohn, sagt er. Die Mutter seines Vaters war genau eine Woche vor ihrem Sohn gestorben. Sie wurde fast hundert Jahre alt und lag nun neben ihrem Mann auf dem Friedhof Eichwalde, die Frau des Schauspielers. Uwe erzählte nicht, dass sein Vater seine Frau sein Leben lang mit anderen Frauen betrogen hatte, so wie dessen Vater seine Frau betrogen hatte.

Er sagt, er habe über die Kindheit seines Vaters gesprochen, dessen Vater erst im Krieg gewesen war und dann in Gefangenschaft. Sein Vater sei praktisch ohne Vater groß geworden. Er floh mit seiner Mutter aus Frankfurt an der Oder. Sie flohen vor der Nazinachbarin, die die Oma anschwärzte, weil sie BBC hörte, und auch vor den Russen. So ist es Uwe erzählt worden und wohl auch seinem Vater. Das war alles schwer auseinanderzuhalten. Erst recht, wenn man ein Kind ist, das um sein Leben rennt. Das Böse ist überall. Die Welt ist schlecht.

Uwes Vater und dessen Mutter flohen nach Thüringen, wo die Mutter herkam. Unterwegs trafen sie, wie in einem Spielberg-Film, auf eine Gruppe ehemaliger KZ-Häftlinge aus Buchenwald, die ihnen sagte, ganz Weimar habe gewusst, dass oben auf dem Ettersberg ein Konzentrationslager war. Als sich Uwes Vater in seinem neuen Leben in Eisenach halbwegs eingerichtet hatte, tauchte dessen Vater aus Tbilissi auf, wo er fünf Jahre lang in sowjetischer Gefangenschaft verbracht hatte. Ein fremder Mann mit seltsamen Ansichten, was die Erziehung anging, die Ehe und die Weltpolitik. Er verschwand schnell wieder auf der Theaterbühne und hinterm Klavier. Ihm war ein Finger weggeschossen worden, aber er spielte weiterhin Chopin, sagt Uwe. Sein Opa hat die Sowjets, die ihn fünf Jahre lang gefangen hielten, als Helden verehrt. Er hat überlebt, weil er im Lager Theater spielte, aber auch, weil er andere Kriegsgefangene beim Geheimdienst denunzierte. Das hat Uwe von seinem Vater erfahren, kurz bevor der starb. Dein Opa, der strahlende Held, hat seine Kameraden an das kommunistische Volkskommissariat verraten, sagte der sterbende Unterwasserschweißer.

Es war vermutlich schwer, aus all dem Lehren zu ziehen. Für Uwe und für seinen Vater. Sie sind sich alle ein Rätsel geblieben. Uwes Vater hat Ilja gemocht, sagt Uwe, obwohl der schwul ist und Jude. Vielleicht, weil Ilja Gärtner war. Vielleicht, weil er aus der ehemaligen Sowjetunion kam und mit Uwe Russisch sprach. Sein Vater mochte die Russen, vor allem Putin, einen Mann, den Uwe zutiefst verabscheut. Er verstand seinen Vater nicht, glaube ich, aber er hielt die letzte Rede.

Mein Vater starb ein Jahr nach Uwes, in einer Sommernacht. Meine Schwester rief mich im Morgengrauen an. Ich lag in einem Hotelbett in Speyer, wo ich am Abend zuvor die Beerdigung von Helmut Kohl beobachtet hatte. Ich wollte das in einem Porträt über Angela Merkel verwenden, die auch da war. Meine Schwester weinte am Telefon, ich nicht. Ich stand auf, lief über einen Parkplatz, auf dem ein riesiger Jumbojet stand, der als Attraktion Leute nach Speyer locken sollte, obwohl es dort ein Kloster gibt und ein Café, das Hindenburg heißt, wie ich von einem nächtlichen Spaziergang wusste. Es nieselte. Am Abend hatte ich zum ersten Mal in meinem Leben Saumagen gegessen, das Lieblingsgericht des toten Kanzlers. Es war nicht so schlecht wie es klang. Kein Gericht, über das man sich lustig machen muss jedenfalls. An einem Tisch neben mir saß ein Reporterkollege von der WELT, der das gleiche Gericht bestellt hatte. Ich stand auf, wir unterhielten uns kurz, zwei, drei Minuten, in denen wir – vielleicht weil soeben der vorerst letzte katholische Kanzler Deutschlands zu Grabe getragen worden war – feststellten, dass wir beide Ministranten gewesen waren. Dann ging ich zu meinem Tisch zurück, wir aßen unsere Saumägen, ich lief zum Hotel, vor dem eine 747 der Lufthansa stand, legte mich schlafen, in Berlin-Steglitz starb mein Vater. Noch bevor ich meiner Frau und meinen Kindern die Nachricht überbringen konnte, begann ich auf dem Parkplatz in Speyer, den Tod in meine Lebenserzählung einzuweben.

Ich war auf der Beerdigung von Helmut Kohl, als

mein Vater starb. Ich schrieb meine nächste Kolumne für den SPIEGEL darüber. Ich ließ die Trauer gar nicht zu, sondern floh gleich in eine Geschichte.

Mein Vater war gern Deutscher, ich nie. Er war ein Ingenieur, ein Techniker, ein gut aussehender Mann, der mit der Welt im Reinen war, soweit ich das einschätzen kann. Sein Großvater besaß ein Patent auf die Faltung einer Konfektschachtel. Dadurch brachte er es zu einer Kartonagenfabrik in Berlin-Charlottenburg, die er in der Weltwirtschaftskrise wieder verlor, weswegen er mit seinen sieben Kindern auf den Landsitz nach Dresden ziehen musste. Ein kleines verbautes Schlösschen mit einem großen Park drumherum. Am höchsten Turm stand »Osangs Eck«. Dort wuchs mein Vater auf. Sein Vater war im Krieg, er wurde zwischen Frauen groß, zwei Schwestern, eine Mutter, eine Großmutter und eine blinde, verwitwete Tante namens Liselotte, die in den Sommern in einem kleinen Pavillon am Hang wohnte. Liselottes Mann Erich war leitender Ingenieur im Kraftwerk Klingenberg in Berlin gewesen und hatte sich nach der Machtergreifung der Nazis erschossen. Die Familie vermutete, er sei schwul gewesen. Er hat fotografiert und gemalt und wurde auf der Insel Hiddensee begraben, wo sie die Sommer verbrachten. Mein Vater war Ministrant wie ich, er studierte Elektrotechnik und zog Ende der fünfziger Jahre nach Berlin, wo er meine Mutter kennenlernte. Im Sommer 1961 beschlossen die beiden, in den Westen zu gehen, sie besuchten meine Großeltern in Dresden, um sich zu verabschieden. Dann wurde meine Mutter schwanger mit mir, sie heirateten und blieben erstmal im Osten. Als ich geboren wurde, stand die Mauer, hoch und fest. Mein Vater ließ mich taufen, schickte mich in den Religionsunterricht, in einen katholischen Kindergarten und Schulhort, um meinen Blick zu weiten. Ich war Ministrant und kein Jungpionier, aber es half nichts. Ich wurde ein Ostjunge, er verlor mich ans Regime. Mein Vater nagelte sich an die Schuppentüre seines Wochenendgrundstücks das alte Kennzeichen D, das im Osten irgendwann durch das DDR-Schild ersetzt wurde. Ein Motto. Ich wurde in einem anderen Land geboren. Das trennte uns. Meine Fußballnationalmannschaft war nicht seine Fußballnationalmannschaft. Das EM-Finale 1976 sahen wir in unserem Wohnzimmer auf einem Farbfernseher, den mein Vater selbst gebaut hatte. Die Rückwand des Gerätes war noch offen, aber das Bild war schon sehr gut. Mein Vater konnte alles. Er baute Möbel und Fernseher, er flieste Bäder und Terrassen, verlegte Rohre und Elektroleitungen, schnitt Gewinde und reparierte mein Motorrad, wenn ich wieder einmal damit umgefallen war.

BRD gegen ČSSR also. Ich sprang jubelnd auf, als Panenka seinen Elfmeter über Sepp Maier ins deutsche Tor hob, mein Vater sank ins Sofa. Ich war ein sozialistisches Kind. Ich hasste die westdeutsche Mannschaft, die Tschechen waren mir näher, sogar die Holländer und die Engländer waren mir näher als die verdammten Westdeutschen. Mein Vater sah mich an wie einen Frem-

den. Wenn wir am Lagerfeuer auf seinem Wochenendgrundstück saßen und tranken, sagte er, den Blick im
Feuer: »Das ist mein Kanada.« Ich entnahm dem, dass
er irgendwann seinen Frieden gemacht oder aufgegeben
hatte.

Als er, Ende der achtziger Jahre, mitbekam, dass ein
Grundstücksnachbar meinem Schwager seine Taucher-
ausrüstung lieh, damit der in unserem kleinen See die
Flucht durch die Spree trainieren konnte, wurde mein
Vater wütend. Er hatte Angst um meinen Schwager, der
der Mann seiner Tochter war und Vater seines kleinen
Enkelsohnes. Als meine Schwester wenig später ihren
Ausreiseantrag stellte, räumten mein Vater und ich ihre
Wohnung leer, die vorübergehend von der Staatssicherheit versiegelt worden war. Meine Schwester war mit
ihrem Sohn bei einer Freundin untergekommen, die
ebenfalls einen Ausreiseantrag gestellt hatte. Das war im
August 89, ich fuhr bereits den Polski Fiat meines Schwagers, der nicht durch die Spree geschwommen, sondern
über Ungarn weggerannt war und inzwischen in einem
Westberliner Übersiedlerheim lebte. Die Möbel stellten
wir auf den kleinen Klappfix-Anhänger, auf dem einst
mein Gründerzeitschlafzimmer gestanden hatte, und
brachten sie zu der Wohnung, wo meine Schwester vorübergehend untergekommen war.

Bei den ersten freien Wahlen im März 1990 stimmte
mein Vater für die CDU, ich wählte die PDS, die für
ihn »die Kommunisten« waren. Er nannte Helmut Kohl
seinen Freund. Ich dagegen habe Anfang 1990, als Kohl

meine Welt eroberte, kurz darüber nachgedacht, den Kanzler umzubringen. Eine Art Tyrannenmord. Es war nur ein Gedanke, aber immerhin. Ich habe dann von Helmut Kohl deutlich mehr profitiert als mein Vater. Er verlor seine Arbeit. Die Westverwandten, die sich jahrelang nicht gemeldet hatten, tauchten plötzlich auf und stritten um das große, verwilderte Dresdner Grundstück mit dem verfallenen Schlösschen, das mein Großvater mit viel Mühe durch die sozialistischen Jahre gebracht hatte. Sie verkauften es deutlich unter Wert an irgendeinen Bauspekulanten, weil sie so gierig waren. Ich glaube, es zerriss meinem Vater das Herz, aber er beklagte sich nicht.

Ich baute meine Karriere auf der ostdeutschen Trümmerlandschaft auf. Ich beschrieb die Gestrauchelten, die Enttäuschten, die Betrogenen. Ich verdiente damit bald mehr Geld als meine Eltern zusammen und schenkte ihnen Reisen in die Länder, von denen sie immer geträumt hatten. Nach Irland, nach Island und natürlich nach Kanada. Einmal lud ich die beiden auf eine Reise nach Florida ein. Wir mieteten einen weinroten Oldsmobile mit Samtsitzen. Vorn saßen meine Frau und ich, hinten meine Eltern und mein kleiner Sohn wie drei Kinder. Das war 1995. Meine Mutter war damals so alt wie ich jetzt. Mein Vater filmte all die Reisen mit der Videokamera, die er sich gekauft hatte, schnitt die Bänder und schenkte mir die Urlaubsvideos. Er nahm unsere Hochzeit auf und filmte, wie unsere Kinder groß wurden. Als wir in New York lebten, besuchte er uns ein paar Mal in Amerika. Zu seinem siebzigsten Geburtstag schenkte ich meinem Vater eine Motorradreise durch den amerikanischen Westen. Wir fuhren auf zwei Harley Davidsons am Pazifik entlang, durch die Wüsten und Canyons. Als uns der Verleiher fragte, ob wir Motorräder dieser Größe gewohnt sind, nickten wir, obwohl mein Vater nur eine AWO kannte und ich eine 150er MZ. Aber wir gewöhnten uns schnell an die großen schweren Motorräder. Auf Autofriedhöfen in Nevada, Kalifornien, Arizona, Utah und Colorado besorgte sich mein Vater Nummernschilder, die er zu dem Kennzeichen D an seine Schuppentüre nagelte. Da hing nun auch das DDR-Schild wie eine Trophäe. Nachts in den amerikanischen Motelzimmern redeten wir ein bisschen über unsere Leben. Er bereue nichts, sagte mein Vater, aber wenn er noch einmal anfangen könnte, würde er einen Beruf lernen, in dem er mit Holz arbeiten könnte. Es ist einer der Sätze von ihm, die mich bis heute am meisten berühren. Vielleicht, weil ich ahne, dass ich nie in der Lage sein werde, so eine klare Bilanz zu ziehen.

Auch ich hielt die Trauerrede auf meinen Vater, aber ich glaube, es war leichter für mich als für Uwe.

Uwe sagt, er habe seinen Vater am Ende besser verstanden und ihm vielleicht sogar verziehen. Es ist nicht ganz klar, ob er das für die Grabrede gemacht hat oder ob die Grabrede seine Sicht auf den Mann verändert hat. Irgendwann ersetzen unsere Erzählungen unsere Erinnerungen. Es ist das, was wir auch heute Nacht machen. Wir trinken Wodka und erklären uns unsere Leben. Sein

Bruder Klaus jedenfalls, der ihm ja auch ziemlich fremd ist, heulte die ganze Rede lang, sagt Uwe.

»Der hat ein Tempo-Taschentuch nach dem anderen verbraucht. Ich hab ihm gesagt: Ich bin die Tunte, Klaus.«

Nach der Trauerfeier redeten sie über die Finanzen. Ihr Vater hatte all seine Schwedischen und Norwegischen Kronen, die Schweizer Franken und das Gold im Biesdorfer Garten versteckt. Er war am Ende, als der Krebs auch sein Gehirn erreichte und das Morphium ihm die Sinne trübte, nicht mehr dazu gekommen, einem Familienmitglied anzuvertrauen, wo genau der Schatz vergraben lag. Uwes Tante Antje sagte, er habe ihr etwas vom Hundezwinger erzählt. Seine Eltern hatten ja immer einen großen Hund, der allerdings schon lange nicht mehr lebte. Eine Neufundländerin namens Aphrodite. Es gab nur noch den Zwinger, ebenfalls groß. Da fand Klaus in einer ersten Probegrabung nichts. Uwes Mutter hatte keine Ahnung. Sie wusste auch nicht, wie viel Geld ihr Mann versteckt hatte, am Ende ja auch vor ihr versteckt hatte. Sie fand nur die Batterien, die Konserven, das Büchsenbrot, die Taschenlampen und all das andere Zeug, mit dem ihr Mann im Keller den Weltuntergang überleben wollte. Es stand gleich neben den Tanks für die Sauerstofftherapie von Professor Manfred von Ardenne, mit der sie einst das ewige Leben probierten. Alles umsonst. Uwe und Klaus beschlossen, mit der Schatzsuche noch zu warten, bis der Winter vorbei war. Ihr Vater lag gerade erst in der Erde. Die Biesdorfer

Nachbarn hätten sicher Verdacht geschöpft, wenn die beiden Erben das Grundstück umgruben. Zum ersten Mal seit Jahren hatten die Brüder wieder ein gemeinsames Projekt. Das Heben des Familienschatzes.

Es ist, das spüre ich sofort, das große Finale meiner Reportage. Der Irrsinn, die Angst, die Sehnsucht, die Zerstörung. Familie, die kleinste Zelle der Gesellschaft, wie Friedrich Engels sagte. Zwei deutsche Brüder, einer rechts und einer schwul, kehren in ihre Heimatstadt Berlin zurück, um gemeinsam das Grundstück ihres Vaters umzugraben, wo ihr Erbe liegt. Die Mutter schaut hinter der Gardine zu. Ein letzter Auftrag des toten Unterwasserschweißers. Ich würde das gern auf der Rückfahrt nach Helsinki hören, in der letzten Nacht unserer Reise. Es ist schon wieder kurz nach zwei. Wir müssen morgen auch noch etwas bereden, und die Suche im Biesdorfer Garten würde gut zu dieser Schiffspassage zurück passen. Die letzte weiße Nacht und das Gold im Garten. Ich zupfe die Struktur meines Textes im Kopf zurecht, mit jedem Text verändert man die Wirklichkeit. Wir trinken unsere Gläser aus, ich bezahle. Wir gehen hinaus in die Nacht, die auch immer weißer wird, je öfter ich sie beschreibe.

»Gute Nacht«, sage ich

»Schlaf gut«, sagt Uwe.

Er biegt nach links auf den Newski Prospekt, ich nach rechts. Am Ende eines Sommerabends meiner Kindheit, nachdem wir auf den großen Rasenflächen zwischen den Berliner Hochhäusern Fußball gespielt hatten, bis wir die Hand vor Augen nicht mehr sehen konnten, fuhr ich mit meinem besten Freund Benno Ottlewski im Fahrstuhl unseres Neubaublocks nach oben. Ich stieg in der achten Etage aus, Benno musste noch weiter bis in die neunte, wo er wohnte. Er sagte: »Wenn alles nur ein Traum ist, sehen wir uns vielleicht nie wieder.« Dann ging die Tür zu. Ich war elf oder zwölf. Ich lag ewig wach in dieser Nacht. Wenn alles nur ein Traum ist, werde ich das Ende von Uwes Geschichte nie erfahren, weil ich sie mir für eine Rückfahrt aufgehoben habe, die es dann nicht gibt. Die Anastasia wäre ein Traumschiff. Der Junge mit der Mundharmonika singt von dem, was einst geschah. In silbernen Träumen. Von der Barke mit der gläsernen Fracht, die in sternenklarer Nacht deiner Einsamkeit entflieht. Hat Bernd Clüver gesungen, den ich gut nachmachen konnte, als ich elf war oder zwölf. Vor ein paar Jahren fiel Clüver eine Treppe in Mallorca herunter und starb. Ich werde wirklich krank, glaube ich. Ich spüre das Fieber unter dem Wodka, als ich das Licht lösche.

Zwei Tage vor seinem Tod habe ich meinen Vater in dem Heim besucht, in dem er seit einem halben Jahr lebte. Er konnte nicht mehr richtig laufen und bekam kaum noch Luft, aber er klagte nie. Ich war in Eile. Ich musste einen Flug nach Frankfurt bekommen, um von dort nach Ludwigshafen zu fahren, wo es einen Gottesdienst für Helmut Kohl gab, den ich für mein Merkel-Porträt beobachten wollte, obwohl Angela Merkel überhaupt nicht daran teilnahm. Je älter ich werde, desto mehr gehe ich in meinen Reportagen verloren. Ich nehme mir vor, die Protagonisten immer besser kennenzulernen, dabei werden sie mir immer fremder. Mein Vater saß auf seinem Bett und schaute dabei zu, wie ich im Minutenabstand auf mein Handy starrte. Er sagte: »Du siehst müde aus, Junge.« Ich war müde. Ich verschob meinen Flug auf den nächsten Tag und blieb in dem kleinen Zimmer bei meinem Vater sitzen. Wir hatten eigentlich nichts zu besprechen. Ich hatte trotzdem das Gefühl, nichts zu verpassen. Ich glaube ganz selten, am richtigen Platz zu sein. Die letzten Worte, die mein Vater mir sagte, waren: »Pass auf, dass du nicht verrohst«.

Da stand ich schon in der Tür.

Ich weiß nicht genau, was er meinte, mein Vater hatte am Schluss manchmal Schwierigkeiten, die richtigen Wörter zu finden. Aber ich kann sagen, was mir einfällt, wenn ich an den Satz denke. Es ist eine Wochenendbetrachtung für die Berliner Zeitung, die ich 1991 schrieb. Sie handelte vom Cousin meines Vaters. Auch der war ein ostdeutscher Ingenieur. Er hatte sich ein paar Wochen zuvor vor einen Zug geworfen. Er war Leiter einer Abteilung, die in der Wendezeit abgewickelt wurde. Er musste Leute entlassen und war nicht in der Lage gewesen, das zu tun. Ich habe das, soweit ich mich erinnere, zum Anlass genommen, über Massenarbeitslosigkeit und die Brutalität des Kapitalismus nachzudenken, die wir Ostdeutschen bislang nicht gewohnt gewesen waren. Es war das einzige Mal, dass mein Vater mich für einen Text kritisierte, glaube ich. Er war dagegen gewesen, dass ich im Osten Journalismus studiere. »Es gibt in diesem Land keinen Journalismus«, hatte er gesagt. Ich machte es trotzdem. Er kam nicht mehr darauf zurück, obwohl er natürlich recht behalten hatte. Später, nach dem Mauerfall, als ich Reporter wurde und Bücher schrieb, besuchte er zusammen mit meiner Mutter meine Lesungen, setzte sich aber fast immer in die letzte Reihe und ging am Ende schnell. Wenn ich mal im Radio war oder im Fernsehen, schnitt er das mit und hob es für mich auf. Ich glaube, er hat irgendwann akzeptiert, was ich da mache. In dem Fall nicht. Er warf mir vor, seinen Cousin für eine billige Kapitalismuskritik missbraucht zu haben. Er weinte. Ich verteidigte mich nicht. Er hatte recht. Es war komplizierter. Der Cousin war ein Christenmensch wie mein Vater, ein guter Mann, der es nicht fertigbrachte, die Leute, mit denen er seit Jahren zusammenarbeitete, zu entlassen, um seine Haut zu retten. Aber er hatte auch zwei Jahre vorher, im Sozialismus, den Kontakt zu seinem Bruder abgebrochen, der in den Westen ausgereist war, um seinem Sohn das Medizinstudium nicht zu verderben. Eine Sache, die er sich ebenfalls nie verzieh, soweit ich das überhaupt einschätzen kann. In den frühen achtziger Jahren hatte der Cousin einen Autounfall verursacht, bei dem eine Frau ums Leben gekommen war. Seine Ehe war nicht besonders glücklich, sein Sohn brach das vergiftete Medizinstudium ab, zog in ein besetztes Haus in Berlin und wollte keinen Kontakt mehr zu ihm. Es gab viele Motive.

Ein paar Tage nach dem Streit mit meinem Vater fuhr ich mit dem Polski Fiat zur Witwe des Cousins, um ihr mein Beileid zu bekunden. Ich nehme an, es sollte auch irgendwie den Zeitungstext beglaubigen, den sie bestimmt gar nicht gelesen hatte. Sie sagte mir, wo ihr toter Mann begraben lag. Ich kaufte an einer Tankstelle einen Blumenstrauß und wollte ihn auf das Grab des Cousins legen, aber der Friedhof war verschlossen. Ich fuhr noch mal zur Witwe, um ihr den Blumenstrauß zu geben. Sie machte mir nicht mehr auf. Kurz darauf starb ihr Sohn bei einem Wohnungsbrand in dem besetzten Berliner Haus. Einmal sah ich die Frau noch bei einem großen Familientreffen in einem sächsischen Kirchenheim in der Nähe von Bautzen. Das war viele Jahre später. Sie saß in der Ecke und lächelte die ganze Zeit vor sich hin.

Ich liege in meinem Petersburger Zimmer wie in einer Gruft. Wir wollen früh in die Eremitage. Es ist nicht genug Zeit, um gesund zu werden. Ich glaube, ich bin auf einem Rammstein-Konzert in Dresden krank geworden. Ich war Anfang des Monats für drei Tage in Deutschland, um den Sänger zu sehen, über den ich vielleicht schreiben würde. Wir haben uns in Dresden getroffen, ein paar Stunden unterhalten und festgestellt, dass wir beide zur selben Zeit in Neubrandenburg gelebt haben. Er als Leistungsschwimmer, ich als Pumpenschlosserlehrling. Der Sänger wirkte leiser und sensibler als auf der Bühne, aber sehr zerstreut. Die ganze Zeit saß eine Friseurin aus Erfurt mit am Tisch, die ihm am Vormittag auf dem Hotelzimmer die Haare rot gefärbt hatte, sowie der Mann der Friseurin, ebenfalls aus Erfurt. Auf dem Weg ins Stadion geriet ich in ein Gewitter und saß in nassen Sachen ein paar Stunden in der Garderobe des Sängers, in der wieder irritierend viele Leute auftauchten. Unter anderem eine Frau, die einen geretteten Igel mitbrachte, mit dem sie den Sänger für ihre Instagramseite fotografieren wollte, der Torwart der Handballnationalmannschaft, die Mutter des Torwartes, der Vater des Torwartes, der eine Fleischerei betrieb und ein Kilogramm Hackepeter mitbrachte, das der Sänger backstage zubereitete. Der Star wirkte verloren und nervös, bodenständig und exotisch. Wenn mich irgendetwas an ihm interessierte, dann war es diese Mischung aus Widersprüchen. Ein Mann, der gleichzeitig versucht, hierzubleiben und weiterzurennen. Ich kannte das von mir, es ist, glaube ich, meine ostdeutscheste Eigenschaft. Dann hörte ich zwei Stunden Rammstein im Fußballstadion von Dynamo Dresden, direkt vor der Bühne, ging zu einer Aftershowparty im Vereinsrestaurant und fuhr mitten in der Nacht nach Berlin zurück, wo ich am nächsten Vormittag einen anderen Menschen treffen wollte, über den ich vielleicht schreiben würde. Im Kopf der unendliche Lärm, das Feuerwerk und die Frage, wovor wir eigentlich wegrannten und wohin wir wollten.

Mitten in der Nacht wache ich auf, weil ich so husten muss. Ich kann überhaupt nicht mehr aufhören zu husten. Ich weiß nicht, wie ich das alles schaffen soll. Ich habe so eine Sehnsucht nach meiner Frau, nach Tel Aviv, nach Wärme, ich fühle mich komplett verloren in diesem grauen Licht, diesem sackförmigen Zimmer, dieser Stadt, in diesen fremden Biographien. Ich habe doch genug mit mir selbst zu tun.

Ich war auf der Beerdigung von Helmut Kohl, als mein Vater starb. Vielleicht ist es komplizierter, aber es stimmt eben auch.

VIER

Die Frau, die mit dem GO-RUSSIA-Schild am Fuße der Alexandersäule auf dem Palastplatz wartet, heißt Julia. Sie ist dunkelhaarig und spricht besser Deutsch als Anastasia, die heute umzieht. Julia weiß von ihrer Vorgängerin, dass es in der Gruppe einen Alexander und einen Uwe gibt, wobei seltsamerweise der Mann mit dem Namen Uwe perfektes Russisch spricht. Das kann man so sagen. Wir stehen auf dem großen Platz, wo einst die Oktoberrevolution begann, jedenfalls in meiner Erinnerung. Die Säule ist nach Zar Alexander I. benannt und dem russischen Sieg über Napoleons Truppen gewidmet. Das sagt Julia. Eine Siegessäule mit meinem Namen. Es ist wirklich eine Schande, dass mein Russisch nicht besser ist. Die Säule ist ein Monolith, roter Granit, sagt Julia. Sie erzählt vom Steinbruch, aus dem er stammt, und dass er von einem schottischen Offizier aufgestellt wurde, als Alexander schon kein Zar mehr war. Es ist eine kleine Privatführung nur für mich, die anderen sind noch nicht da. Sie wollten ein paar Sachen einkaufen, weil wir nach der Führung durch die Eremitage gleich zum Fährhafen müssen. Es ist kühl, aber klar, und das tut mir gut, auch wenn ich von Zeit zu Zeit husten muss. Der Wind jagt Wolken über den hohen, blauen Nordhimmel.

»Wir hatten ja nicht so viel Glück mit dem Wetter, aber jetzt wird es doch noch schön«, sage ich.

»Ach. In Petersburg wartet man neun Monate auf den Sommer und ist dann drei Monate von ihm enttäuscht«, sagt Julia.

Das schreckliche Wetter und die schrecklichen Chinesen spielen in Julias Stadtbeschreibungen eine große Rolle, bei Anastasia waren es die Chinesen und das Gewicht von Glocken, Kanonen und Heiligenfiguren. Nie vergaß Anastasia zu erwähnen, wie schwer eine Statue war oder ein Kreuz. Offenbar interessieren sich Deutsche dafür. Julia erzählt von ihrer Tochter, die nicht richtig Deutsch lernen will, obwohl sie die Lehrerin im Haus hat. Deutsch ist eine Sprache der Zukunft, sagt Julia. Rita hätte ihr sicher widersprochen. Aber die ist noch fünfhundert Meter von uns entfernt. Sie erscheint gerade neben Uwe und seiner Mutter im Torbogen des Generalstabsgebäudes am Ende des Platzes.

»Muttern hat zwei Dosen Kaviar für Klaus eingekauft«, sagt Uwe, als sie bei uns ankommen. »Für den Süssen. Für Süsschen.«

Seine Mutter lächelt nachsichtig.

Sie hat Klaus auch schon zwei Postkarten nach Stuttgart geschickt, hat mir Uwe gestern erzählt. Es scheint so, als habe die Mutter ein schlechtes Gewissen, weil

Klaus nicht dabei sein kann auf diesem Ausflug. Als sei es ungerecht, dass Uwe ihr die Reise gekauft hat und sein Bruder leer ausging. Klaus ist vor zehn Jahren auf einer Baustelle ein rotierender Trennschleifer ins Gesicht gefallen. Er stand in einer Grube, als das Gerät abrutschte. Es war auf dem Gelände von Daimler, so dass sehr schnell ein Rettungshubschrauber da war. Unter anderen Umständen, auf einer ganz normalen Straßenbaustelle, wäre er wohl dort unten verblutet, sagt Uwe.

Sie operierten Klaus mehrere Tage lang. Sein Schädel wird heute von Stahlplatten zusammengehalten, die ihm manchmal, wenn das Wetter umschlägt, schwere Kopfschmerzen bereiten. Er kann auch nicht mehr weinen, weil die Tränenkanäle zerstört wurden. Er hat nie eine Entschädigung bekommen, weil er keine beantragt hat, sagt Uwe. Klaus arbeitet immer noch bei der Tiefbaufirma. Inzwischen sind auch die Knie kaputt und die Hüften. Der Junge hat kein Glück, sagt die Mutter. Aber reden kann er noch gut, sagt Uwe. Die Mutter schüttelt den Kopf, lächelnd.

Uwe hat Klaus eine Waschmaschine gekauft, nachdem der bei seiner Frau rausflog. Eine Bosch, die hat er ja auch. Im Sommer, nachdem ihr Vater gestorben war, besuchte Klaus Uwe zum ersten Mal in New York. Er liebte es, sagt Uwe. Er liebte Amerika, die Amerikaner. Im Sommer will er gleich wiederkommen, diesmal bringt er auch seinen Sohn mit. Der ist dreizehn.

Uwe redet Russisch mit unserer Führerin Julia, die nicht glauben kann, dass er kein Russe ist. Sie kichert und Uwe dreht sich zufrieden wie ein Kater. Vor seinem Coming Out hatte er zwei Freundinnen, beide kamen aus Polen. Seine Mutter lächelt, als sei die Welt in Ordnung. Julia erzählt ein bisschen über den Platz, die Säule, das Winterpalais und die Revolution, dann gehen wir zur Eremitage, dem letzten Programmpunkt unser Reise.

»Ich schleuse euch an der chinesischen Mauer vorbei«, sagt Julia. Wir passieren lange Schlangen mit chinesischen Touristen, und ich frage mich, wieso die das zulassen. Vielleicht glauben sie, dass sie am Ende sowieso gewinnen. Und vielleicht ahnen die Russen, dass die Chinesen da richtig liegen.

»Eremitage im Sommer ist wie Sauna mit chinesischer Massage«, sagt Julia.

Die Exkursion dauert über vier Stunden, ist aber kurzweilig. Die Eremitage ist riesig, sie wirkt auf mich wie die Sammlung eines gierigen Despoten, zusammengeramscht irgendwie. Ich mag kleine Museen, mein Lieblingsmuseum ist das Mauritshuis in Den Haag. Julia schafft es allerdings, alles in einer Geschichte zu verpacken, die vor allem die Geschichte von Katharina der Großen ist. Eine Wahnsinnsfrau, finde ich. Schlau und mächtig. Julia zeigt uns den Platz in dem kleinen Theater, wo Katharina saß, die Loggia von Raffael, die sie sich mit Erlaubnis des Papstes kopieren ließ, weil sie krank war und nicht nach Rom reisen wollte, sie erzählt uns, dass Katharina ihre Gemäldegalerie mit einer Kriegsschuld von Friedrich dem Großen begründete, über dreihundert Bilder, die sie über den Berliner Kunsthändler

Gotzkowski bekam, darunter dreizehn Rembrandts, elf Rubens und ein Tizian. Zwischendurch zeigt Julia uns Taschendiebe, manche sehen aus wie bemitleidenswerte ältere Herren mit klobigen Fotoapparaten. Eine Diebin, eine sehr alte und sehr dünne Frau, flüstert Julia etwas ins Ohr.

Was hat sie gesagt?

»Sie hat gesagt, die Chinesen riechen nicht gut, aber sie ernähren uns«, sagt Julia.

Uwes Mutter schaut Uwe an, Uwe zuckt mit den Schultern. Ich habe das Gefühl, in eine Erzählung von Gogol gerutscht zu sein. Die alte Diebin und die Chinesen. Im Malachitsaal des Winterpalais erklärt Julia, dass der Malachitschmuck, den man hier in Andenkenläden bekommt, nicht aus Russland stammt. In Russland gebe es gar keinen Malachit mehr, alle Vorkommen seien erschöpft. Meine Großmutter hatte eine Malachitkette, die, wie in der Familie erzählt wird, alles war, was sie aus ihrer Kindheit gerettet habe. Daran muss ich natürlich denken. Meine Großmutter wurde 1902 geboren, ich nehme an, es war noch russischer Malachit. Sie hat die Steine, bevor sie starb, unter ihren Töchtern verteilt. Eine meiner Tanten hat mir vor drei Jahren eine Schachtel gegeben, in der sie ihre Steine aufbewahrt. Ich weiß gar nicht, ob es eine Leihgabe war oder ein Geschenk, und ich habe plötzlich Angst, dass ich die Schachtel auf meiner andauernden Weltreise verloren haben könnte. Ich habe die Leine in die Vergangenheit gekappt. Ich bin wirklich angeschlagen.

Die ganze Ausstellung scheint sich um mich zu drehen, alles ist von russischen Kuratoren um mein Leben herum arrangiert worden. Irgendwann, nach vier Stunden, stehen wir vor dem Rembrandt-Gemälde »Rückkehr des verlorenen Sohnes«. Es ist eins der Bilder, das Katharina vom Alten Fritz kaufte. Es zeigt, zumindest bilde ich mir das ein, den ganzen Irrsinn von Familien, die ewigen Versuche, seiner Geschichte zu entfliehen, wegzukommen. Zum Schluss fällt man mit wirrem Blick vor dem Vater auf die Knie, und der Rest der Familie steht schweigend und kopfschüttelnd im Halbdunkel.

Julia zeigt aus einem Fenster auf einen riesigen Turm, den die Firma Gazprom am Horizont errichtet hat. Er ist vierhundertsechzig Meter hoch, sagt sie, und sollte eigentlich mitten in der Stadt gebaut werden, die sich allerdings wehrte. Jetzt steht er am Rand, direkt am Meer, das höchste Gebäude Europas, hundert Meter höher als der Berliner Fernsehturm.

»Die deutschen Gäste nennen ihn immer Schröders Turm«, sagt Julia.

Rita lächelt, als würde sie sich nicht darüber wundern, ein deutscher Sozialdemokrat, der nicht an der Seite ihrer Armee in den Irak marschieren wollte, jetzt aber gemeinsame Sache mit russischen Oligarchen macht. Ich habe das noch nie gehört: Schröders Turm. Klingt ausgedacht, finde ich. Etwas, was Touristen eben so erzählen. Angeblich nennen die Berliner den Fernsehturm auch Telespargel. Ich kenne keinen einzigen Berliner, der das jemals gesagt hat. Bei einer Reise durch den ecuadorianischen Regenwald hat mir eine indigene Führerin mal Hitler beschrieben. Hitler war demnach klein, stotterte und sah asiatisch aus. Die Reiseführerin gehörte zum Stamm der Siona und hatte den Regenwald nie verlassen. Alles, was sie von der Welt dort draußen wusste, hatte sie von Touristen, die sie durch die Wildnis führte.

Uwe sammelt ein bisschen Geld von mir und Rita ein, und das gibt er Julia zum Abschied und bittet sie, es mit Anastasia und dem Fahrer zu teilen. Uwe ist so was wie unser Gruppenleiter. Er hat eine natürliche Autorität. Stunden später, als wir auf der Fähre Richtung Westen fahren, sehen wir nochmal den Wolkenkratzer von Gazprom. Er steht wie ein Leuchtturm im späten Nachmittagslicht, er ist das Letzte, was ich von St. Petersburg erkennen kann. Als die ganze Stadt bereits verschwunden ist, sieht man noch die kleine Nadel des sogenannten Schröder-Turms.

Ich stehe wieder mit Uwe und seiner Mutter an Deck der guten alten Anastasia. Wir trinken ein Bier. Es ist ziemlich kalt. Ich habe das Gefühl, dass ich Uwes Mutter ein bisschen näher gekommen bin, obwohl wir ja wirklich kaum miteinander geredet haben. Ich bin sowas wie der Freund ihres Sohnes, also ein Kumpel, den er mitgebracht hat. Uwe schaut in sein Handy, seufzt und sagt, dass wir Andjschella, die fruchtbare Andjschella, nun doch nicht in Helsinki treffen. Sie schaffe es nicht. Uwes Mutter erzählt von einer Reise, die sie mit der Funktionärsfamilie aus Murmansk ans Schwarze Meer gemacht haben, als Uwe und Andjschella noch Kinder waren. Uwe wollte immer ins Affenhaus, sagt sie, in Suchumi.

»Heute nicht mehr«, sagt Uwe.

»Ach so?«, sagt seine Mutter.

Uwe erzählt von Abchasien, einer kleinen Republik, die in Georgien liegt und deren Hauptstadt Suchumi ist. So jedenfalls sieht es die ganze Welt, abgesehen von Kirgistan und natürlich von Russland, sagt Uwe, das Abchasien als unabhängigen Staat anerkennt und Geld ins Land pumpt. Putin will Einfluss am Schwarzen Meer, sagt Uwe.

»Du wolltest jedenfalls immer ins Affenhaus«, sagt Uwes Mutter, als er seine Ausführungen beendet hat. Er wackelt mit dem Kopf. Und dann ist auch der Gazprom-Turm am Horizont weg. Nur noch Wasser.

Beim Essen erzählen sie, dass sie mit Rita in deren Kabine einen Kräuterschnaps getrunken haben. Eine einsame amerikanische Agentin, die mit einer Flasche Kräuterlikör in der Tasche nach Russland reist, die Liebe ihres Lebens liegt auf dem Heldenfriedhof in Washington. Klingt wie eine todtraurige Geschichte. Als Uwes Mutter in ihre Kabine zurückgeht, sagt sie noch: »Erzähl bitte nicht soviel, Uwe.« Auch das finde ich unglaublich traurig.

Es ist erst drei Nächte her, dass wir in der Bar saßen, aber es kommt mir vor, als würde ich nach Jahren an einen Ort meiner Jugend zurückkehren, den ich aufregender in Erinnerung hatte. Es ist keine Bühne für das große Finale meiner Reportage, das ich für heute Nacht geplant habe. Es ist nur eine schäbige Bar auf einer Fähre namens Princess Anastasia, nicht mal Dickerchen ist hier. Ich bin müde. Es ist viel zu viel Stoff. Uwe bestellt Wodka. Ich kann mir nicht vorstellen, den Geschmack von Meerettichwodka jemals aus dem Mund zu bekommen. Bis zum Ende meines Lebens wird jeder meiner Küsse schmecken wie Meerettichwodka. Ich schreibe noch in mein Buch, wie Klaus im Frühling nach dem Tod des Vaters mit einem kleinen Bagger das Grundstück umgrub. Er fand Kisten und Koffer an vier verschiedenen Orten, teilweise tief vergraben. Als Uwe nach Deutschland kam, tauschte er das gefundene Geld zurück. Die norwegischen Kronen wechselte er in Berlin, für die schwedischen Kronen musste er nach Stockholm. Er flog morgens hin, tauschte das Geld, verbrachte vier Stunden auf dem Flughafen Arlanda und flog am Abend wieder zurück. Etwa 150 000 Euro kamen zusammen, vielleicht auch 200 000. Es war jedenfalls mehr vom Unterwasserschweißen und den norwegischen Fertighäusern übriggeblieben, als sie angenommen hatten. Sein Vater war immer gut gewesen, wenn es um Finanzen ging, sagt Uwe. Er wollte das Geld ursprünglich in der Schweiz anlegen, aber die Gebühren waren hoch und die Bank behandelte ihn herablassend, sagt Uwe, so dass er sich am Ende für Hongkong entschied, wo er ohnehin schon ein Konto hatte. Ich stelle mir vor, wie Uwe mit einem kleinen Koffer um die Welt fliegt und das Geld tauscht, das sein Vater im Garten vergraben hat. Er trägt in meiner Vorstellung einen kurzen beigen Sommermantel und eine Pilotenbrille, wie auf dem Foto unserer kleinen ostdeutschen Gemeinde in New York, das wir vor ein paar Jahren vor der Brooklyn Bridge aufgenommen haben. Ein unauffälliger Mann, der verschiedene Währungen mit sich führt und verschiedene Sprachen spricht, sein Pass vollgestempelt von Immigrationsbeamten aus aller Welt. Ein Mann auf ewiger Flucht. Catch me, if you can.

»Hattest du eigentlich jemals Kontakt zur Stasi?«, frage ich Uwe, bevor wir endgültig in die Nacht gleiten. Ich klappe mein Buch dabei zu.

»Klar«, sagt Uwe.

»Und?«, frage ich.

»Naja, ich hab da mitgemacht«, sagt er.

Er sieht mich direkt an, so als hätten wir schon ein paarmal darüber geredet. So, wie er mich ansah, als er von der sibirischen Katze sprach, die seine amerikanische Freundin Katie in seiner Designercouch in der Metzer Straße eingeklemmt hatte. Fussja. Na Fussja. Vielleicht aber bedeutet der Blick auch, dass ich mir das hätte denken können, müssen. Bei diesem Leben. Vielleicht habe ich die Frage ganz zum Schluss gestellt, weil sie sich aus diesem Leben ergab. Es scheint ja so, als sei alles nur auf diesen Moment zugelaufen. Drei Tage und drei Nächte, der ganze Wodka und tausend Geschichten. Einmal um die Welt mit Uwe, Nikita, Ilja, Berliner Luden, russischen Balletttänzern, amerikanischen Piloten, Manfred von Ardenne und Professor Sauerbruch, Teehändlern, Schauspielern, Reichsbürgern, Nutten und einem sibirischen Funktionär, der seine Tochter nach

einer amerikanischen Bürgerrechtlerin benannte, And-
jeschella, Männern, die an Krebs starben oder an AIDS,
mit Magengeschwüren, Depressionen, Prüfungsängs-
ten, Kopfschmerzen und Verschwörungstheorien, Siebenlehn, Ludwigsfelde, Peking, Hongkong, Moskau,
Tel Aviv, Tokio, New York, dem Zweiten Weltkrieg, dem
Fall der Mauer und dem Anschlag auf New York. Und
jetzt noch dem ostdeutschen Geheimdienst. Es könnte
sein, dass Uwe die ganze Zeit davor weggerannt ist. Dann
war das große Abenteuer nur eine Folge seiner Geheim-
diensttätigkeit. Kann alles sein.

Das Geständnis fällt jedenfalls wie eine Axt in das
schöne Gerüst meines Textes. Weder die Bühne für das
große Finale stimmt, noch das Stück.

Zulange gewartet. Ich denke, ich habe die Frage so
spät gestellt, weil ich sonst die anderen Geschichten gar
nicht gehört hätte. Es ist ja meist so, dass man nicht
mehr weiterreden darf, wenn man bei der Staatssicherheit war. Wahrscheinlich habe ich es die ganze Zeit ge-
ahnt.

Trotzdem fühle ich mich jetzt, als würde mir beim
Einschlafen einfallen, dass ich vergessen habe, den Herd
auszuschalten. Die kleine Flamme.

Uwe erzählt seine Stasigeschichte, als sei sie zwangs-
läufig abgelaufen, gesetzmäßig eingetreten, als sei sie
ihm zugestoßen. Er sagt, er sei angesprochen worden,
als er siebzehn war. Er hatte sich für ein Dolmetscherstudium beworben, der Direktor seiner Schule hatte
ihm angekündigt, dass er mit seinem Familienhinter-

grund, dem Fluchtversuch des Vaters, der westdeutschen Verwandtschaft und der Tante in Argentinien höchstens Maurer werden könne. Oder Koch. Als Uwe zur Armee gemustert wurde, sagte ihm auf dem Wehrkreiskommando ein Mann in Zivil, er müsse beweisen, dass er ein verantwortungsbewusster Staatsbürger sei. Uwe sagt, er habe dem Mann versichert, dass er dazu bereit sei. Zwei Wochen später meldeten sie sich wieder. Sie legten ihm ein Papier vor, das er unterschrieb. Er wollte weder Koch werden noch Maurer. Er wollte in die Welt. Es war eine Karriereentscheidung. Sein Tarnname war Figaro. Warum, weiß er nicht. Er bekam eine Zulassung für das Studium. Eine Art Blankoscheck, sagt Uwe. Er konnte sich die Fachrichtung aussuchen. Er nahm Chinesisch. Der Nächste, der sich bei ihm meldete, war ein China-Experte. Mitte dreißig, schlau und verständnisvoll, sagt Uwe. Den Namen hat er vergessen, es war ja sowieso nicht der richtige. Uwe sagt, er hat ihm ein bisschen von den Zuständen bei der Nationalen Volksarmee berichtet und später dann von den Zuständen im An- und Verkauf-Laden am Rosenthaler Platz, aber meistens redeten sie über China. Es waren angenehme Gespräche, sagt Uwe, vielleicht die besten, die er überhaupt mit jemandem führen konnte. Kritisch, durchaus kritisch, was den Zustand des Landes anging. Der verständnisvolle Führungsoffizier, auch das habe ich so oft gehört. Es scheint Teil einer universellen Stasigeschichte zu sein. Der Geheimdiensttherapeut, eine beliebte Rolle im ostdeutschen Agententhriller. Der Mann brachte ihm Bücher mit. Sie trafen sich fast immer in einer konspirativen Wohnung im Hans-Loch-Viertel, ohne dass Uwe wusste, dass es sich um eine konspirative Wohnung handelte, sagt er. Er kennt das Wort bis heute nicht, wie es scheint. Uwe sollte wahrscheinlich irgendwann Kundschafter werden, so stellte er sich das vor. Aber dann fiel die Mauer, bevor er überhaupt einen Fuß nach China setzen konnte.

Ich habe mein Buch wieder aufgeklappt und schreibe, aber ich sehe meiner Schrift an, dass ich später Schwierigkeiten haben werde, sie zu entziffern. Ich weiß das und bin nicht in der Lage, es zu ändern. Ich sehe meiner Hand beim Schreiben zu. Zu viel Schnaps, zu wenig Schlaf, es ist aber auch zu viel Zeit vergangen. Ich kann mich nicht mehr wehren. Ich habe keine Kraft mehr, dieser Enthüllung, diesem Geständnis irgendeine Art Empörung entgegenzubringen. Das Ganze erinnert mich an eine Reportage über die Stasiakte einer bekannten Ostberliner Kabarettistin, die ich im Herbst 1999 schrieb, in den Tagen, bevor ich mich auf den Weg nach New York machte. Ich war schon vor zwanzig Jahren müde, wenn ich das richtig sehe. Es war der letzte deutsche Text, den ich für lange Zeit schrieb. Auch damals konnte ich die Erschütterung, die alle im Umfeld der Kabarettistin empfanden, nicht teilen. Ich wollte nur weg. Als ich sieben Jahre später aus Amerika zurückkam, war die erste deutsche Geschichte, die ich schreiben musste, wieder eine Stasigeschichte. Diesmal ging es um den Hauptdarsteller aus dem Film »Das Leben der Anderen«, der seine

Ex-Frau beschuldigte, bei der Staatssicherheit gewesen zu sein. Ich flog mit ihm bis nach Los Angeles, wo der Film den Oscar gewann. Wir wandelten unter Palmen durch die kalifornische Sonne, redeten aber die ganze Zeit über Stasigeschichten, die des Schauspielers und die, die der Film erzählte. Das klebte irgendwie alles zusammen. Die Erzählungen legten sich über unsere Erinnerungen, und ich weiß nicht genau, was übrig blieb. Die ehemalige Frau des Schauspielers starb an Krebs, dann starb auch er an Krebs. Am Ende waren alle tot, nur der Regisseur lebte, und der kam aus dem Westen. Sein Film ist ein Märchen von Gut und Böse, das auch in Amerika gut ankam. Meine New Yorker Freunde sagten, sie wüssten nun, was ich durchgemacht habe. Ich nickte. Ich bin damals zusammen mit dem Regisseur von Los Angeles zurück nach Berlin geflogen. Er hatte den Oscar in der Reisetasche. Er hat ihn mir gezeigt, und gesagt, wenn Sie selbst mal einen gewinnen wollen, fassen Sie ihn nicht an. Ich fand den Mann erstaunlich erwachsen, obwohl er fast zehn Jahre jünger war als ich. Er stammte aus einer viele hundert Jahre alten deutschen Adelsfamilie, war aber in New York groß geworden und hatte in Russland studiert. Er sprach besser Russisch als ich, obwohl er aus dem Westen kam, und Spanisch sprach er auch. Er sagte, er würde demnächst nach Los Angeles ziehen, um diese ganzen Stasigeschichten endlich hinter sich zu lassen. Es war dann, glaube ich, schwerer als er dachte. Selbst für ihn, einen Mann aus einer alten deutschen Adelsfamilie.

»Gibt es denn eine Akte?«, frage ich Uwe, weil es das ist, was man fragt.

Uwe sagte, dass sein Führungsoffizier im Januar 1990 bei ihm in der Metzer Straße erschien und versprach, dass seine Akte vernichtet worden sei. Er solle sich keine Sorgen machen. Uwe hat dem wahrscheinlich gar nicht so viel Bedeutung beigemessen, damals. Er war ja praktisch auf dem Weg nach China, in die Zukunft, den fernen Osten, wo er niemandem mehr verpflichtet war. Anderthalb Jahre später kehrte er in ein Land zurück, das wieder nach Schuldigen suchte.

»Alle zerfleischten sich«, sagt Uwe.

In diesem neuen Deutschland schien es dann doch wieder wichtig zu sein, ob es eine Akte von ihm gab oder nicht. China war nur eine Art Schleuse für ihn gewesen. Jetzt stand er mit seinen alten Sachen in einer neuen Zeit. Alles war ungewiss, unklar, gefährlich. Auch diese Stasigeschichte hat zu den Magenproblemen und der Schwermütigkeit beigetragen, die ihn damals überfallen hat, sagt Uwe. Ich könnte mir vorstellen, dass er Schwierigkeiten hatte, die Phase in seine Biographie einzupassen. Die Erzählung seines Lebens, das Porträt eines widerspenstigen jungen Mannes. Noch vor zwei Nächten hat er mir, ohne mit der Wimper zu zucken, von seiner Schulklasse im Hans-Loch-Viertel berichtet, in der vor allem Stasikinder waren, obwohl auch die konspirative Wohnung, in der er sich mit seinem Führungsoffizier traf, im Hans-Loch-Viertel war. Er schien gar nicht zu verstehen, dass er Teil der Maschine war, die ihn drangsalierte. Vielleicht ist es menschlich. Wir passen uns in die Zeiten ein. Ich habe Bekannte, die mir unsere gemeinsame Vergangenheit beschreiben wie einen Film, in dem sie gar nicht mitgespielt haben. Eine Kommilitonin von mir wurde später, um die Jahrtausendwende, Chefredakteurin bei einer großen Illustrierten. Als ich sie da mal besuchte, hat sie mir den Osten erklärt wie eine Historikerin, dabei hatten wir zusammen in Vorlesungen gesessen und in unserem Studentenkeller gefeiert. Ich sagte ihr: »Ich weiß noch, wie du 1986 im Vollrausch nachts um zwei immer wieder ›Jeanny‹ gespielt hast, von Falco. Wie du laut mitgesungen hast. ›Such a lonely little girl in a cold, cold world.‹ Was erzählst du mir hier?« Sie sah mich ratlos an. Später kam dann raus, dass sie auch bei der Stasi war.

Anfang der neunziger Jahre sah Uwe in einer Fernsehtalkshow den Stasiunterlagenbeauftragen der deutschen Regierung, der über Opfer- und Täterbiographien redete, sagt er. Ein ehemaliger Pfarrer aus Mecklenburg, dem seine neue Rolle zu gefallen schien. Man konnte da anrufen, und das hat Uwe gemacht, sagt er. Sie haben ihn durchgestellt, er hat dem Stasiunterlagenbeauftragten kurz sein Leben umrissen und gefragt, wo er ihn einordnen würde, als Opfer oder als Täter. Aber der Unterlagenbeauftragte konnte ihm auch keine Antwort geben, sagt Uwe. Nach der Sendung hat ihn eine Kommilitonin aus seiner Chinesisch-Seminargruppe angerufen und sich bei ihm für seine Ehrlichkeit bedankt. Sie hat ihn an der Stimme erkannt, sagt Uwe. In meinem Kopf verschwimmt die namenlose Kommilitonin mit Uwes ehemaliger Lichtenberger Klassenkameradin, der Tochter des Stasimannes, der auf ihn angesetzt war, damals auf der Oberschule. Ines, die sich später auf einem Klassentreffen bei ihm entschuldigte, redet gleichzeitig mit einer Sinologiestudentin, die ihm vergibt, nachdem er im Fernsehen angerufen hatte. Ein einziges Vergeben und Verzeihen, wie ein griechischer Chor, der Uwes Leben kommentiert. Der Stasibeauftragte aus der Fernsehtalkshow wurde dann später Bundespräsident. Ein Mann, der auch keine Antwort hatte, aber dennoch immer weiterredete.

Uwe ist die Schuld nicht losgeworden, denke ich. Man wird sie nicht los, indem man einen Fernsehprediger anruft. Deswegen sitze ich ja jetzt hier.

Ich kann mir nicht vorstellen, wie ich das alles aufschreiben soll, für ein SPIEGEL-Sonderheft über die rätselhaften Ostdeutschen. Die Fähre brummt, mir platzt fast der Kopf. Ich klappe das Buch zu. Ich geh erstmal schlafen, denke ich. Ich wäre so froh, wenn es endlich dunkel werden würde, richtig dunkel. Schwarz. Ich brauche unbedingt ein bisschen Ruhe.

FÜNF

Eine alte Freundin hat mir vor ein paar Jahren angeboten, ihre Akte zu lesen. Sie hatte ein paar Blätter mit Anmerkungen hineingelegt, sagte sie, auf denen sie Dinge klarstellte, erklärte, deutlicher machte. Aus heutiger Sicht. Sie hat die Berichte der Agenten mit ihren Erinnerungen abgeglichen. Eine Art kommentierte Stasiakte. Es war eine Opferakte, soweit ich mich erinnere, aber meine Freundin hatte das Bedürfnis, Dinge zurechtzurücken. Man hat auch als Opfer Erwartungen. Ich hatte keine Lust, das zu lesen. Sie hat das Angebot später nie wieder erwähnt, wahrscheinlich merkte sie, dass es nicht funktionierte. Wir sind Charaktere einer großen Erzählung, alle. Täter oder Opfer. Helden oder Schurken.

Es ist nicht einfach, da seinen Platz zu finden, wenn man es ernst meint.

Ich habe vor über zwanzig Jahren in einem Buch über meine ostdeutsche Jugend zwischen den Stühlen geschrieben. Über meine kirchliche und meine sozialistische Erziehung. Über einen Ostberliner Jungen, der früh lernte, in verschiedenen Zungen zu sprechen, hier das zu sagen und dort jenes. Ein Kind, das seine Welten getrennt hielt und in beiden Welten nach Anerkennung suchte. Die erste Tageshälfte verbrachte ich in der Polytechnischen Oberschule in Prenzlauer Berg, die zweite im katholischen Schulhort in Weißensee. An einem Winternachmittag in den späten siebziger Jahren brach mein kleines System zusammen, als ich versehentlich im FDJ-Hemd beim Religionsunterricht erschien. Es musste schnell gehen, und ich wollte nichts verpassen. Ich wollte weder meine Klassenlehrerin enttäuschen noch meinen Kaplan. Ich rannte von einer Jugendstunde im Museum für Deutsche Geschichte in eine Jugendstunde der St. Josefs-Gemeinde. Ich war zu schnell, schneller als mein Schatten. Ein Junge, der Sohn des Küsters, entdeckte schon auf dem Kirchhof den blauen Kragen der Freien Deutschen Jugend unter meiner Winterjacke. Er sagte den großen Satz: »Von dir hätte ich es am wenigsten erwartet, Alexander.« Ich wäre gern sofort in die Nacht gerannt, saß dann aber die Stunde im gut geheizten Religionszimmer unserer Kirche in Weißensee, die Winterjacke hochgeschlossen, darunter der blaue Kragen, der Judaskragen, wie ich ihn in meinem Buch nannte. Ich kriege heute noch eine Gänsehaut, wenn ich nur daran denke. Ich ging nach dieser Demütigung nie wieder zum Religionsunterricht und trat später auch aus der Kirche aus, aber natürlich blieb ich weiter Katholik. Bis heute. Alles dreht sich in meinem Kopf um Schuld und Vergebung, immer geht es um Treue, Verrat und Loyalität. Und auch das hier ist wieder nur eine Beichte.

Ich wollte schreiben und reisen, zwei ziemlich problematische Dinge in einer Diktatur. Ich bewarb mich hinter dem Rücken meiner Eltern für ein Journalistikstudium, obwohl ich bald merkte, dass es nicht gutgehen konnte. Schon beim Bewerbungsgespräch zum Volontariat deutete mir der Kaderchef des Berliner Verlags an, dass er mit jungen Genossen rechne. Niemals, dachte ich, nickte aber. Es gab immer Lücken im System,

Schattenstellen, an denen man sich verstecken konnte. Sie hatten ja auch damit gerechnet, dass ich drei Jahre zur Armee ging. Ich unterschrieb aber nur für anderthalb, die Mindestzeit, und hatte keine Nachteile. Ich bekam den Platz für das Volontariat und später auch den für das Journalistikstudium, ohne in ihrer Partei zu sein wie die anderen. Ich bekam den Platz, weil ich ein junger Arbeiter war, und ich war junger Arbeiter, weil ich als Kirchenjunge nicht auf die Erweiterte Oberschule gedurft hatte. Alles hing miteinander zusammen. Opfer und Täter. Ich schlängelte mich durch. Sagte hier dieses und dort jenes, wie ich es von klein auf gelernt hatte. Ich wollte mir treu bleiben und doch nicht allein sein. Zweimal versuchte mich der Staatssicherheitsdienst anzuwerben, beide Male sagte ich nein. Und doch passte ich mich immer mehr an. Ich beschrieb in meinen frühen journalistischen Texten eine Welt, die es nicht gab, eine Welt, die es geben sollte. Niemand meiner Freunde im richtigen Leben las die Artikel, die ich für die Zeitung schrieb. Ich hielt meine offizielle und meine private Welt getrennt, wie ich es gelernt hatte. Darum ging es in dem Buchtext über meine Jugend im Osten. Im Glutkern meiner Ausführungen beschrieb ich, wie mein System ein zweites Mal zusammenbrach. Da war ich schon Student in Leipzig. Ich war auch hier mit den Leuten zusammen, die wild waren und lustig, ich mied die Funktionäre und die Dogmatiker, soweit das möglich war.

Einmal, als ich Nachtwache in unserem Studentenwohnheim hatte, feierte ich mit ein paar Freunden eine kleine Party im Wachlokal. Es war Wochenende, wir tranken und tanzten ein bisschen auf dem Vordach. Als ich aufs Klo ging, löste eine junge, betrunkene Frau die Alarmanlage des Wohnheimes aus, weil sie es für lustig hielt, dass sie die Bewohner eines zehnstöckigen Hauses nachts um halb drei aus den Betten holen konnte. Sie stammte aus Zerpenschleuse, einem Ort nördlich von Berlin, und studierte Afrikanistik, wenn ich mich richtig erinnere. Sie war wunderschön, Tochter eines Ghanaers und einer Ostdeutschen, mein bester Freund hatte sie zur nächtlichen Party im Wachzimmer mitgebracht. Er war nur zu Besuch in Leipzig, er musste sich damals gerade in der Produktion bewähren, weil er einen Selbstmordversuch unternommen hatte. Aus Liebeskummer. Es ging um die Schönheit aus Zerpenschleuse. Ich hatte ihn ein paarmal in der Psychiatrie des Leipziger Universitätskrankenhauses besucht und mit seiner Therapeutin geredet. Bei einem Besuch dort hatte ich einen anderen Patienten getroffen, den ich vom Volontariat bei der Berliner Zeitung kannte. Franz, der im Studenteneinsatz bei der Tomatenernte den Verstand verloren hatte. Er begrüßte mich gleich am Eingang des Kuckucksnests. Das waren alles Dinge, die in dem Disziplinarverfahren, das dem nächtlichen Alarm folgte, keine Rolle spielten. Da ging es nur darum, dass ich, der studentische Nachtwächter, in Zeiten, in denen Kriegsangst herrschte, versagt hatte. Es ging um große Dinge, den NATO-Doppelbeschluss und die revolutionäre Wachsamkeit. Der FDJ-Sekretär meines Studienjahres deutete an, dass sie mich von der Uni schmeißen würden wie meinen besten Freund, der im Plastspritzwerk Suhl Küchenmaschinen zusammenbaute. Der FDJ-Sekretär sagte, dass ich es überleben könnte, wenn ich Kandidat der SED würde. Und so stand ich irgendwann in einem Hörsaal der Karl-Marx-Universität, in dem darüber gestritten wurde, ob ich ein würdiger Kandidat sei. Ich hatte schlaflose Nächte vorher. Es war der moralische Tiefpunkt meiner Jugend. Ich würde meine Ideale verraten, um meine Haut zu retten. Ich beichtete es nicht meinem Pfarrer und auch nicht meinem Vater, ich beichtete es meiner Freundin in Karlshorst, wir lagen in den Gründerzeitbetten aus Uwes An- und Verkauf, ihr Bruder saß in Bautzen, ich schwitzte und zitterte, sie tröstete mich. Darauf kommt's nun auch nicht mehr an.

Davon handelte der Text in dem Buch. Wie schwierig es war, einen Schuldigen zu finden und wie einfach. Es war auch nur eine Erzählung meines Lebens als junger Mensch im Sozialismus, mit der ich leben konnte. Der Text hieß: »Eigentlich nein«.

Zehn Jahre nachdem das Buch erschienen war, stellte mich der Leiter des Goethe-Instituts von Amsterdam seinen Gästen als ehemaligen Kandidaten der Sozialistischen Einheitspartei Deutschlands vor. Ich war mit einem Roman auf einer Lesereise durch die Niederlande unterwegs. Held des Romans war ein 18jähriger Junge aus Berlin-Friedrichshagen, der in New York verloren ging und sich irgendwann auf die Spuren von John Lennon begab, weil der die Antwort auf seine Lebensfragen zu haben schien. Instant Karma's gonna get you. Gonna knock you right on the head. You better get yourself together. Pretty soon you're gonna be dead. Ich war jede Nacht in einer anderen Stadt. Gestern in Zwolle, morgen in Den Haag, und las aus dem traurigen Leben eines Ostberliner Jungen, der mein Sohn hätte sein können. Die Information aus meiner Biographie wirkte in der niederländischen Hauptstadt, zwanzig Jahre nach dem Mauerfall, bizarr und fremd, so als hätten sie heute Abend in Amsterdam einen Mann zu Gast, der für den Schießbefehl an der Mauer verantwortlich war. Eine Jahrmarktfigur, ein Untoter des Stalinismus. Nach der Lesung fragte ich den Direktor des Amsterdamer Goethe-Instituts, wie er auf die Dinge gekommen war, mit denen er mich vorgestellt hatte. Er zeigte mir einen Ausdruck aus Wikipedia. Da stand, ich sei Kandidat der SED gewesen. Da stand allerdings auch, ich sei Sportreporter im DDR-Fernsehen gewesen und hätte Umwelttechnik studiert. Und abgebrochen.

Im Hotel recherchierte ich, wo die Informationen herkamen. Umwelttechnik und Sportfernsehen stammten aus einem Leipziger Stadtmagazin, die Quelle der Kandidatengeschichte war ich. Die Fußnote verwies auf den Text, den ich für das Buch geschrieben hatte. »Eigentlich nein«. Die Erzählung einer ostdeutschen Jugend. Ein langer Text, aber nur diese eine Information hatte es in meine Wikipedia-Biographie geschafft. Da stand nichts von der Kirche, dem katholischen Schulhort und der sozialistischen Oberschule, nichts von der Alarmanlage, die die schöne Afrikanistikstudentin aus Zerpenschleuse ausgelöst hatte, wegen der sich mein bester Freund beinahe das Leben genommen hatte, und auch nichts von den schlaflosen, durchgeschwitzten Nächten. In meiner Wikipedia-Biographie stand nicht, dass ich Ministrant war, Lehrling bei der Abwasserbehandlung Berlin, Soldat der Nationalen Volksarmee, erster ostdeutscher SPIEGEL-Reporter in New York. Da stand: Er war Kandidat der Sozialistischen Einheitspartei Deutschlands. Mein Biograph hatte in der Nacht gearbeitet, man konnte das in der Wikipedia-Historie gut nachvollziehen. Er hatte meinen Lebenslauf in den Tagen verändert, in denen ich zum ersten Mal aus New York zurückkehrte. Ich war sieben Jahre lang weggewesen, ich hatte den 11. September erlebt, die Kriege in Afghanistan und im Irak, die Folgen des Sturms Katrina in New Orleans und die des Tsunamis auf der thailändischen Trauminsel Phi Phi. Jetzt aber war ich wieder da.

In den Monaten danach geriet immer wieder Bewegung in die biographische Notiz. Kurze Zeit wurde ich bei Wikipedia als Mitglied der SED geführt, dann wurde ich wieder zurückgestuft. Ich blieb Kandidat. Dort draußen in der Nacht saßen Menschen, die an meinem Lebenslauf arbeiteten. Sie schrieben das Leben, das sie mir zutrauten. Ein Porträt. Ihr Porträt.

Sie zupften es aus meiner Erzählung. Sie benutzten meinen Stoff. Wir sollen uns unsere Geschichten erzählen, heißt es immer. Aber ich glaube, das ist Quatsch. Ich hätte schreiben können, ich sei mit sechzehn Rodeo in Merseburg geritten, ohne dass meine Wikipediabiographen davon Kenntnis genommen hätten. Es wäre nicht wichtig gewesen für ihr Thema. Am Ende geht es darum, recht zu haben in den großen historischen Zusammenhängen.

Diese Dinge denke ich, als ich im Morgengrauen in meiner Kajüte liege und auf Helsinki zuschaukele. Am Ende könnte Uwes Wahnsinnsleben auf diese eine Unterschrift zusammenschnurren. Das ist die Gefahr. Für ihn und auch für mich. Bisher hatte Uwe die Kontrolle über seine Lebensgeschichte. Er hat sie erzählt. Er konnte sie hier und da kommentieren, an Stellen, die ihm unwichtig erscheinen, beschleunigen, an anderen, die ihn seiner Meinung nach besser beschreiben, verlangsamen, er konnte die Nase krausziehen, um eine Geschichte leichter wirken zu lassen, er konnte darauf hoffen, dass sich Dinge gegenseitig erklären, er konnte einbetten, ausschmücken, weglassen. Nun aber bin ich der Erzähler. Ohne mich keine Beichte. Seine Geschichte wird meine Geschichte.

Vielleicht ging es ihm darum. Es ist ein Experiment. Es geht jetzt um mich.

Das wirbelt alles in meinem Kopf rum. Dreißig Jahre nach dem Mauerfall. Immer dieselbe Geschichte, egal wie weit man vor ihr wegläuft. Ihr wart doch alle gleich. Alle haben mitgemacht. Meine katholische und meine sozialistische Erziehung mischen sich. Beichte und Selbstkritik. Schuld und Verrat. Ich muss für immer im FDJ-Hemd im Religionsunterricht sitzen und schwitzen wie im Fegefeuer, denke ich. Diesmal gehe ich nicht frühstücken, auch nicht duschen. Ich liege einfach nur in meiner Kajüte, während wir auf Helsinki zutreiben, und denke darüber nach, ob die Reise nach St. Petersburg irgendeinen Sinn ergeben hat, also einen journalistischen Sinn, und wenn ja, welchen. Zwischendurch huste ich immer mal.

Im alten SPIEGEL-Hochhaus in Hamburg gab es eine Sauna und einen Swimmingpool. Ich habe das nie gesehen, und ich wäre da auch nie hingegangen. Ich kann mir nicht vorstellen, mit hart gesottenen Enthüllungsjournalisten nackt auf Holzbänken herumzusitzen und über die Jagd zu reden oder die Gewinnausschüttung. Ich kenne das, wie gesagt, nur aus Erzählungen. Nach dem Mauerfall ließen sie das Wasser aus dem SPIEGEL-Pool und füllten ihn mit Akten.

Ich habe mir immer vorgestellt, dass das alles Stasi-akten waren. Es musste so sein. Ich kann es mir kaum vorstellen, und andererseits kann ich es fast sehen. Ein Aquarium, in dem die westdeutschen Journalisten ihren Fang begutachten konnten.

Ich bin ja Fisch und Fischer.

Vor einem halben Jahr hat mich eine SPIEGEL-Kollegin in Tel Aviv angerufen und gesagt, sie müsse mir etwas erzählen. Sie klang besorgt. Es war genau der Dezembertag, an dem beim SPIEGEL ein Fälschungs-skandal aufflog. Ein Reporter hatte sich jahrelang Geschichten ausgedacht und viele Preise damit gewonnen. Er arbeitete in meinem Ressort, ich dachte, es gehe darum. Aber es war etwas anderes. Die Kollegin schloss ihre Hamburger Bürotür und berichtete mir von der Weihnachtsfeier am Abend zuvor, auf der ihr einer der alten Enthüllungsreporter erzählt habe, ich sei bei der Staatssicherheit gewesen. Er habe meine Akte gesehen. Er wisse auch, wer sie vernichtet habe. Ich bedankte mich bei der Kollegin. Ich saß an meinem Schreibtisch in Jaffa, draußen ging die Sonne unter. Ich hätte mir vorstellen können, dass sie nicht mehr aufging. Ich versuchte, ein paar Leute beim SPIEGEL anzurufen, aber alle waren mit dem Fälschungsskandal beschäftigt, der heute aufgeflogen war. Irgendwann erreichte ich meinen Redakteur. Wir kennen uns seit vielen Jahren, und ich mag ihn. Ich erzählte ihm von der Weihnachtsfeier.

»Stasi?«, fragte er.

Das Wort klang absurd in der Mitte des großen Skandals, dem er ein paar Monate später selbst zum Opfer fallen würde. Es war wahrscheinlich so, als erzähle dir jemand während eines Flugzeugabsturzes, dass er Zahnschmerzen habe. Dann redeten wir noch kurz über Peter Schreier, einen Opernsänger, den ich ursprünglich für die nächste Ausgabe hätte porträtieren sollen. Schreier war ein weltbekannter Dresdner Tenor, der die berühmteste ostdeutsche Weihnachtsplatte aufgenommen hatte, vielleicht sogar die berühmteste ostdeutsche Schallplatte überhaupt. Ich hatte ihn Anfang des Monats in Dresden besucht und mit ihm über die Zeiten gesprochen und darüber, wie es war, ein Weltstar in einem kleinen, ummauerten Land gewesen zu sein. Schreier sang an allen großen Opernhäusern der Welt, am Ende durfte ihn sogar seine Familie nach Salzburg begleiten. Als die Mauer fiel, nahm er gerade Bach-Kantaten in einer Kirche in Berlin-Schöneweide auf. Die innerdeutsche Grenze war unerheblich für ihn. Er lebte in einer Musikwelt, in der Kohl und Honecker keine Rolle spielten. Sie wurde von Brahms regiert, Mozart und Bach. Es war ein tröstliches, erhellendes Gespräch, aber an diesem Dezemberabend konnte sich mein Redakteur nicht vorstellen, dass der SPIEGEL es in der nächsten Ausgabe druckte. Der Kammersänger Peter Schreier klang jetzt, da der SPIEGEL unterzugehen schien, so unwichtig wie die Stasi. In seinen Ohren, in ihren Ohren. Für sie waren das nur Themen, für mich war es mein Leben. Irgendwann erreichte ich dann auch noch den Kollegen, der auf der Weihnachtsfeier erzählt haben sollte, ich sei Stasi-Mann gewesen.

»Nee, nee«, sagte er. »Das hat die Frau verwechselt. Es war ja auch schon reichlich Alkohol geflossen. Ich meinte jemand anders. Wenn ich deine Akte gehabt hätte, hätte ich schon darüber berichtet.«

Er lachte, ich lachte. Ich war seltsamerweise erleichtert, obwohl ich ja gewusst hatte, dass er nicht recht haben konnte.

Vor ein paar Jahren, nachdem es ein paar späte Stasifälle bei der Berliner Zeitung gegeben hatte, musste die ganze Redaktion zur Überprüfung. Es war das, was dem Chefredakteur einfiel, ein hilfloser, durchaus anständiger Mann, soweit ich das einschätzen kann. Überfordert von der Geschichte. Er betrieb nebenbei ein Kreuzfahrtmagazin und fuhr einen amerikanischen Sportwagen, den er in einer nahegelegenen Tiefgarage versteckte, weil er fühlte, dass er nicht zu der Ostberliner Redaktion passte, die er leitete. Er schickte seine Redakteure zur Massenüberprüfung, statt über ihre Erfahrungen zu reden. Sie empfanden Angst, Wut, Beschämung. Und manche, da bin ich mir sicher, fürchteten, dass eine Akte auftauchen könnte, obwohl sie nie mit der Stasi zu tun gehabt hatten. Ein Ehrenrat hielt Gericht über die enttarnten Stasileute. Verziehen wurde dem Kollegen, der weinend auf die Knie fiel. Der Kollege, der erklärte, warum er es tat, warum er es für richtig hielt, warum er heute nicht bereuen konnte, dass er es einmal für richtig gehalten hatte, wurde entlassen. Der erste Mann war

ein netter, zuverlässiger Kollege gewesen, auch im Osten, der zweite war auch schon damals sperrig, irgendwie dunkel, wenn ich mich richtig erinnere. Menschen
ändern sich nicht, Systeme ändern sich. Das ist zumindest meine Erfahrung. Ich hatte in den letzten Jahren
manchmal den Eindruck, dass neben Konkurrenz-
kampf, Geld, Karriere, erotischen Verwicklungen und
Sympathien, Ostler im Westen oft dafür bestraft wurden, dass sie das neue System nicht anerkannten. Westler strichen mir gern verständnisvoll über den Kopf,
wenn ich meine alten, peinlichen Artikel aus der sozialistischen Planberichterstattung erwähnte, aber sie wurden dünnhäutig, wenn ich ihre gute alte Welt in Un-
ordnung brachte.

Die entschiedenste Zurechtweisung meiner journalistischen Karriere erfuhr ich, als ich Mitte der neunziger
Jahre in einer Redaktionskonferenz der Berliner Zeitung
meinen Chefredakteur für seine Vergangenheit angriff.
Er wollte einen Sportredakteur entlassen, weil der sich
weigerte, einen Text über ehemalige Stasiverwicklungen
der Mutter einer Spitzenathletin zu schreiben. Ich stürmte
in die Konferenz und erinnerte den Chefredakteur daran,
dass er früher Redenschreiber eines hohen ostdeutschen
Funktionärs gewesen war. Wir schrien uns an. Dann war
das gut. Zwei Tage später bekam ich Post von meinem
Herausgeber, in der er andeutete, dass ich die Redaktionskonferenz mit meinem politischen Wutausbruch missbraucht hätte. Es klang, als hätte ich einen Altar entweiht.
Der Herausgeber, ein weiser Westler, war einer meiner

größten Förderer, aber in dem Brief war sein Ton kalt und schneidend. Die richtige Instanz für meine Wutanfälle, schrieb er, sei die Betriebsversammlung. Als ich fünfundzwanzig Jahre später in einer Kolumne die SPIEGEL-Weihnachtsfeier mit dem Fälschungsskandal verknüpfen wollte, den großen Unfall mit dem kleinen, schrieb mir der diensthabende Chef, er wolle das nicht. Der SPIEGEL habe sich entschieden, mit Demut zu reagieren. Demut. Ein Wort, das einem die wilde Welt vom Leib hält. Ich denke, der Westen fürchtet am meisten das Ungezügelte und Unberechenbare in uns.

Mein Porträt über Peter Schreier wurde dann doch in der Weihnachtsausgabe des SPIEGEL gedruckt. Vielleicht, weil es so angenehm weit weg schien von allen großen Problemen dieser Welt und meines Magazins. Peter Schreier erzählt mir da, wie er nach dem Mauerfall zwischen Dresden, wo er lebte, und Hamburg, wo seine Plattenfirma arbeitete, hin- und herflog. Im Flugzeug saßen westdeutsche Geschäftsleute, die redeten, als würden sie in ihre Kolonien reisen, sagte er. Ihre Herablassung sei schwer zu ertragen gewesen. Die westdeutschen Spitzenpolitiker verlangen seit Kurzem, dass die ostdeutschen Lebensleistungen anerkannt werden müssen. Es klingt in meinen Ohren, als sei es Zeit, die Sklaverei abzuschaffen.

Schreier ist immer wieder gefragt worden, ob er in der Partei war.

»Ich war in keiner Partei«, sagte mir Schreier. »Aber das ist auch unerheblich. Ich kannte Sänger, die waren in der Partei. Es hat ihnen nichts genutzt. Bei einem Sänger zählt am Ende nur, ob er singen kann. Die Fähigkeiten des Einzelnen, die wurden bei der pauschalen Beurteilung von Existenzen im Osten oft vergessen.«

Irgendwann hört die Fähre auf zu brummen. Ich stehe auf, ziehe mich an und gehe raus. Ich sehe Uwe und seine Mutter gleich zwischen den anderen auf dem Zwischendeck stehen. In der Art, wie sie mich ansehen, glaube ich zu erkennen, dass Uwe seiner Mutter gesagt hat, worüber wir letzte Nacht geredet haben. Es steht im blauen Buch, im bösen.

Wir wollen noch ins Zentrum fahren, vielleicht machen wir eine Stadtrundfahrt. Ich würde gern das Olympiastadion von Helsinki sehen, den Geist von Paavo Nurmi spüren, dem finnischen Wunderläufer. Die beiden fliegen am Nachmittag zurück nach Berlin, mein Flug nach Tel Aviv geht am Abend. Uwes Mutter läuft ein paar Meter vor uns vom Schiff herunter, als wolle sie uns mit unserem neuen Geheimnis allein lassen. Uwe hat es ihr im letzten Sommer erzählt, sagt er, bei einem Spaziergang in Berlin. Sie hat nichts dazu gesagt, sagt er. Sein Vater hat es nie erfahren.

Es ist kalt in Helsinki, ich huste wie ein Hund, Uwe sieht mich besorgt an. Das Licht am Hafen ist weiß und undurchdringlich. Man kann vielleicht zehn Meter weit sehen. Es ist noch sehr früh, die nächste Straßenbahn fährt erst in vierzig Minuten. Wir beschließen, ein Taxi in die Stadt zu nehmen, und warten an der Haltestelle. Irgendwann sehen wir Rita, die sich aus dem Nebel löst, in dem das Schiff liegt. Diesmal ist sie nicht die Erste, die von Bord geht. Sie hat nur eine kleine Reisetasche. Sie stellt sich einen Moment zu uns. Ich biete ihr an, in unserem Taxi mit ins Zentrum zu fahren, aber sie sagt, sie möchte lieber ein Stück laufen. Sie fliegt nach Frankfurt, ihr Flug geht auch am Nachmittag. Nach fünf Minuten verschwindet sie im Morgendunst wie ein Geist. Eine amerikanische Agentin namens Rita, vielleicht. Eine angenehm rätselhafte Frau.

Wie es aussieht, hatten wir zwei Spione in einer winzigen Reisegruppe, denke ich. Die Hälfte von uns hätte dann für einen Geheimdienst gearbeitet. Eine alte Frau, ein Reporter in den besten Jahren und zwei Agenten. Einer stammt aus Ostdeutschland und lebt heute in Amerika, die andere wuchs in Amerika auf und lebt heute in Westdeutschland. Helsinki war im Kalten Krieg eine Stadt, in der oft Spione überliefen, habe ich irgendwo gelesen. Wahrscheinlich ist die undurchdringliche weiße Wand, in die ich schaue, ein gutes Schlussbild für diesen Reisebericht.

EPILOG

Den Rest des Sommers und den Herbst über war ich krank. Der Husten hörte nicht auf, dazu kam eine allumfassende Schlappheit, oft legte ich mich schon nachmittags für zwei, drei Stunden hin, weil ich mich einfach nicht mehr aufrecht halten konnte. Ich besuchte Ärzte in Deutschland und Israel, die verschiedene Diagnosen stellten. Darunter: Grippaler Infekt, Keuchhusten, Pfeiffersches Drüsenfieber und Asthma. Am sinnvollsten erschien mir die Ferndiagnose einer amerikanischen Freundin, die Radiologin in Philadelphia ist. Sie hörte sich meine Symptome an und sagte, ich leide vermutlich an einem Erschöpfungssyndrom. Eine Erkältung habe sich auf eine andere gelegt, das passiere, wenn man nicht die Zeit habe, es auszukurieren. Erschöpfungssyndrom. Das fand ich nachvollziehbar.

»Wie sieht's mit deinem Uwe aus?«, fragte der Redakteur des Sonderheftes zu den rätselhaften Ostdeutschen am Telefon, nachdem ich zurück in Tel Aviv war.

»Schwierig«, sagte ich und erklärte ihm, dass sich eine

Stasigeschichte quer in das Leben meines Helden gelegt hatte.

»Gibt es eine Akte?«, fragte der Redakteur, weil es das war, was man fragte.

Ich versprach, die Akte in der Stasiunterlagenbehörde zu beantragen. Außerdem versprach ich, für den Fall, dass ich kein Porträt über Uwe schreiben könnte, einen Ersatztext, einen Text, der von mir handelte, von der Erziehung eines Ostdeutschen durch den Westen. Einen Essay eher. Das war mir während des Telefongesprächs eingefallen, vermutlich, weil ich das Grundvertrauen in unser ursprüngliches Projekt, Uwe, verloren hatte. Ich hatte einen Text über ein ostdeutsches Leben schreiben wollen, das die Leser überraschte, aber nun schien es ein Porträt zu werden, mit dem sie rechneten. Es würde in den Verrat führen wie ins Ziel. Einen halben Tag lang dachte ich darüber nach, wie man eine journalistische Anfrage bei der Stasiunterlagenbehörde formulierte. Das machte mich derartig müde, dass ich mich hinlegen musste. Als ich aufwachte, fuhr ich erstmal nach Gaza, um einen Jungen zu besuchen, der bei einem Protestmarsch vor anderthalb Jahren von israelischen Soldaten angeschossen worden war und sich nun langsam zu radikalisieren schien. Er war zwölf Jahre alt und hatte gerade sein erstes Sommercamp des Hamas-Nachwuchses absolviert. Ich besuchte ihn alle zwei Monate und kannte inzwischen die ganze Familie. Ein anderes Thema, auch nicht besonders hoffnungsvoll.

Uwe schickte ein paar Bilder, die seinen Bruder Klaus

dabei zeigten, wie er mit einem kleinen Bagger das Grundstück seiner Eltern umgrub, um den Schatz seines Vaters zu heben. Ich öffnete sie während des Frühstücks im sehr großen, aber komplett leeren Hotelrestaurant in Gaza und beschloss, mit der Anfrage in der Stasibehörde noch ein wenig zu warten. Das war mir zu dicht an unserer Reise dran, gefühlsmäßig.

Zwei Wochen später flogen meine Frau und ich nach Deutschland in den Sommerurlaub. Wir zogen in den Brandenburger Bungalow, den wir von meinen Eltern übernommen hatten. In unseren Berliner Betten schliefen ja der australische Investmentbroker und seine Frau. Ich fuhr immer mal mit dem Auto in die Stadt, um einen Arzt aufzusuchen. An einem Tag machte ich einen Abstecher nach Biesdorf, wo Uwe den Juli verbrachte. Bei Muttern. Zufällig war an dem Tag auch Klaus da, sein Bruder, von dem ich in den Weißen Nächten so viel gehört hatte. Er war für drei Tage aus Stuttgart gekommen, zusammen mit seinen beiden Katzen. Zwei Karthäuserkatzen, die im Haus bleiben mussten, weil Klaus sich sorgte, dass sie weglaufen könnten und in der Biesdorfer Wildnis verschwanden. Ab und zu ging er rein, um nach ihnen zu sehen. Uwe sagte, die Katzen seien Klaus' ganze Leidenschaft. Ein Familienersatz. Seinen Sohn sah Klaus nur am Wochenende, meist fuhren sie auf irgendeinen Rummel. Sein Bruder, so sagte Uwe, liebe Rummelplätze. Bei seinem New-York-Besuch im letzten Jahr habe er einen ganzen Tag im Vergnügungspark Coney Island verbracht.

Das Biesdorfer Grundstück liegt ein bisschen versteckt, man sieht es nicht von der Straße, aber man hört die Straße, wenn man im Garten sitzt, sie verbindet die Stadtbezirke Lichtenberg und Köpenick. Es gibt drei Garagen und einen Hundezwinger, das Haus ist riesig. Eine Zeitlang hatte die Mutter an Arbeiter vermietet, der letzte Hausgast, ein etwas seltsamer Frührentner, verschwand vor einem halben Jahr. Das Haus war natürlich viel zu groß für seine Mutter, sagte Uwe, aber sie konnte sich nicht mehr vorstellen, woanders zu leben. Sie hob es für die Jungen auf. Für beide Jungen. Es klang wie der Anfang eines Märchens mit blutigem Ende.

Uwe zeigte mir das Bismarck-Bild im Wohnzimmer und sagte, dass seine Mutter vor ein paar Tagen noch einen Safe hinter einer Treppe entdeckt hatte. In dem Safe lagen 17 000 Schweizer Franken. Sein Vater war da schon drei Jahre tot. Sie sei noch mal in Tränen ausgebrochen, sagt Uwe.

Klaus war viel redseliger und umgänglicher als ich ihn mir vorgestellt hatte. Er saß im Garten, rauchte und trank Bier, als ich kam. Es war nachmittags. Klaus war von Uwe vage in unser Projekt eingeweiht worden und informierte mich über den Osten und die Wendezeit, als Zeitzeuge sozusagen. Er zählte Dinge auf, die ihm so einfielen. Das Schönste im Westen seien die Literflaschen mit Maggi gewesen, sagte Klaus, er liebe Maggi. Das hatte ich so auch noch nie gehört. Maggi. Er habe ja damals alte Juwel geraucht, sagte Klaus. Uwe, der Snob, habe natürlich Club geraucht.

Uwe zog die Nase kraus.

Klaus redete über ein Interview mit Egon Krenz, das er gerade irgendwo gelesen hatte. Egon Krenz, der letzte ostdeutsche Partei-Mohikaner, wurde immer populärer, je näher das Mauerfalljubiläum rückte. Die Magazine fotografierten ihn wie ein Model für Altmännermode. In manchen Berichten klang es so, als habe er die friedliche Revolution verantwortet. Egon Krenz, mit dem ich nur Hoffnungslosigkeit verband, erfand sich offenbar neu wie wir alle. Allein sein Gesichtsausdruck im Herbst 89 hatte mir doch bewiesen, dass es keinen Neuanfang im alten System geben konnte. Jedenfalls erschien mir das heute so. Wenn ich versuchte, mir das noch einmal vorzustellen, sah ich aber nicht Krenz' wirkliches Gesicht, sondern immer nur die Karikatur, die jemand auf einem Plakat zur Demonstration auf dem Alexanderplatz getragen hatte, am 4. November 89. Eine Demonstration, die oft als der große Freiheitsmoment des ostdeutschen Volkes gefeiert wurde, mich aber eher an einen Karnevalsumzug erinnerte, mit all der Kleinkariertheit und dem verbissenen Humor. Die Leute pfiffen Heiner Müller aus, weil sie ihn nicht verstanden. Ich stand da auch rum, am Rand, auf Höhe der Weltzeituhr. Jedenfalls sehe ich mich da herumstehen. Es war, soweit ich mich erinnere, der Moment, an dem ich begriff, dass mein Unwohlsein bei diesen Massenaufläufen gar nichts mit der sozialistischen Diktatur zu tun hatte, sondern einfach mit der Masse.

In der Nacht, als die Mauer fiel, hat Klaus in einem Heizungskeller an der Jannowitzbrücke gearbeitet, sagte er. Er ist dann rüber und hat im Elefanten in Kreuzberg bis morgens getrunken. Oranienstraße, du weißt schon, sagte Klaus, und ich nickte, obwohl ich keine Ahnung hatte, wovon er redete. Dann allerdings sei er schnell wieder zurück in den Osten gerannt. Seine »Madame« wartete ja in Hirschgarten, wo sie wohnten. Sie hatten damals beide in der »Prager Hopfenstube« gearbeitet, direkt neben dem Kino »Kosmos«, es gab böhmische Küche, sagte Klaus, aber auch Klassiker wie Soljanka und Würzfleisch. Er hat da alles gemacht. Tresen, Küche, Bedienung. Sie waren vierzehn Tage lang verheiratet, Dana und er. Nach der Währungsunion war er dann Disponent im Getränkehandel in der Allee der Kosmonauten. Dann war er im Teppich- und im Gemüsehandel tätig, bis er auf die Idee kam, zur Polizeischule zu gehen. Aber da nahmen sie ihn nicht, wegen der Dioptrien, sagte Klaus, vier hat er, mindestens. Er hat ja immer Kontaktlinsen getragen, aber seit dem Unfall ging das nicht mehr.

Ich suchte in Klaus' Gesicht nach Spuren des Trennschleifers, sah aber keine. Vielleicht standen seine Augen ein bisschen weit auseinander, aber ich kannte ihn ja nicht von früher. Außerdem hatte er diese milchigen Brillengläser, hinter denen die Augen schwimmen wie große Fische. Er zeigte mir Handybilder von den Tagen nach der Operation. Ein zerstörtes, verschwollenes Gesicht. Meine Erschütterung schien ihn zu amüsieren. Er erzählte ein bisschen vom Unfall, vor allem aber von der Behandlung danach im Marienhospital Stuttgart, wo ihn Professor Wangerin operierte, einer der führenden plastischen Chirurgen in Deutschland, wie Klaus sagte. Er schien sich zu wundern, dass ich den Mann nicht kannte. Die Mutter nickte, und ich dachte kurz an Professor Wolff, den Berliner Starchirurgen, der Honecker und Sauerbruch kennengelernt sowie Uwes Magen gerettet hatte. Den kannte ich ja auch nicht, obwohl Uwe ihn beschrieben hatte wie einen Heiligen. Ich notierte das Wort Ärzte in meinem blauen Buch, weil es mir in dem Moment wichtig erschien, um die Familienchemie zu erklären.

Seine Haftzeit in Stammheim und Moabit erwähnte Klaus erst später, als klar war, dass ich es ohnehin schon wusste. Er redete sehr detailliert über die Bedeutung der ersten Stunden in einem neuen Gefängnis, in denen sich entschied, wie du behandelt wirst. Er erzählte von einem Stasiagenten, den er in der Untersuchungshaft getroffen hatte, ein Mann, der lieber eine lange Haftstrafe in Kauf genommen hatte, als seine kommunistischen Gefährten zu verraten, wie Klaus sagte. Ein Mann mit Prinzipien. Der hatte meinen größten Respekt, sagte Klaus, und ein schwaches Licht schien auf die seltsame, verkorkste ostdeutsche Seele zu scheinen, die ich in meinem Text für das Sonderheft beschreiben sollte. Ein Charakter, der von den Erfahrungen der letzten fünfzig Jahre geprägt worden war.

Klaus liebte Deutschland, war dort allerdings oft enttäuscht worden. Von seinen Lehrern, seinen Frauen, der Nationalen Volksarmee, dem Chef des VEB Baureparaturen Mitte, wo er gelernt hatte, der Westberliner Polizei, den Stuttgarter Richtern und von den deutschen Politikern sowieso, denen im Osten und denen im Westen. Er war gut mit den Prostituierten ausgekommen, die er zu den Freiern fuhr, besonders gut mit Püppi, er mochte Rummelplätze, liebte seine beiden Karthäuserkatzen und Maggi in der Literflasche. Er hatte Polizist werden wollen und war stattdessen im Hochsicherheitsgefängnis gelandet. Zum Unteroffizier der NVA schaffte er es nicht, weil sie ihn, noch in der Ausbildung, wegen eines Nierenleidens entließen. Er heulte über die verschrobene Trauerrede, die sein schwuler Bruder auf ihren Vater hielt, der sie immer gegeneinander ausgespielt hatte. Aber er weinte nicht aus den Augen, sondern aus der Nase, weil ihm vor zehn Jahren auf dem Werksgelände der Daimler Benz AG ein Trennschleifer ins Gesicht gefallen war. Er hatte nie nach Amerika gewollt, weil er dachte, alles über das Land zu wissen, und hatte es doch geliebt, als er es endlich besuchte. Er glaubte an Verschwörungstheorien und an Loyalität. Er war seiner Geschichte bis nach Baden-Württemberg entflohen, besuchte aber sooft wie möglich Berlin-Biesdorf, weil er sich dort zuhause fühlte. Die Stuttgarter fand er zu unpersönlich, die Berliner zu alternativ. Er las rechte Literatur und bewunderte einen standhaften Stasi-Spion. Sein Opa war Kommunist, sein Vater vielleicht Reichsbürger gewesen, seine Mutter stammte aus Ostpreußen, sein Großvater aus dem Ruhrgebiet, sein Bruder lebte in New York, seine Zigaretten kaufte Klaus in Polen.

Seine Moral war so flatterhaft und widersprüchlich wie die Erfahrungen, die er in seinem fünfzigjährigen Leben gemacht hatte.

Einen Moment lang bildete ich mir ein, Klaus zu verstehen. Dann erwähnte er den Fälscher Konrad Kujau, der wie er in Stammheim gesessen hatte, angeblich fünf Marschallstäbe von General Rommel besaß, und ich verlor ihn wieder. Klaus wollte wissen, wie es in Israel so war und was ich über Angela Merkel dachte. Ich sagte ihm, dass ich beide mochte, das Land und die Kanzlerin, und auch warum, aber es schien ihn nicht zu interessieren. Er erläuterte ziemlich ausführlich, warum er Angela Merkels Flüchtlingspolitik für idiotisch hielt.

Uwe sah durch seinen Bruder hindurch. Er redete fast gar nicht. Er trank nur Kaffee und sah in den Himmel. Am Abend zuvor hatte es geregnet.

»Das ist nur der Anfang«, sagte Klaus. »Es wird ein Jahrhunderthochwasser geben. Es ist auf dem Weg.«

Seine Mutter schwieg. Uwe schwieg. Ich konnte mir plötzlich vorstellen, wie die Familientreffen abgelaufen waren, als sein Vater noch lebte. Der Weltuntergang, die Zeichen am Himmel und die Vorbereitungen im Keller.

»Grünau ist bereits abgesoffen«, sagte Klaus.

Er zeigte die Plätze, an denen er den Schatz seines Vaters geborgen hatte. Die erste Stelle lag genau neben dem Apfelbaum, den seine Eltern in Polen gekauft hatten. Polen brachte ihn auf die Idee, eine der Likörflaschen zu öffnen, die er vom Kurzbesuch an die polnische Grenze mitgebracht hatte. Uwe trank ein Glas mit, ich konnte seit unserer Russlandreise keinen Schnaps mehr sehen. Klaus redete über Mentalitätsunterschiede zwischen Schwaben und Berlinern und erklärte, dass er sich nicht vorstellen konnte, für immer dort unten zu bleiben. Er liebte die Arbeitsmoral, vermisste aber Lockerheit. Am Ende möchte er in preußischer Erde begraben sein, stellte Klaus fest.

»Wirklich?«, sagte seine Mutter.

»Natürlich«, sagte Klaus.

»In Lauchhammer war Klaus elfmal krank«, sagte sie. »Die Kinderärztin hat gesagt: Sehen Sie bloß zu, dass Sie da wegkommen.«

Klaus erzählte in meine Richtung, wie Uwe die Familie zu seinem Coming Out in die Metzer Straße eingeladen hatte, und anschließend erzählte er, wie er im letzten Jahr einer Freundin von Uwe in New York einen Schopskasalat zubereitet hatte. Die Freundin war eine Zeitlang mit diesem Sänger zusammen gewesen, sagte Klaus. Art Garfunkel. Von Simon & Garfunkel. Ich sah Uwe an. Der nickte. Leider hätte er in New York keinen bulgarischen Schafskäse bekommen, sagte Klaus. Er nahm griechischen, aber das ist natürlich nicht dasselbe. Ich schrieb Schopskasalat in mein Buch. Und Art Garfunkel. Der Mann, der Paul Simons Lieder sang. Und natürlich Bright Eyes.

There's a fog along the horizon

A strange glow in the sky

And nobody seems to know where you go

And what does it mean?

Am Ende wollte Klaus einen israelischen Geldschein sehen. Ich gab ihm zwanzig Schekel, und er steckte das Geld ein. Als ich die Familie verließ, hatte ich den Eindruck, dass die Geschichten, die Uwe mir erzählt hatte, alle gestimmt hatten, grundsätzlich. Art Garfunkel, du lieber Himmel.

An einem Freitagabend besuchte ich Uwes Lieblingstante Antje, die den Sommer über in Eichwalde verbrachte, wo ihr Sohn David lebte. Eichwalde liegt nicht weit entfernt vom Wochenendgrundstück meiner Eltern, wo meine Frau und ich den Sommer verbrachten. Ich, der eigentlich in Tel Aviv lebte, brauchte nur eine halbe Stunde zu Antje, die eigentlich in Buenos Aires lebte. So klein war die Welt. Sie hatte eine schmucklose Wohnung in einem schmucklosen Haus neben der S-Bahn-Strecke gemietet. Da wohnte sie in den Sommermonaten mit ihrem neuen argentinischen Mann. Er war als deutsches Waisenkind in Südamerika aufgewachsen. Ebenfalls eine irre, wahnsinnig berührende Geschichte, die ich allerdings nicht mehr aufschrieb, weil es zu viel wurde.

Antje und ihr Mann lebten in Buenos Aires und in Montevideo. Am Meer. Sie zeigten mir Fotos der Appartements, das sah alles sehr nett aus. Der neue Mann hörte schwer, er war groß, elegant und still, er wirkte völlig fremd hier im Berliner Speckgürtel. Antje aber sprach einen Ostberliner Dialekt, als sei sie nie weggewesen.

»Ick liebe Eichwalde, aber mit Deutschland kann ick nüscht anfangen«, sagte sie.

Es klang wie ein großer Satz, auch wenn ich ihn nicht verstand. Eichwalde sah für mich ziemlich deutsch aus. Es eiferte den westdeutschen Kleinstädten nach, die mir nach der Wende die Luft genommen hatten in ihrer verspachtelten Perfektion.

Antje erschien mir wie eine Frau ohne Angst, ohne Ideologie auch. Sie war jetzt Ende sechzig, aber man sah ihr immer noch an, warum sich ein argentinischer Diplomat vor über vierzig Jahren in sie verliebt hatte. Der Diplomat war 14 Jahre älter als sie gewesen und hatte 1973 die argentinische Botschaft in Ostberlin eröffnet. Er wohnte in der Leipziger Straße, fuhr aber jeden Tag in den Westen. Er kaufte sogar sein Salz in Westberlin, sagte Antje und lachte. Sie hat ein lautes Ostlachen. Sie war in Plauen geboren, wo ihr Vater ein Engagement hatte, als Kleinkind zog sie nach Leipzig, von da nach Berlin und schließlich nach Eichwalde. Sie sei aus »nichtigen Gründen« abgehauen, sagte sie, wobei ich mir nicht vorstellen konnte, dass sie wirklich »nichtig« meinte. Sie hatte diesen absolut echten, dreckigen Berliner Akzent, aber ihr Deutsch klang manchmal einen halben Ton daneben, verwaschen von der langen Reise.

Sie hatte ihre Arbeit als Krankenschwester in der Frauenklinik der Charité jedenfalls geliebt, wo sie Geschlechtsumwandlungen vornahmen und Hormonbehandlungen durchführten. Bei Professor Kraatz, sagte sie. Noch ein berühmter Arzt in der Familie.

Was Antje gestört hatte, war ihre Wohnsituation. Sie lebte in einer Art Kammer bei ihren Eltern, mit David, dem Sohn des Potsdamer Theologiestudenten, den sie bewundert, aber nicht geliebt hatte. Sie hatte den argentinischen Diplomaten in Hermann Axens Haus kennengelernt, genau wie Uwe mir das in St. Petersburg erzählt hatte. Axen war ein Politbüromitglied, ein jüdischer Kommunist und Auschwitz-Überlebender, dessen Tochter einen jugoslawischen Freund hatte. Nach einem halben Jahr fragte der Diplomat Antje, ob sie ihn in den Westen begleiten würde. Sie beschrieb mir in allen Einzelheiten, wie sie die Flucht im Kofferraum seines BMW planten. Sie erwähnte Atmungsöffnungen und Klopfzeichen, was alles lebenswichtig war damals, aber heute irgendwie technisch klang. Zweihundert Meter hinterm Checkpoint Charlie öffnete sich die Kofferraumhaube in die Freiheit. David, ihr Sohn schlief immer noch. In den nächsten Tagen meldeten sich die drei westlichen Besatzungsmächte bei Antje. Zuerst die Amerikaner. Sie erzählte ihnen von der Familie Feist, mit der ihre Eltern befreundet waren, und von der bulgarischen Botschaft, bei der sie ein- und ausgegangen war, als sie noch mit dem Sohn des Botschafters liiert war.

»Ick hab richtisch uff'n Pudding jehauen«, sagte sie.

Die Amerikaner fragten, ob sie sich vorstellen könnte, für ihren Geheimdienst zu arbeiten. Das konnte sie sich gut vorstellen, sagte Antje. Sehr gut sogar. Als die Briten am nächsten Tag eine ähnliche Frage stellten, sagte sie, sie habe schon bei der CIA zugesagt. Damit war ihre

Geheimdienstkarriere vorbei, sagte sie. Ihr Mann wäre gern in Westberlin geblieben, auch weil bei ihm zu Hause in Argentinien eine Militärdiktatur herrschte. Antje aber fand Westberlin langweilig und konnte sich auch nicht vorstellen, dass eine argentinische Militärdiktatur schlimmer war als eine ostdeutsche Arbeiterdiktatur. Ihre Tochter Nadja wurde in Buenos Aires geboren, 1980 zogen sie weiter nach Bolivien. Auch da herrschte das Militär. Antje arbeitete wieder als Krankenschwester und behandelte Klaus Barbie, ohne es zu wissen. Sie hat den Patienten erst später auf einem Zeitungsfoto erkannt. Er hatte ja einen anderen Namen, sagte sie. Sie erzählte das nebenbei. Es war die Art, in der Uwe sein Leben erzählt hatte. Immer haarscharf an der Weltgeschichte vorbei, aber ohne weltpolitische Einordnung. Ich liebte das.

Ich blieb etwa vier Stunden, in denen sie ihre Familie bis in alle Einzelheiten zerlegte. Es war hochinteressant, aber ich wusste damals schon, dass ich das meiste niemandem erzählen konnte.

Vielleicht soviel: Ihr Bruder Peter wollte seine Söhne zu Machitos formen, sagte sie. Es klappte nur bei Klaus. Uwe wurde im Wesentlichen von ihrer Mutter erzogen, sagte Antje, seiner Oma. Ihre Eltern waren total vernarrt in Uwe. Uwe dagegen machte alles, damit seine Mutter ihn liebte, sagte seine Tante. Das aber würde er nie schaffen, erklärte Antje. Uwes Mutter habe sich daran gewöhnt, dass ihr Sohn schwul sei, aber akzeptiert habe sie das nicht.

Am Ende gab mir Antje zwei Telefonnummern, eine, unter der ich sie in Südamerika erreichen konnte, und eine Festnetznummer für Eichwalde. Uwes Tante hatte auch so ein irres ostdeutsches Weltleben, dachte ich, als ich zwischen den getrimmten Hecken, den gepflasterten Einfahrten und diesen dunkelvioletten Dachfliesen im trockenen, kratzigen Sommerblütenstaub Brandenburgs zu meinem Auto lief. Die argentinische Weltbürgerin aus Eichwalde hatte mir Uwes Geschichte bestätigt, aber sie hatte ihren Neffen nicht erklären können. Ein Satz von ihr rumpelte tagelang in meinem Kopf herum.

»Uwe nimmt immer die Position von dem an, der ihm gerade gegenübersitzt«, hatte Antje gesagt. »Du weißt nie, wer er eigentlich ist und was er denkt.«

Mir fiel ein, wie Uwe mir ganz am Anfang, als wir uns in Tel Aviv trafen, von der Geburtstagsfeier unserer Freundin Katja erzählt hatte, bei der er zu Gast war. Anfangs war ich überrascht, dass Uwe Katja überhaupt kannte. Dann fiel mir ein, dass er sie zwei Jahre zuvor auf der Silvesterparty unserer Freunde getroffen hatte, zu der wir Uwe mitgenommen hatten. Auf dem Markt in Jaffa erzählte er mir von Katjas Eheproblemen und ihrer Feierlaune, als sei sie eine gemeinsame Jugendfreundin von uns. Er sei auf ihrer Geburtstagsfeier irgendwann ins Bett gegangen, aber Katja musste weitermachen. Die Nacht wegtanzen. »Du kennst ja Katja«, hatte Uwe gesagt, und ich fand diesen Satz jetzt ein bisschen unheimlich. Katjas Vater war mein Mentor beim

Volontariat im Berliner Verlag, als ich achtzehn war, ich habe mir im Leipziger Studentenwohnheim ein Zimmer mit ihrem Bruder geteilt. Uwe hatte so getan, als seien wir alle zusammen aufgewachsen. Dabei war er doch gerade erst aufgetaucht.

Es war Zeit, die Akte zu bestellen, dachte ich, wartete aber weiter.

Ein paar Tage, bevor Uwe nach New York zurückflog und ich nach Tel Aviv, trafen wir uns noch einmal in Berlin. Uwe hatte eine Bar auf dem Dach des Forum-Hotels am Alexanderplatz vorgeschlagen, wo ich noch nie war. Als ich dort oben ankam, saß er schon da. Es war mehr oder weniger eine Baustelle im Berliner Himmel, auf der ein paar Liegestühle herumstanden, im Treppenhaus servierte ein Mann aus einer Kühltruhe überteuerte Mixgetränke und Bier. Es saßen nur Touristen hier oben, aber das waren wir ja auch. Es war ein warmer Sommerabend, man hatte einen großartigen Blick auf die Stadt.

Ich nahm ein Bier, Uwe einen Gin Tonic. Damit setzten wir uns in zwei Liegestühle und sahen in den Himmel über Berlin, der sich langsam dunkel färbte. Wir saßen hier wie ein Paar. Ich dachte kurz an den Comedian Pete Davidson, der mal gesagt hatte, seine besten Freunde seien Schwule, weil es da keine Missverständnisse gebe. Man müsse sich nichts vormachen. Man könne ehrlich sein. Uwe sagte, dass er jetzt wirklich gern eine Zigarette rauchen würde, eine richtige, nicht diese elektrischen. Ich gab ihm eine aus der Schachtel mit den

Notzigaretten, die ich dabei hatte, obwohl ich vor fünfundzwanzig Jahren aufgehört hatte zu rauchen, und
dann nahm ich mir selbst auch eine. Wir rauchten, und
ich fragte in die untergehende Sonne, was er seinem
Führungsoffizier eigentlich erzählt hatte.

»Kann nicht viel gewesen sein«, sagte Uwe. »Ich wusste
ja nichts.«

Er erzählte von der Armee und dem An- und Verkauf
am Rosenthaler Platz. Das war die Zeit. Er konnte sich
weder an die Geschichten, die er dort erlebt hatte, noch
an das, was er davon seinem freundlichen Führungsoffizier erzählt haben sollte, richtig erinnern. Es klang alles gleich, verblichen und unspektakulär. Ich hatte keine
Lust nachzubohren, in den Anfängen dieses Lebens,
überhaupt nicht.

Ich hatte in meinem Leben mit ein paar Leuten über
ihre Stasivergangenheit geredet. Meistens für Porträts,
die ich schreiben sollte. Ich hatte oft das Gefühl gehabt,
dass es mir nicht half, den Menschen, den ich porträtieren sollte, besser kennenzulernen. Wenn ich die Akte
ansah, legten sich die Notizen der Offiziere über die Erinnerungen, die ja sowieso schon getrübt waren von der
neuen Zeit. Die Stasi hatte ihre Erwartungen, wir hatten unsere.

Vor ein paar Jahren hatte ich versucht, das Porträt
eines Freundes und Kollegen zu schreiben, der noch
spät, gerade nach einer Beförderung zum stellvertreten-
den Chefredakteur unserer alten Zeitung, als Informel-
ler Mitarbeiter enttarnt worden war. Eine Jugendsünde,

die zur passenden Zeit öffentlich geworden war. Mein Freund hatte in seiner Zeitung einen Text über die Unstimmigkeiten im Leben eines der selbst ernannten westdeutschen Rächer des DDR-Unrechts gedruckt, ein paar Tage später war seine Akte aufgetaucht. Öffentlich gemacht von einem weiteren selbst ernannten westdeutschen Rächer des DDR-Unrechts.

Mein Freund saß in seiner Küche und erzählte mir sein Leben. Ich hatte eine Akte über Vorgänge, die dreißig Jahre zurücklagen. Er versuchte, sich zu erinnern und zu retten. Ich versuchte, einen Text darüber zu schreiben, wie wir als Freunde mit dieser späten Enttarnung umgingen. Er hatte mir schon viele Jahre zuvor erzählt, dass er mit der Stasi zu tun gehabt hatte, aber jetzt kannte ich die Details aus der Akte. Und es war alles öffentlich. Ich verlor mich zwischen seiner Perspektive, der der Staatssicherheit und der meiner Redaktion beim SPIEGEL.

Ein-, zweimal warf ich die Akte an die Wand. Ich hasste sie in ihrer Banalität und Hinterhältigkeit, sie zwang mich, Gespräche, die dreißig Jahre zuvor, in einer anderen Gesellschaftsordnung, hinter zugezogenen Vorhängen stattgefunden hatten, zu bewerten. Aus den alten Aktenseiten stieg ein Mann, den ich kannte und auch nicht. Ein undisziplinierter, ein wenig arroganter und sehr junger Mann, gegen den nicht viel sprach, außer ein paar Berichten, die er über Mitstudenten geschrieben hatte. Auch hier störte mich vor allem die Tatsache, dass er mit irgendwelchen Beamten über diese fremden Leben gesprochen hatte, die Illoyalität, die Schwatzhaftigkeit, die Ignoranz. Aber tat ich nicht dasselbe, indem ich in seiner Vergangenheit herumbohrte?

Wir kannten uns seit dreißig Jahren. Ich hatte ihn im Krankenhaus besucht, er war auf meiner Hochzeit gewesen, er hatte jahrelang meine Texte betreut wie ein kostbares Gut. Wir hatten zusammen Skat gespielt, einmal sogar nackt, wir hatten uns mit ein paar Kollegen auf dem Steg an einem Berliner See die Arme aufgeritzt und Blutsbrüderschaft geschworen, er hatte mich beraten, als meine Frau mich verlassen wollte, und auch, als ich sie verlassen wollte, einmal waren wir zu dritt betrunken in einem Sportwagen, den er kurz nach der Wende testen sollte, nach Hamburg gefahren, um dort im Morgengrauen eine ehemalige Praktikantin unserer Zeitung zu treffen. Er war dabei gewesen, als ich das Angebot bekam, nach New York zu gehen, er hatte die Abschiedsrede gehalten, als ich ging, und war der Erste, der mich dort besuchte, noch bevor meine Familie und unsere Möbel in Amerika eintrafen. Wir hatten oft zusammen Fußball gespielt, und als ich in einer betrunkenen Nacht beim Kartenspielen fünftausend Euro verlor, weigerte er sich, das Geld anzunehmen. Er war mein Freund. Ich kannte ihn, was also suchte ich in der Akte?

Ich brauchte ewig, bis ich den Text geschrieben hatte. Gedruckt wurde er nie. Mein Freund sagte, der Text würde ihm nichts nutzen. Der Redakteur beim SPIEGEL sagte, die Figur im Text entwickele sich nicht richtig, als handelte es sich um einen Romanhelden. Beide Seiten schienen keine wahrhaftige Geschichte zu wollen, sie hatte nur Interessen. Der eine wollte ein Porträt, das in sein Weltbild passte, der andere eins, das ihm nicht schadete.

So schreiben wir die deutsche Geschichte.

Recherchen zu Porträts führen mich manchmal zu einem Punkt, an dem ich und auch der Mensch, den ich porträtiere, erschöpft sind, ein Moment, in dem wir beide nicht richtig weiter wissen. Es ist ein Moment großer Nähe und Intimität, man teilt eine schwache Minute, man begegnet sich ungeschützt und auf Augenhöhe. Der Autor Benjamin von Stuckrad-Barre hat in einem Reportageseminar mal gesagt, der Schreiber und der Mensch, über den er schreibt, sollten etwas gemeinsam durchleiden. Ich habe damals sofort verstanden, was er meinte. Diesen intimen Augenblick der Erschöpfung versuche ich später, wenn ich schreibe, wenn ich wieder allein bin, heraufzubeschwören, um nicht so rücksichtslos zu sein.

Ich hatte das Gefühl, dass Uwe und ich ihn hier oben im Berliner Himmel erreicht hatten.

Die sommerliche Stadt, in der wir groß geworden waren, lag uns zu Füßen. Man sah den Hügel des Volksparks Friedrichshain, den Mont Klamott, in dessen Schatten ich aufwuchs, vermutlich sah man sogar ein Stück Biesdorf. Aus den Sonnenstühlen neben uns murmelte die Welt, auf Spanisch, Englisch, Schwedisch, Sächsisch. Alles Touristen, die bereit waren, fünf Euro für ein kleines Bier zu bezahlen wie wir. Wir waren zu Besuch in Berlin. Uwe schlief bei Muttern in Biesdorf, ich bei Freunden in Prenzlauer Berg. Er lebte normalerweise in einem fünfstöckigen Haus in Harlem, ich in einer Wohnung in einer alten osmanischen Villa in Jaffa. Wer uns sah, hätte denken können, wir seien alte Freunde. In gewisser Weise waren wir das jetzt. Uralte Freunde.

Wenn ein Schreiber eine reale Figur in eine fiktive verwandelt, ist es so, als würde er sich in die Figur verlieben. Er macht aus einer normalen Person eine außergewöhnliche. Das sagte Christopher Isherwood, was ich auch nur aus zweiter Hand wusste, aus »Der Freund« von Sigrid Nunez, einem Buch über die Freundschaft und das Schreiben. Der Schreiber lässt demnach die Details weg, die die Person gewöhnlich erscheinen lassen würden, stattdessen erzählt er, was er aufregend, faszinierend findet, das Besondere, weswegen man überhaupt über diese Person schreiben will. Und übertreibt es. Sagt Isherwood, sagt Nunez.

Uwe aber lebte, er war keine fiktive Figur. Kein Charakter in einem Entwicklungsroman. Er sollte nicht in die Richtung laufen, die ihm ein Redakteur wies. Wir befanden uns nicht in einem großen Resozialisierungsprogramm. Wir lernten nicht den aufrechten Gang.

Ich wollte ein Ostleben erzählen, ein ganz normales, aufregendes Ostleben. Keins, das man erwartete, keins, das einem nutzte.

Die Sommersonne versank in Westberlin, der Mann, der die teuren Drinks verkaufte, kündigte eine letzte Runde an. Wir rauchten noch eine Zigarette, und ich beschloss, diesen Moment zu bewahren, für später, wenn es darauf ankam. Den Endpunkt unserer Reise im Himmel über Berlin. Aber es ging dann doch immer weiter. Eine Woche später, wieder in Tel Aviv, beantragte ich Uwes Akte.

Ich saß eine Stunde vor dem Formular, füllte es aus, konnte es aber nicht abschicken. Es fühlte sich immer noch an wie Verrat. Ich wartete, bis es in New York Vormittag war, dann rief ich Uwe an und sagte ihm, dass ich die Akte beantragen würde. Ich saß an meinem Schreibtisch in Tel Aviv, er an seinem in Spanish Harlem, und wir besprachen eine alte ostdeutsche Rechnung. Er hatte nichts gegen einen Antrag. Ich schickte das Formular ab. Als Begründung schrieb ich: Einfluss der Staatssicherheit auf Auslandsstudenten der DDR. Es sollte aussehen, als sei es nichts Persönliches. Dabei ist es in vielen Fällen genau das. Ich habe in den neunziger Jahren Journalisten dabei beobachtet, wie sie versuchten, ostdeutschen Politikern nachzuweisen, dass sie für die Stasi gearbeitet hatten. Sie jagten sie, sie wollten sie erlegen. Das war die Sprache. Der Kollege vom SPIEGEL, dem die Stasiakte meines alten Freundes zugespielt wurde, hatte meinen Freund am Telefon mit seiner Vergangenheit konfrontiert, ohne zu erwähnen, dass er dessen Akte auf dem Tisch hatte.

Wissen Sie, was Sie vor dreißig Jahren gemacht haben?, hatte er gefragt. Wirklich nicht?

Wie eine Katze, die mit einer Maus spielt.

Der letzte Antrag für eine Stasiakte, den ich geschrieben hatte, war der für meine eigene. Da musste nichts begründet werden. Es war mein Leben. Die Überraschung war, dass es überhaupt eine Akte gab, auch wenn sie ziemlich dünn war. Am meisten verstört hatte mich die Kopie eines Briefes, den ich von der Armee an unsere Kirchenfreunde in Hannover geschrieben hatte. Ich war neunzehn Jahre alt, meine Handschrift noch schülerhaft. Die anderthalb Jahre Armee waren die schlimmste Zeit meines Lebens, eine licht- und farblose Welt, die von Idioten regiert wurde. Ich bin kein militärischer Typ. Ich bin unordentlich, undiszipliniert und habe Schwierigkeiten mit Autoritäten. Ich hatte die Verzweiflung, die ich in der Kaserne empfand, im Brief unterdrückt, nicht, weil ich davon ausging, dass die Stasi ihn abfing, glaube ich. Ich wollte unsere Westfreunde damit nicht belästigen. Vielleicht nahm ich an, dass sie es nicht verstehen würden. Am Ende des Briefes bat ich um eine Jeanshose, im Grunde drehte sich der ganze Brief um diesen Wunsch. Eine Hose, die ich tragen konnte, wenn der ganze Mist vorbei war. Meine Kirchenfreunde schickten dann, daran erinnere ich mich noch, eine dunkelblaue Cordlatzhose. Die trug ich in der Nacht, als ich die Mutter meines großen Sohnes kennenlernte. Bei einem Ausgangsabend von der Armee in der Nachtbar »Harmonie« in Berlin-Weißensee. Ich war nicht empört, als ich den Brief in meiner Akte fand, ich war beschämt. Ich fragte mich, was sie gedacht haben, wenn sie solche Briefe öffneten. Ob sie sich nicht schäbig fühlten. Das letzte Aktenblatt beschäftigte sich mit dem zweiten Versuch, mich anzuwerben. Es war Frühling 1989, ein Offizier hatte mich unter falschen Vorzeichen in ein Berliner Café gelockt. Er hatte gesagt, er sei Kriminalbeamter und ermittle in einem Fall, der in unserem Wohnhaus spielte. Erst im Café hatte er gesagt, wer er wirklich war. Auf dem Aktenblatt mit seinem Treffbericht hatte ein Vorgesetzter eine Kritik gekritzelt, in der stand, dass der Platz für eine Anwerbung viel zu öffentlich gewesen war. Kein Wunder also, dass es nicht geklappt hatte. Ich spielte gar keine Rolle in ihren Überlegungen. Es war nicht meine Haltung gewesen, die ihre Anwerbung verhindert hatte. Es war nur der falsche Ort.

Anfang September flog ich mit meiner Frau nach New York. Im Flugzeug schrieb ich den Essay für das Sonderheft über die rätselhaften Ostdeutschen, der den Text über Uwe ersetzen konnte. Es gab noch keine Antwort aus der Stasiunterlagenbehörde. Der Redakteur sagte, ich solle ein bisschen Druck machen. Klar, sagte ich, tat aber nichts.

Der Essay hieß: »Die Erziehung des Ostens«, er beschrieb das wunderbare, wilde Jahr nach dem Mauerfall und die anschließenden erfolglosen Versuche, aus mir einen Westdeutschen zu machen. Dazu stellten sie ein Porträt, das der große rätselhafte Fotograf Konrad Hoffmeister im Frühjahr 1993 mit einer alten Plattenkamera von mir gemacht hatte. Ich trug lange Haare, einen Jeansanzug und ein Pappschild, auf dem ein Satz mit dem Wort »Deutschland« stand, den sich Hoffmeister von mir gewünscht hatte. Ich erinnerte mich noch, wie lange ich in seiner Küche über den Satz nachgedacht hatte. Herausgekommen war die Botschaft: »Ich mag keine Sätze, in denen das Wort Deutschland vorkommt. Sie klingen nicht gut.« Ich schämte mich für die Sätze, und ich war stolz darauf. Beides.

September ist der schönste New-York-Monat, finde ich, der Himmel so hoch und leicht. Wir wohnten bei Freunden in Brooklyn, aßen in unseren Lieblingsrestaurants, sahen uns ein paar Ausstellungen an und ein paar Tennisspiele der US-Open in Flushing Meadows. An einem Tag besuchte ich Uwe in Harlem. Sein Bruder Klaus und dessen Sohn waren zu Besuch. Es war ihr letzter Tag in New York. Wir redeten über den Rummelplatz in Coney Island und einen Schießstand in New Jersey, den sie besucht hatten. Klaus war begeistert von den Waffen, die man dort benutzen konnte, nur bei der Kalaschnikow hatte die Schnellfeuerfunktion nicht richtig funktioniert. Uwe, der wieder nicht viel redete, nickte, als Klaus die Schnellfeuerfunktion der Kalaschnikow erwähnte.

»Du hast auch geschossen?«, fragte ich.

»Ich war immer ein guter Schütze«, sagte Uwe, und ich begriff, dass ich ihn eigentlich kaum kannte. Oder wie wenig wir gemein hatten. Ich habe Schießen immer gehasst.

Nachdem Klaus und sein Sohn noch einmal losgegangen waren, um letzte New-York-Einkäufe zu machen, zeigte mir Uwe das Haus. Es war noch größer, als ich es in Erinnerung hatte, imposanter, und es gab auch keine Wachstuchtischdecken und Neonröhren. Die oberen beiden Etagen hatte Uwe vermietet. Im Flur hingen lange chinesische Spruchbänder, neben der Tür ein schwarz-weißes Porträt seines Großvaters in dessen Paraderolle als Nathan der Weise. In den Bücherregalen standen Klassiker der DDR-Literatur und die bekanntesten ostdeutschen Nachwenderomane. Wir redeten ein bisschen über »Kruso«, den Hiddenseeroman von Lutz Seiler, der Uwe besonders gefallen hatte, und über die DEFA-Filme, die er in seinem New Yorker Seminar behandelte. Insel der Schwäne. Die Buntkarierten. Das Kaninchen bin ich. Die Architekten. Ich verstand, was für ein perfekter Lehrer für DDR-Geschichte Uwe sein könnte. Ein Mann, dessen Ostbild kaum durch die deutsche Nachwendezeit getrübt worden war. Er war in China, als das Westgeld kam, er war in Russland, als die Ausländerwohnheime in Lichtenhagen brannten, er war in Amerika, als eine Ostdeutsche zur Kanzlerin gewählt wurde, er war meist weg.

In seinem Arbeitszimmer stand ein Karussell mit wertvollen Armbanduhren, die er von seinem Vater geerbt hatte, der auch in Uhren investiert hatte. Auf dem Boden seines Arbeitszimmers lagen seine beiden dicken Katzen. Wir sahen uns Fotoalben an. Die Kindheit mit Klaus, Winterbilder in Ludwigsfelde und Biesdorf, der Familienhund, die Familienautos, China, Russland, Paris, New York.

Es gab ein Bild, das Uwe an der Berliner Mauer zeigte, ein paar Wochen nachdem sie gefallen war. Ich sah es lange an, er lächelte ohne Scheu in die Kamera. Keine Zerknirschtheit zu erkennen, aber auch keine Begeisterung. Es gab ein Bild auf einer Fähre in Hongkong, auf dem er glücklich wirkte, frei, und eine gespenstische Aufnahme, die ihn in einer schwarzen chinesischen Uniform an irgendeinem Strand zeigte. Später kam noch ein Fotograf, der Uwe für das SPIEGEL-Sonderheft mit den Katzen in seinem Arbeitszimmer fotografierte, diesmal als weisen alten Mann.

Eine Woche vor Redaktionsschluss erreichte mich in Tel Aviv die Nachricht aus der Behörde. Sie hatten keine Akte Figaro.

Ich hatte nur Uwes Geständnis. Ich rief Uwe an, um ihm das zu sagen. Er wirkte gelassen. Es schien ihm nicht wichtig zu sein. Wieder das unheimliche Gefühl, dass es die ganze Zeit mehr um mich gegangen war als um ihn. Ich fing an, sein Porträt zu schreiben. Als ich zwei Drittel fertig hatte, flog ich nach Berlin, wo eine Lesetour begann, auf der ich einen Roman vorstellte, der das Leben einer Jahrhundertfrau beschrieb, die viel mit meiner russischen Großmutter gemein hat. In Interviews zum Buch erzählte ich, dass mein Leben nicht nur durch die deutsche Teilung geprägt worden sei. Meine Dämonen seien viel älter. Es klang wie ein Wunsch.

Ich schlief in einem Hotel in der Metzer Straße, in der einst auch Uwe gewohnt hatte. Dort war vor fast dreißig Jahren sein Führungsoffizier erschienen und hatte ihm versprochen, dass seine Akte vernichtet worden war.

Offenbar hatte er Wort gehalten. Im Frühstücksraum des Hotels saßen vor allem amerikanische Touristen, die Kellner sprachen Englisch, der Mann an der Rezeption sogar ein bisschen Hebräisch. Die Einrichtung hätte Uwe gefallen, glaubte ich, bunte Tapeten, schwere Vorhänge, dicke Teppiche und gemütliche britische Kolonialmöbel. Es schien alles Teil der Inszenierung zu sein. Eine endlose Geschichte. Jedes Detail war wichtig, die Wände flüsterten mir zu: Es hört nie auf! Du hast noch gar nichts verstanden!

Je älter ich werde, desto schwerer fällt es mir, ein Manuskript zu beenden und wegzugeben. Von meinem Schreibtisch in der dritten Etage schaute ich ab und zu auf die Metzer Straße, eine Berliner Straße, in der ich mir, ohne erklären zu können, warum, vorstellen konnte, wie das Leben hier im Faschismus ausgesehen hatte. Ich schrieb fast 25 000 Zeichen, die letzten Sätze waren: »Eine Woche später erklärt die Pressestelle der Stasiunterlagenbehörde, dass sie nichts zu Uwe gefunden habe. Er existiert in ihrer Kartei nicht. Figaro hat sich aufgelöst. Er ist jetzt wirklich fast weg.«

Da hörte ich auf und schickte den Text nach Hamburg. Einen Moment Erleichterung, dann Panik. Alles falsch, alles viel zu ungenau. Der Redakteur des Sonderhefts sagte, dass er den Text mochte. Irre Geschichte. Ich erzählte ihm von meinen Zweifeln, obwohl ich wusste, dass er das nicht verstehen konnte. Wir arbeiteten beide seit vielen Jahren beim SPIEGEL. Redaktionsschluss war morgen.

Am nächsten Tag, ich war gerade auf dem Weg zu einer Lesung in Rostock, rief ein Faktenchecker aus der SPIEGEL-Dokumentation an. Er hatte Schwierigkeiten, Belege für die Geschichten zu finden, die Uwe mir erzählt hatte. Die ruchlose Nastja, die mit einer chinesischen Armee Motorräder und Kühlschränke schmuggelte? Andjschella aus Murmansk, die sich mit Anfang fünfzig immer noch für fruchtbar hielt? Dana aus der Hopfenstube, die nur zwei Wochen verheiratet war? Eine Ostberliner Krankenschwester im Kofferraum eines argentinischen Botschafters? Klangen die nicht alle wie Märchenfiguren? Wir gingen sie nacheinander durch. Nastja, Klaus, Antje, Nathan der Weise und der nackte Mann aus dem Netflix-Film. Während ich die Zweifel des Dokumentars auszuräumen versuchte, wuchsen meine eigenen. Die Telefonverbindung im Zug nach Rostock war sehr schlecht. Es dauerte eine Weile, bis ich mit einem Dokumentar die erste Hälfte des Textes durchgesprochen hatte. Die Kollegin, die den zweiten Teil des Textes prüfte, würde sich gleich melden, sagte er, es knirschte, dann war er weg.

Ich sah auf die Sommerlandschaften Brandenburgs, vielleicht waren es auch schon Sommerlandschaften in Mecklenburg-Vorpommern. Die Dokumentare des SPIEGEL waren großartig. Sie fanden falschgeschriebene Zitate aus Gedichten, Politikerreden und Rocksongs, mitunter bestellten sie die CD, um sich das Lied noch einmal anzuhören. Wenn ich schrieb, man brauchte drei Tage, um mit dem Auto von Tel Aviv nach Berlin zu fahren, fragten sie: Mit Übernachtung oder ohne? Es war eine imaginäre Reise, nie im Leben wäre ich, mitten im Krieg, mit einem Mietwagen über Damaskus nach Hause gefahren. Die Fact Checker prüften auch die Dauer von Traumreisen. Ich hatte vor Jahren mit einem Dokumentar darüber diskutiert, ob der Berliner »dit« sagte oder »det«. Er hatte die Literatur, ich die Erfahrung. Ich fand es beruhigend, dass mir immer noch jemand auf die Finger schaute. Gleichzeitig hatte ich nach jedem Faktencheck das Gefühl, noch weniger zu wissen als vorher. Im Grunde wusste ich gar nichts. Wenn ich den Hörer nach einem Gespräch mit einem Dokumentar auflegte, fühlte ich mich oft wie ein Scharlatan. Eigentlich beschrieb das die Unmöglichkeit des Gewerbes, in dem ich arbeitete. Die Dinge veränderten sich schon in dem Moment, in dem ich sie aufschrieb. Es gab keine Gewissheiten, nur Erinnerungen. Und Akten.

Ein ehemaliger SPIEGEL-Chefredakteur hatte mir mal gesagt: Die wirklich wichtigen Dinge kann keine Dokumentation prüfen.

Ein paar Tage zuvor hatte ich mit einem der Schauspieler telefoniert, die damals auf der großen Demonstration am Alexanderplatz redeten. Er erzählte mir, dass er sich nicht erinnern konnte, wen er bei den ersten freien Wahlen im Osten gewählt hatte. Er wusste nicht mal, ob er überhaupt wählen war. Freie Wahlen waren so ein wichtiger Impuls für die ostdeutsche Revolution, auch für ihn, und nun hatte er vergessen, ob er wählen gegangen war.

»Bestimmt, oder?«, hatte er gefragt.

Während ich durch die ostdeutsche Sommerlandschaft fuhr, schien mir Uwes Geschichte durch die Finger zu rinnen wie Sand. Ein Märchen aus Tausendundeiner Nacht, nicht zu überprüfen, nicht festzumachen, zu belegen. Ein Satz meines Textes lautete: »Uwes Leben klingt wie ein Broadway-Musical.«

Das aber war es doch, was ich eigentlich erzählen wollte. Ein nicht zu fassendes Leben, ein Leben jenseits der Akten und Erwartungen, der Denunzianten und der Verwalter ostdeutscher Geschichte. Bunt, ungezügelt, voller Sehnsucht und Lust. Ein nicht dokumentiertes Leben. Ein Leben, das uns überraschte. Die Biographie eines Mannes, der im abbindenden Beton der Geschichtsschreiber zappelte. Ein ostdeutsches Leben, das so wahnsinnig und lustig war, dass man es auch hätte singen können. Und tanzen. Aber das überzeugte natürlich keinen Dokumentar. Die meldeten sich auch nicht mehr.

Als ich wieder Empfang hatte, rief der Justiziar des SPIEGEL an. Es ging um Andjschella, die fruchtbare sibirische Funktionärstochter. Andjschella, benannt nach der kalifornischen Bürgerrechtlerin Angela Davis. Ein Mädchen, das sich in den siebziger Jahren am Schwarzmeerstrand in Uwe verliebt hatte und bis heute nicht daran glaubte, dass er schwul ist. Andjschella, die wir beinahe in Helsinki getroffen hätten.

»Können wir die noch erreichen, um uns das bestätigen zu lassen?«, fragte der Justiziar.

»Was?«, fragte ich in die schlechter werdende Verbindung.

»Bitte?«, fragte der Justiziar.

»Was bestätigen zu lassen?«, fragte ich, aber das hörte er schon nicht mehr.

Später, kurz vor Rostock, telefonierte ich nochmal mit dem Redakteur des Sonderheftes, und wir beschlossen, den Text nicht zu veröffentlichen. Plötzlich schien es möglich, von den Nachfahren eines trunksüchtigen sibirischen Gebietssekretärs verklagt zu werden, von einer Ostberliner Prostituierten, einem Stammheimer Gefängnisbibliothekar oder einer geheimnisvollen amerikanischen Touristin namens Rita. Wir ertranken in der Lebenserzählung von Uwe. Die wunderbare, rauschhafte Wendezeit, in der eine Tatarin aus der Winsstraße chinesische Kühlschrankträger im Morgennebel nach Hongkong führte, war ganz offensichtlich vorbei, nicht mehr vorstellbar, unwahrscheinlich. Soweit ich das sagen konnte, stimmte alles, und doch erschien Uwe auch mir jetzt eher wie ein Romancharakter. Ein Mensch, aus dessen Leben all die uninteressanten Farben verschwunden waren. Kein grauer Ostbürger. Niemand, den man sich in einem Nachrichtenmagazin vorstellen konnte. Ein Fabelwesen. Ein Held, in den ich mich verliebt hatte.

Der Redakteur wirkte betrübt, ich versuchte, ihm nicht zu zeigen, wie erleichtert ich war. Ich war so erleichtert.

Mein Text wurde in wenigen Minuten durch einen

anderen ersetzt, man hinterlässt keine Lücke im Journalismus, nicht mal in einem Heft über die rätselhaften Ostdeutschen. Es gab ein Interview mit Wolf Biermann und einen Text über die Essgewohnheiten des Ostens.

Uwe reagierte gelassen auf die Nachricht. Vielleicht wusste er, dass er seine Geschichte nicht los wurde. Nicht beim Fernsehprediger, nicht bei seiner Mutter, nicht bei mir. Wir telefonierten von Zeit zu Zeit, das letzte Mal, als das Coronavirus die Welt im Griff hielt. Alles schien still zu stehen. Uwe saß in seinem New Yorker Townhouse, während draußen in seiner Stadt die Leichenwagen kreisten. Ich war im Lockdown in Tel Aviv und durfte mich nicht weiter als hundert Meter von meiner Haustür entfernen. Ich sah das Meer aus meinem Fenster, konnte aber nicht mehr an den Strand.

Wir saßen beide in Geisterstädten. Er am Hudson, ich am Mittelmeer. Uwe sagte mir, er sei nicht so schnell aus der Ruhe zu bringen. Er sei ein Mauerkind. Seine Vorratsräume wären immer voll.

»Ick kenne keene Panikkäufe«, sagte Uwe.

Er unterrichtete seine Studenten über Video. Er las viel, sah Filme. Er war ganz allein im Haus, aber er hatte jetzt drei Katzen. Die neue sei eines Tages in seinem Back Yard aufgetaucht. Er hatte sie entlaust und geimpft, sie verstehe sich gut mit den anderen beiden, sagte er. Es war ganz still im Hintergrund. Nicht der vertraute New Yorker Lärm aus Sirenen, Flugzeugen, Hupen und

Flüchen. Ich stellte mir Uwe in diesem großen, leeren Haus vor, mit den Katzen und all seinen Geschichten wie The Only Living Boy in New York aus dem wunderbaren Lied von Simon & Garfunkel.

Half of the time we're gone, But we don't know where, singen sie da. Die Hälfte der Zeit sind wir weg, aber wir wissen nicht wo. Besser konnte man es nicht sagen.

Simon & Garfunkel waren Helden für mich, als ich ein Ostberliner Junge war, obwohl ich den Bronx Zoo nicht kannte, die Scarborough Fair nicht und auch nicht Emily Dickinson und Robert Frost. Aber ich kannte die Sehnsucht. Den Klang der Stille. Ich hörte die Amiga-Platte mit ihren Liedern so oft, bis sie völlig zerkratzt war. Ich schaute das Cover an, besonders die Rückseite, wo die beiden Sänger vor einem New Yorker Maschenzaun saßen, im Hintergrund ein Fluss, ich nahm an, der East River. Die Jeans, die Schuhe, das Licht und der Blick von Paul Simon. Da wollte ich hin. Eines der großen deutsch-deutschen Missverständnisse war, jedenfalls in meinem Fall, die Annahme, dass ich mich in meinem Ostleben irgendwann einmal nach dem politischen System der Bundesrepublik gesehnt hätte. Bundestag, Bundesrat, Grundgesetz, Vereine, Volksparteien, große und kleine Koalitionen, Walter Scheel, Helmut Schmidt, Volker Rühe. Das war mir alles egal. Wonach ich mich sehnte, war Amerika. New York. Vielleicht London, Paris und Rom. Platten, Konzerte, Ozeane, Wüsten und Jeans.

Uwe redete von seinen monatlichen Vorratskäufen bei COSTCO und einem Streit, den er mit einer alten Dame von der Amsterdam Avenue wegen seiner neuen Katze gehabt hatte. Er sagte, dass er gelegentlich mit Rita telefoniere. Sie sei nach Washington gezogen und fühle sich da wohl. Sie klang bereits wie eine der vielen Freundinnen, von denen Uwe redete, eine Rolle in seinem Stück. Du kennst ja Rita. Ich saß an meinem Schreibtisch in Tel Aviv, eingesperrt im Lockdown, allein mit meiner Katze. An der Wand hing die große Weltkarte, die mir meine Tochter gemalt hatte. Sie hatte die Länder, in denen ich bisher war, mit Farben ausgefüllt. Fast alle hatte ich erst in den letzten dreißig Jahren gesehen. Eine ziemlich bunte Karte war das inzwischen.

Tom, get your plane right on time
I know you've been eager to fly now
Hey let your honesty shine
Like it shines on me
The only living boy in New York

Ich wusste nicht, welche Geschichte Uwe seinen New Yorker Studenten wirklich über den Osten erzählte, aber ich wünschte, es wäre seine.

Es war ein Moment der Ruhe, des Stillstands. Zwei Ostberliner Jungs, aufgehalten in ihrer lebenslangen Flucht, eingeschlossen in der Zeit wie in Bernstein. Die Hälfte der Zeit waren wir unterwegs, aber wir wussten nicht, wo. Es gab kein Zurück mehr, es gab nur unsere Erinnerungen. Eine Erzählung dann eben, dachte ich, eine absurde, aber wahre Novelle. Alles ist genauso passiert, soweit ich mich erinnere.